古典文獻研究輯刊

八 編

潘美月・杜潔祥 主編

第 3 冊

紅樓夢版本研究（上）

王 三 慶 著

國家圖書館出版品預行編目資料

紅樓夢版本研究（上）／王三慶著 ─ 初版 ─ 台北縣永和市：
花木蘭文化出版社，2009〔民98〕

目 10+178 面；19×26 公分
（古典文獻研究輯刊 八編；第3冊）

ISBN：978-986-6528-33-0（精裝）
1. 紅樓夢　2. 版本學　3. 研究考訂
857.49　　　　　　　　　　　　　　　　97025833

ISBN - 978-986-6528-33-0

9 789866 528330

古典文獻研究輯刊
八 編 第三冊　　　　　　　ISBN：978-986-6528-33-0

紅樓夢版本研究（上）

作　　者　王三慶
主　　編　潘美月　杜潔祥
總 編 輯　杜潔祥
企劃出版　北京大學文化資源研究中心
出　　版　花木蘭文化出版社
發 行 所　花木蘭文化出版社
發 行 人　高小娟
聯絡地址　台北縣永和市中正路五九五號七樓之三
　　　　　電話：02-2923-1455／傳真：02-2923-1452
網　　址　http://www.huamulan.tw 信箱 sut81518@ms59.hinet.net
印　　刷　普羅文化出版廣告事業
初　　版　2009 年 3 月
定　　價　八編 20 冊（精裝）新台幣 31,000 元　　　　版權所有·請勿翻印

紅樓夢版本研究（上）

王三慶　著

作者簡介

王三慶：1949 年生於台灣高雄縣南端的小漁村，私立中國文化大學中文研究所國家文學博士。曾任該所講師兼助理、教授兼所系主任、日本天理大學中文學科交換教授、成功大學中文系教授兼文學院院長、通識中心主任及特聘教授等職，並赴東京大學東洋文化研究所及京都大學人文科學研究所研究。專研文字聲韻、中國古典小說及域外漢文小說、敦煌文獻之類書、書儀及齋願文等應用文書。本書乃為 1980 年博士學位論文。

提　要

　　本篇凡分五部分，以上、中、下篇為主。

　　上篇著重於八十回抄本系統研究，專事各本之流傳及形式異文之討論，如「凡例」、「回目後評」、以及有意增刪的特殊異文和無意識的重文、脫文等，藉以考見現存過錄本所用的底本行款及其因革、失真現象、抄手程度的高低和過錄次數等。更從諸本在非同一時空和抄手的條件下卻共同出現重文或脫文，進而斷言各本間關係若非父子即是兄弟，如己卯、庚辰或戚本、蒙府、脂南本等即屬此類。至於甲戌本因據脂硯齋藏本過錄，年代最早，底本較好，過錄次數及變動最小；而庚辰本白文卻呈現晚出的現象，反而擺字的程甲乙本，失真率低，似乎所用底本若非較早較好便是經過刻意的校勘。

　　中篇是「乾隆抄本百廿回紅樓夢稿」的專題討論，凡就行款格式、筆跡、脂評、回目、正文、抄寫性質、和程高的關係，以及抄寫成書的年代等進行深入分析，並且斷言該書性質，絕非根據刻本校改，而從旁改、附條、清本部份和校改程序、筆跡分佈或版口問題來看，足以證明根據程本校改的說法難以置信，因此較為合理的解釋：它是程本前一個過渡的稿本，非程本底稿的原樣，其第六七回、後四十回以及改文部份為程本取用者不少。

　　下篇則含括所有活版及刻本的研究。尤其著重程本的刊行次數及刊刻地點的討論，並根據木活字的特性提出判讀程本的異版方法，又以「武英殿聚珍版程式」，檢討程本當年擺書的經過和流傳中各種可能發生的問題，以至於才有多版印刷的錯誤認知。

目

次

緒　論

壹、紅學研究的鳥瞰

　　紅樓夢原僅說部之一，在以抄本面貌通行的時代，「好事者每傳抄一部，置廟市中，昂其值，得數十金，可謂不脛而走者矣。」（程甲本「卷首」）到了刻本問世後，「家家喜閱，處處爭購。」〔註1〕，「案頭必有一本」〔註2〕，「開談不說紅樓夢，讀盡詩書也枉然」〔註3〕，甚至爲之致疾亡身者，時可考見，其令人著迷如此。就其發行過的版本及譯本，已難盡數；至於續書、倣作，也有「後紅樓夢」、「續紅樓夢」、「綺樓重夢」……「鏡花緣」、「品花寶鑑」、「海上花列傳」……等，不下五十種〔註4〕。傳奇戲曲、彈詞，更競相據以改編，其影響實非小可。也因如此，其地位被提升到稗官野史中的「盲左、腐遷」，「中國說部登峰造極者」〔註5〕，「乃開天闢地，從古到今第一部好小說，當與日月爭光。萬古不磨者……；論其文章，宜與左國史漢並妙。」〔註6〕說部之受到如此重

〔註1〕夢癡學人，「夢癡說夢」（光緒十三年刊本），轉引自一粟「紅樓夢卷」第15頁。
〔註2〕郝懿行，「曬書堂筆錄」（光緒十年刊本）：卷三，「談諧」，轉引處同前，第355頁。
〔註3〕得輿，「京都竹枝詞」（嘉慶廿二年刊本）：時尚門，轉引處同前，第354頁。
〔註4〕田于，「紅樓夢敘錄」（以下簡稱「敘錄」。臺北：漢苑出版社，民國65年8月），第109～194頁。案：此書係據一粟六四年版「紅樓夢書錄」（以下簡稱「書錄」）重排，並於「報刊」類中添加徐高阮「關於紅樓夢第六十四、六十七回」一則，其餘內容全同。
〔註5〕林紓，「孝女耐兒傳序」（光緒33年，商務印書館版）：卷首，轉引處與註一同，第65頁。
〔註6〕吳大任，「黃公度（遵憲）先生傳稿」，「近代中國史料叢刊續編」第廿二輯（文海出版社，民國68年9月）第278頁。

視，的確難得再見。所以針對這書研究的篇章，汗牛充棟，可以爲它設立一座專書圖書館；而且在高等學府中，也有了研究課程；並爲此書發行過好幾種專門性的刊物及舉辦研討此書的國際性會議，形成一門舉世愛好的顯學，號稱「紅學」。在此門學問之下，不斷出現爲「眞理」爭論不休的「學問樁」；也有效法采詩之風，訪求百歲故老的口述；也有效法壞魯共王故宅的辦法，剝落老宅土牆的題字，搜求舊家的傢私殘稿，方法千奇百怪。所以對於這部小說的研究過程，不得不略作關鍵性的介紹。

談到紅樓夢的研究過程，千頭萬緒，總括起來。可以劃分作兩道主流：一道是以文學批評的觀點爲主，長在「課虛」，稱之曰文字批評派。一道是重在本書主旨及作者背景、版本源流等，長在「徵實」，稱之曰考證派。現在分述如下：

一、文學批評派

文學批評一系，近年來在國內外均頗受人重視，陳炳良先生曾經有過詳細的介紹，他說：

在中國文學還未受到西洋文學的影響之前，中國文人對詩文的批評多注重在遣詞和造句兩方面。當談及小說時，他們只粗略的說某作者文字流暢，或小說裡的人物造型各盡其妙；對於小說的結構、技巧等都沒有加以討論，這當然是不夠的。在這裡，我試舉一個例。潘重規先生在「怎樣讀紅樓夢」提出「切」、「慢」、「細」三個字來作爲讀『紅樓夢的三字訣』。(1) 所謂「切」，大概和梁啓超的「薰、浸、刺、提」(2) 差不多。所謂「慢」，是要讀者慢慢的欣賞「紅樓夢」的文字。他說:「紅樓夢」的語言，是極優美，極自然，極乾淨，極瀏亮的語言。」(3) 所謂「細」，是要讀者細心的去觀察小說裏的人物描寫。他說:「他（指作者）描寫的人物，個個是眞的，個個是活的，個個是有個性的。」(4)

其實。早幾十年，王國維已經用西方文藝理論來評論「紅樓夢」了。可惜的是：我國人不大喜歡這一套罷了。王國維用叔本華（Schopen-hauer）的哲學來讀「紅樓夢」。他認爲它是徹頭徹尾的悲劇。他又認爲書中的主角「以生活爲爐，苦痛爲炭，而鑄其解脫之鼎。」所以他的解脫是悲感的，壯美的，文學的。(5) 跟著，太愚（即

松菁，據曹聚仁説，亦即王崑崙）⑹ 出版了「紅樓夢人物論」。至
於其他討論「紅樓夢」的文章和專書也多以人物做對象。它們都像
俞平伯先生所説的：「他們以爲處處都有褒貶，最普通的信念是右黛
而左釵，社會最喜歡有相反的對照，戲臺上有一種紅面孔，必跟著
個黑面孔來陪他，所謂「一臉之紅榮於華衮，一鼻之白嚴於斧鉞。」
在小説上必有一個忠臣，一個奸臣。」⑺ 有些批評家爲了要使某一
人物成爲一個純粹好人或壞透的人，他們便斷章取義或曲解原文來
達到他們的目的。舉例來説：在大陸的批評家都把寶玉和黛玉當作
正面人物。蔣和森先生認爲黛玉是「舊時代低氣壓下的一閃電光」
⑻。甚至在台灣的梅苑女士也百般的替黛玉的缺點辯護。她説：「黛
玉的孤僻、小心眼、恃才傲物，言談尖酸刻薄，這是她的缺點。這
些缺點的造成，是因爲她有一份單純率直的性格。……率直不是一
種過失，但最好能出語不傷人。至於她的恃才傲物。我不忍獨責於
她。」⑼ 至於寶釵呢，她可慘了，她給人罵得一塌糊塗。陳修武先
生説她用性感來誘惑寶玉⑽。梅苑女士因寶釵在二十七回用了金
蟬脱殼計把她大罵一頓：「因爲她明知道小紅是一個頭等刁鑽古怪的
丫頭，不好冒犯她。爲什麼不乾脆想一個與他人無涉的『金蟬脱殼』
法，而要找一個替身？把無辜的黛玉牽進是非圈裡，這手法太陰險
了！能説她是無心的過失嗎？爲什麼她不喊迎春？探春？惜春？卻
偏喊黛玉？讓小紅不懷疑她。反懷疑黛玉……黛玉後來不能結好於
鳳姐，我想：小紅有重大的毀謗嫌疑。寶釵可以説一舉兩得，坐收
漁人之利，她的處世手段眞的太高明，也太卑鄙了！」⑾ 直至目
前爲止，只有在大陸的千雲先生和在美國的夏志清先生曾替寶釵説
過幾句好話。夏先生的話太簡單，他只説寶釵是被賈母和鳳姐所害
⑿。千雲先生的話比較詳盡一點，他説：「許多同志都認爲作者寫
這一回〔指第二十七回〕，是爲了揭發薛寶釵的陰險毒辣嫁禍於人。
這種解釋，顯然是牽強附會的。原作寫得很明白：當寶釵看到寶玉
去了瀟湘館的時候，她除了避嫌而外，絲毫沒有什麼嫉妒之心。……
以後，薛寶釵也只是爲了避嫌，才來了個『金蟬脱殼』之計。如果
説寶釵是有意識地嫁禍於人，這……在整個作品裡，沒有任何思想
上和感情上的線索可尋」。⒀

依我看，他們的文章或多或少受到中國的史論影響，用現在術語說，這叫人物評價。能跳出這窠臼的，在三十年代裡，要算李辰冬先生的「紅樓夢研究」了。這本書是他在巴黎大學寫的博士論文的中譯本 (14)。他用堂吉訶德（Don Quixote）比寶玉，用桑首（Sancho）比寶釵 (15)。後來阿印也有這個意見 (16)。最近，田毓英先生更把它擴大寫成一本書，名叫「中西小說上的兩個瘋癲人物。」（「西」應指西班牙，不是泛指西方。(李辰冬先生在他的書中也談到作者當時的政治、法律、婚姻等；更談到「紅樓夢」的藝術價值。他把曹雪芹和莎士比亞並列。他認為他們把「我」傾注到宇宙，分散到宇宙，使宇宙裡到處充滿了「我」(17)。可惜我找不到盧月化和郭麟閣兩先生的書。(盧的書是巴黎大學博士論文。郭的書是里昂大學的博士論文) (18) 不能向讀者介紹。

近年來，用文藝的觀點來評論「紅樓夢」的文章漸漸的多起來。去年，幼獅月刊出版了「紅樓夢研究集」。這本書一共收了十八篇文章，其中嚴曼麗女士的「紅樓二尤的悲劇情味」。吳宏一先生的「紅樓夢的悲劇精神」、和柯慶明先生的「論紅樓夢的喜劇意義」都是嘗試用「悲劇」和「喜劇」的眼光來看「紅樓夢」。南海先生在「一部『人像畫廊』作品的再評價」介紹了王文興先生的意見。不過，最早運用『人像畫廊』來描述「紅樓夢」的人是梅女士 (19)。至於李元貞先生〔女士〕的「紅樓夢裡的夢」是嘗試用心理分析來研究「紅樓夢」。黃美序女士〔先生〕要用神話來解釋「紅樓夢」。她的文章「紅樓夢的世界性神話」比李祁先生的「林黛玉神話的背景」(20) 更進一步，因為李先生只探討林黛玉神話的來源，而黃女士則從神話學的眼光來看「紅樓夢」。

值得一提的是瀟湘（劉國香）先生的「紅樓夢與禪」。他用「紅樓夢」作禪學書籍來讀，他認為它「無非描寫一個行者參禪悟道的過程。」(21) 他把「紅樓夢」解作「紅塵世事。如空中樓閣，如夢幻泡影。」(22) 他又把寶玉比作第八識，黛玉比作第七識，寶玉〔釵〕比作第六識 (23)。縱使我們不同他的說法，但不得不承認它很新穎。

「紅樓夢」這十幾年來在美國也非常受人注意。用它作題目來寫論文的就有三、四個人。此外，在英國、美國和台灣還有幾篇用英文

寫的有關「紅樓夢」的文章。但這些論文和文章，似乎還未被在香港的研究者所注意，因此，我想在這裏介紹一下：

艾克頓（Harold Acton）在「一本中國的名著」裡把「紅樓夢」和 Proust 的 A la res earchedu temps perdu 和 Anthony powell 的 Music of Time 相比，但也沒有作深一層的討論 (24)。

維斯特（Anthony West）把寶玉比作 Dmitri Karamazov。同時，他認爲「紅樓夢」的主題是講「道德的救贖」（moral redemption）(25)。

梅女士亦曾在一篇文章裡論及「紅樓夢」。她用寶玉被打一場指出人性的衝突。賈政要履行他做父親的責任來教導他的兒子，但賈母卻鍾愛那女性化的孫兒。在這一個場合裡的人物，究竟誰是誰非，讀者很難判定，而作者就用這件事表達他的痛悔和對母愛的懷念。梅女士認爲這本小說是描寫青年「向生命創進的儀式」（initiation into lifo）——從一個無憂無慮的兒童世界轉入一個充滿了黑暗和污穢的成人世界。這小說的特色是描寫青年的愛的心理，因此，它比「西廂記」和「牡丹亭」更入妙更複雜。它的人物描寫可算是生動活潑；重要的人物也相當多。故可稱爲「人像畫廊」(26)。

夏志清先生在「紅樓夢中的愛和憐憫」指出作者用小說來表現出人生的愛和慾。沉湎在慾裡的人，不知自拔，而那些讓愛開花的人卻給毀掉。這樣，作者就可以給讀者一個道家的教訓——愛和同情都是虛幻的。（雷士羅〔Konneth Rexroth〕也有同樣的意見，他認爲「無爲」是救拯的原則 (27)。勞幹先生卻不同意這個説法，他説：「曹雪芹才華蓋世，『紅樓夢』的文學價值可以説很高，但裡面所含的卻只是根據了老莊思想中的淺薄部分而形成的人生見解，這是明清世俗談論中所常見，並未曾超過了當時的庸俗社會。」(28) 勞先生的意見，引起了徐訏先生的反對 (29)。其實，魯氏也曾説過：「惟憎人者，幸災樂禍，於一生中，得小歡喜，少有罣礙。然而憎人卻不過見愛人者的敗亡逃路，與寶玉之終於出家，同一小器。但在作『紅樓夢』時的思想，大約也只能如此。(30) 徐先生大概不想批評這個「中國的高爾基」吧！）夏先生又認爲大觀園是青少年的樂園，在裏面，他們可以把外面的成人世界的苦痛置之不理。最後，他認爲寶釵不是壞人，而是賈母一班人的詭計的受害者 (31)。

藍羅瓦（Walter G. Langlois）把「紅樓夢」和「大地」（Pearl S. Bucks The Good Earth）和「人類的命運」（Andre Malraux's Man's Fate）合起來用社會學的眼光來分析。他不以爲賈府的衰敗就代表整個中國社會的墮落；相反的，他認爲劉老老就代表社會的活力。它能把那些壞分子排除出去（32）。

榮之穎（Angela jung Palandri）女士在「紅樓夢中的女性」指出「紅樓夢」和李汝珍的「鏡花緣」同是描寫女性的小說。她又指出描寫女性是這本小說最成功的地方。「紅樓夢」中的女性要角多是有才華和學養。同時，寶玉對他們的愛是無私的，他只可惜她們的天眞的日子太短，到她們出嫁以後，她們便沾染了男人的濁氣，變得沒有靈性了。她認爲大觀園可算是伊甸園——無邪」的代表；又認爲黛玉彈琴斷絃已隱寓了她「目下無塵」的結局（33）。

黃美序認爲「紅樓夢」不單是一部寫愛情悲劇的書。他以爲賈寶玉的故事是一個「入世儀式」（initiation）的故事。他比羅密歐（Romeo）更勇敢更有深度；他也和哈姆雷特（Hamlet）一樣受到痛苦。因此，「紅樓夢」是一個敏感的人尋求生命的意義的故事。爲了要得到精神上的解脫，寶玉要經過一切世俗的引誘——名譽、地位、財富和情愛（34）。

至於論文方面，我所看到的只有三篇，宋淇先生提到的一篇——Sister Mary Gregory's A Critical Analysis of The Dream of the Red Chamber in terms of Western Novelistic criteria，因爲他沒有其它的資料，我沒法找到（35）。我所讀到的第一篇是莊信正在印第安那大學寫的論文。他主要是用西方的文學作品來和「紅樓夢」比較。他的目的有兩個：一是用比較明顯的相似的例子來幫助我們瞭解「紅樓夢」；一是用相反的例子來深入的探討這本小說的意義（36）。他的論文內有兩章討論性的問題，一章討論時間在這本小說的意義，都是前人所未道。第二篇是那美悇（Jeanne Knoerle）修女爲「紅樓夢評介」，這原是她在印第安那大學寫的博士論文。她主要是用小說的結構分析來評論紅樓夢。由於她過於注重結構的謹嚴，所以她認爲有很多情節是可刪的，她又討論書中的「時」「空」觀念和儒、釋、道三教的要素（37）。第三篇是米勒（Lucien M. Miller）在加州大學（柏

克萊校區）寫的論文。這一篇是三篇中最長的一篇。米勒注重把第
一回加以分析。他分三部分來討論。他首先討論神話部分。他認爲
「紅樓夢」是神話小説。在第一回裡，作者給讀者一個神話背景，
它包括有神秘名字、玄機、教訓性的道德觀點、和各種神奇的事蹟，
在第二部分，他用賈雨村和甄士隱來討論眞和假的問題。所謂眞即
假，假即眞。第三部分是討論故事的敍述。他認爲這本書是作者懺
悔的自傳。但作者卻假裝成一個故事的敍述者。在結論裡，米勒説：
在批判性的研究以後，我們會發現：很少有一段故事不表現出作者
的選擇的眼光，同時又不符合一種特有的格調和自由聯繫的世界觀
（38）。

【註釋】

（1）「紅樓夢新解」。頁 222。

（2）梁啓超，「論小説與群治之關係」，飲冰室文集（臺北：中華書局，民國四
　　　十九年）卷 10，頁 6～10。

（3）「紅樓夢新解」，頁 223。

（4）同上，頁 225。

（5）王國維，「紅樓夢評論」，紅樓夢卷。頁 255，252。

（6）新紅學發微，頁 97。

（7）轉引自俞平伯與紅樓夢事件，頁 12。

（8）蔣和森，紅樓夢論稿，頁 43。

（9）梅苑，紅樓夢的重要女性（臺北：商務印書館，民國 56 年），頁 44。

（10）陳修武，「讀紅樓夢雜記」，載在紅樓夢研究集（臺北：幼獅月刊社，民
　　　　國 61 年），頁 222～3。

（11）紅樓夢的重要女性：頁 76。

（12）C. T. Hsia， "Loveand Comp assion in Dream of the Red Chamber criti-cism
　　　　5"3（Summer，1963），P.269. 又見他的 TheClassic Chinese Novel A critical
　　　　Introduction（New YorkColumbia University 1968），pp.289～90.

（13）千雲，「關於薛寶釵的典型分析問題」，紅樓夢研究論文集，頁 137～8。

（14）法文原著是 Etude sur le songedu Pavillon Rouge（Paris L Rodstin）1934.

（15）紅樓夢研究，頁 41。

（16）阿印，林黛玉的悲劇（香港：千代出版社；民國 37 年），頁 99～107。

（17）紅樓夢研究，頁 109。

（18）盧和郭的書分別是 Le Jenue fille chinoise n'apres Hon-leou-mong（Paris：
　　　　Domat-Montchrestien 1936）；Essai Sur le Hong leou mong（Le reve dans le

pavillon rouge（celebreroman chinois du xviiie siecle（Lyon Bosc freres, M. & L. Riou, 1953）

（19）Yi-tse Mei Feuerwerker, "The Chinese Novel." In Approaches to the oriental Classics, ed. Wm. Theodore De Bary（Morningside Heights, N. Y. ; Columbia University Press, 1959）, p.183.

（20）載在大陸雜誌，三十卷十期（民國 54 年 5 月），頁 1～4。

（21）瀟湘，紅樓夢與禪（臺北：獅子吼雜誌社，民國 59 年），頁 2。

（22）同上書，頁 8。

（23）同上書，頁 18～21。

（24）Harold Acton, "A Chinese Masterpiece"London Magayine2:15（Dec., 1958）, pp.53～56.

（25）Anthony West. "Through a Glass, Darkly,"New Yorker Nov. 22, 1958. pp. 223 ～232.

（26）Yi-tse Mei Feuerwerker, op. cit., pp. 171～85.

（27）Kenneth Rexroth, "Cream of the Red Chamber. " Saturday Review, Jan. 1, 1966, p.19.

（28）勞榦，中國的社會與文學（臺北：傳記文學社，民國 58 年），頁 2。

（29）參徐訏，懷璧集。

（30）轉引自曹聚仁，新紅學發微，頁 81。

（31）C. T. Haia, "Love and Compassion in 'Dream of the Red Chamber'," pp, 261 ～71.

（32）Walter G. Langlois, "The Dream of the Red Chamber, The Good Earth. And Man' Fate: Chronicles of Social Change in China," Literature East and West 11:1（1967）, pp.1～10.

（33）Angela Jung Palandri, "Wom-en in Dream of the Red Chamber, Literature East and West 12. 2. 3. 4（1969）, pp.226～38.

（34）Mei-shu Hwang, "Chia Pao-yu The Reluctant Quester," Tamkang Review 1:1 1970）, pp.211～22.

（35）香港所見紅樓夢研究資料展覽（香港：香港中文大學中國文化研究所文物館，1972），頁 10。宋先生大概是弄錯了。這條資料應當是這樣的：Knoerle, Sister Mary Grerory, SP. A Dritical Analysis of The Dream of the Red Chamber in Terms of Western Novelistis Criteria（Ph. D. dissertation Indiana University, 1966），這本書後來由該大學出版，就是下文所介紹的。

（36）Hsin-cheng, Themes of Dream of the Red Chamber. A Comparative Interpretation（Ph. D. Dissertation Indiana University, 1966）.

（37）Jeanne Knoerle, Sp, The Dream of the Red Chamber: A Critical Stud:
（Bloomington and London: Indiana University Press, 1972）.加藤知彥（Kato
Tomohiko）先生也用結構分析方法把全書八十回分爲兩部分。第一部分
說賈家的盛時，從第一至第五十四回。第五十四回又分三小部分，每一
個小部分有十八回。第二部分說賈家的衰敗，從五十五回至八十回。這
二十六回又分二小部分。第一小部分有十八回。第二小部分只得八回，
這是因爲全書未完的原故。見「紅樓夢的結構」，中國文學報，第四期（民
國 45 年 4 月），頁 57～82。

（38）Lucien M. Miller, The Masks of Fiction in Hung-lou-meng: Myth. Mimesis,
and Presrona（Ph. D. Dissert ation : University of California, Berke ley,
1970）.」〔註7〕

自陳先生撰文以來，又有胡菊人先生的「紅樓水滸與小說藝術」，從「文字」、
「形象和顏色」、「動作和對話」、「肌理」、「心理」等方面加以分析，認爲紅
樓夢是「道家及柔性文化之總結」。羅盤先生的「紅樓夢的文學價值」則從「表
現手法」、「佈局結構」、「發展高潮」、「寫作技巧」、「藝術價值」諸角度，肯
定紅樓夢一書的價值。還有 Wong Kam Ming 先生的「紅樓夢的敘述藝術」則
自「抒情結構……意象的分類」等，分析紅樓夢作者的敘述方式及抒情結構。
以上三書出版稍後，篇幅則較大。

　　總之，此系旨在求美，各抒所見，故少有爭論。

二、考證派

　　考證一系，側重在作者、旨義、版本、脂評、續書等諸問題的探究，對
於史實眞象的發掘，不遺餘力，所見不同，爭端立起。

　　早在民國六年，蔡元培先生刊行了「石頭記索隱」一書，並和胡適之先
生發生論戰，其後，這種「學問槓」的爭論，即時常出現。蔡先生認爲紅樓
夢的作者持民族主義甚摯，書中本事在弔明之亡，揭清之失，書中人物則多
影射漢族仕清名士。〔註8〕胡先生則認爲紅樓夢是作者曹雪芹的自敘傳，而且
又考得曹家家世，以支持其說；更因脂評紅樓夢抄本的發現，又據以論證前

〔註 7〕陳炳良，「近年的紅學運評」，轉引自潘師石禪「紅學六十年」（以下簡稱「六
　　　　十年」，臺北：文史哲出版社，民國 63 年），第 127～133，139～143 頁。
〔註 8〕蔡元培，「石頭記索隱」（載 1916 年「小說月報」第七卷第一至六期），轉引
　　　　處與註一同，第 319 頁。

八十回的作者是曹雪芹，後四十回是由高鶚僞造。〔註9〕

胡先生認爲這番考訂是歷史考證方法的成功，因此博得一般學者的信從，魯氏的「中國小說史略」以及日本、歐、美，甚至整個世界喜歡談說紅樓夢的人士，幾乎全都採用了胡先生的學說。尤其是俞平伯先生，更本所說加以發揮，在民國十一年出版了「紅樓夢辨」一書，益使胡先生的說法定於一尊，風靡了數十年，其間雖有王夢阮、容庚〔註10〕等諸先生提出異議，但是經過胡先生的反駁之後，便告聲銷氣沈。

民國四十年，婺源潘師石禪在舉世風從胡先生說法的時期，力持異議，「認爲紅樓夢是曹雪芹自敘傳的說法，與紅樓夢的內容不合。試看紅樓夢全書，一方面對賈府的描寫，著意舖排成帝王的氣派，如秦可卿的出喪（第十三回），史太君的做壽（第七十一回），這在曹家如何附會得上。另一方面，紅樓夢的作者對於賈府的惡意仇視，時時流露於字裏行間，焦大、柳湘蓮的當面明罵，尤三姐託夢時的從旁控訴（庚辰、戚本第六十九回），在在都表現作者對賈府的痛恨。如果作者是曹雪芹，他爲什麼要詆毀他列祖列宗如此不堪？可見自敘傳的說法是不能成立的。」〔註11〕

關於這一問題，曾經幫忙胡先生建立「自傳說」的俞平伯教授，也不得不作了如下的修正：

> 近年來考證紅樓夢的改從作者的生平家世等等客觀方面來研究，自比以前所謂紅學著實得多，無奈又犯了一點過於拘滯的毛病，我從前也犯過的。他們把假的賈府跟真的曹氏併了家，把書中主角寶玉和作者合爲一人；這樣，賈氏的世系等於曹氏的家譜，而石頭記便等於雪芹的自傳了。這很明顯，有三種的不妥當。第一，失卻小說所以爲小說的意義。第二，像這樣處處粘合真人真事，小說恐怕不好寫，更不能寫得這樣好。第三，作者明說真事隱去，若處處都是真的，即無所謂「真事隱」，不過把真事搬了個家而把真人給換上姓名罷了。因此，我覺得讀紅樓夢，必須先要確定作者跟書中人物的

〔註9〕 胡適，「紅樓夢考證」，胡適文存（以下簡稱「文存」，四冊）臺北；洛陽圖書公司，（民國68年）第一集，卷三，第575～620頁。

〔註10〕 容庚，「紅樓夢的本子問題質胡適之俞平伯先生」，「北京大學研究所國學門週刊」（民國14年10月14日至12月30日）第一卷，第五、六、九、十一期。

〔註11〕 潘師石禪，「紅學六十年」（以下簡稱「六十年」，臺北：文史哲出版社，民國63年）第2～3頁。

關係，尤其是雪芹本人跟「寶玉」的關係。〔註12〕

其後，吳恩裕先生「曹雪芹的故事」也承認曹雪芹有反滿的思想傾向，他說：「我又深信他深惡痛絕專制統治，特別是『異族』的統治。在紅樓夢和脂批中肯定是有這種隱微的流露的。但是這既不是否定階級關係，也不能和蔡元培所謂『作者持民族主義甚篤』的看法相提並論。」〔註13〕並且在「考稗小記——曹雪芹紅樓夢瑣記」第160節，特立「紅樓夢中之民主思想」〔註14〕。近年余英時先生在「關於紅樓夢的作者和思想問題」一文裏，根據「靖本」第十八回的一條長批及周汝昌先生新版「新證」第1061、1060頁提示的數條批語，認爲曹雪芹具有「漢族認同感」的意識型態，如果屬實，「那麼，近幾十年來紅學研究中『自傳派』和『索隱派』的爭執也未嘗不可以獲致某種程度的調和。」〔註15〕

　　第二個問題即是胡先生「考證」裏說的：「程序說先得二十餘卷，後又在鼓擔上得十餘卷，此話便是作僞的鐵證，因爲世間沒有這樣奇巧的事！」〔註16〕潘師則以爲若是奇巧的事就被認爲作僞的鐵證，根本是不合邏輯的推論，因爲二者沒有必然的關聯，並例舉曾國藩、莫友芝翻刻胡克家本「通鑑」的一椿事實以作反證，認爲程、高並未串供作僞及續作。〔註17〕

　　關於這個問題，在此爭辯的十年後，由於「乾隆抄本百廿回紅樓夢稿」的發現及刊行，海內外的紅學家除了吳世昌先生尙在維護這個說法外〔註18〕，其餘的學者已經紛紛表白態度，推翻過去風行數十年的成說，或疑程氏以前的續作，甚至如林語堂先生的「平心論高鶚」及嚴多陽先生的「論紅樓夢後四十回之眞僞」，從後四十回的正文及前八十回的脂批所留下的蛛絲馬跡，加以考證，得出程氏得自一部雪芹的殘缺遺稿。〔註19〕

〔註12〕俞平伯，「讀紅樓夢隨筆」，「紅樓夢研究專刊」（以下簡稱「專刊」）第一輯（民國56年）：第105頁。

〔註13〕吳恩裕，「曹雪芹的故事」（香港：中華書局，1987年）「小序」，第4頁。

〔註14〕吳恩裕，「考稗小記——曹雪芹紅樓夢瑣記」（以下簡稱「考稗小記」，香港：中華書局，1979年4月）第129～131頁。

〔註15〕余英時，「紅樓夢的兩個世界」（臺北：聯經出版事業公司，民國六七年），第182頁。

〔註16〕同註9，第615～616頁。

〔註17〕同註11，第3頁。

〔註18〕吳世昌，「紅樓夢稿的成分及其年代」，「紅樓夢研究資料」（以下簡稱「資料」，北京師大學報叢書之三，1957年7月）第234～237頁。

〔註19〕林語堂，「平心論高鶚」（臺北：文星書店，民國55年7月），第40～133頁。

最後一點即作者方面。早期的抄本，沒有一部署名是曹雪芹作的。最初刊印紅樓夢的高鶚、程小泉，他們在序言說：「石頭記是此書原名，作者相傳不一，究未知出自何人，惟書中記雪芹曹先生刪改數過。」胡先生也知道這種特殊現象，並看過與自己見解不同的異說，因此在發現「脂硯齋重評石頭記」（庚辰本）中的「一條鐵證」後，就寫在跋文裏頭：

> 此本有一處註語最可證明曹雪芹是無疑的紅樓夢的作者。第五十二回末頁寫晴雯補裘時：「只聽自鳴鐘已敲了四下」。下有雙行小註云：『按四下乃寅正初刻。寅此樣寫法，避諱也。』雪芹是曹寅的孫子，所以避諱『寅』字。此註各本皆已刪去，賴有此本獨存，使我們知道此書作者確是曹寅的孫子（此註大概也是自註；因已託名脂硯齋，故註文不妨填諱字了）〔註20〕

可是潘先生不以爲這條批語可以作爲鐵證，並舉出庚辰本第廿六回，薛蟠對寶玉說看見一張落款「庚寅」的好畫時，卻把寅字又寫又說，又是手犯，又是嘴犯。如果說避諱的寫法，作者便是曹雪芹，那不避諱的寫法，作者就斷不是曹雪芹了。〔註21〕

關於這點，也曾發生過有趣的爭論，接受胡先生說法的趙岡教授，即想彌縫此論，他說：

> 現在讓我來解釋一下這個玩具手槍的構造。也就是說這句脂批足以構成曹雪芹是紅樓夢作者的證據之一，潘先生是無法推翻的。不過，把這句脂批當成證據來使用時，應當妥善處理。我們現在都知道這些脂批都是此書作者的親人所寫的。這句脂批包含兩個要點，而這兩個要點是不可被混爲一談的：
>
> 第一，這位批者深知作者的上世有一位名字中有「寅」字這一事實。
> 第二，這位批者認爲書中「自鳴鐘敲了四下」是作者有意規避使用「寅」字。這是批者的猜想。

又嚴冬陽「論紅樓夢後四十回之眞僞」，「國立編譯館館刊」，第七卷，第一期（第219～246頁）。

〔註20〕胡適，「跋乾隆庚辰本脂硯齋重評石頭記鈔本」，「文存」，第四集，第402～403頁。

〔註21〕潘師石禪，「紅樓夢新解」（以下簡稱「新解」，臺北：文史哲出版社。民國62年），第28～29頁。

批語中雖然沒有明白寫出第一點，但第二點確是以第一點爲基礎。
此批者如果不知道作者上世其人名字中有「寅」字，他根本就不可
能聯想到避諱之事。潘先生舉出薛蟠看畫一段，證明手犯嘴犯兼而
有之。這樣只能證明作者無意避諱，於是批者的猜想是錯誤的。不
寫「寅正初刻」，而說「自鳴鐘敲了四下」，只是作者的文學技巧和
描寫手法而已。換言之，潘先生有充分的理由來打倒第二點，但是
絲毫不能動搖第一點。批者對作者的意圖猜想錯誤，但此避諱聯想
的產生基礎卻是事實。〔註22〕

可是和趙教授具有同等心情的馮其庸先生在寫作「論脂硯齋重評石頭記庚辰
本與己卯本之關係」（「論庚辰本」）時，由於發現怡府藏「己卯本」和「庚辰
本」的避諱情形，也附帶提到這個問題：

關於這條脂批，香港的潘重規教授舉出「紅樓夢第二十六回裏薛蟠
說看到一張好畫，落款是「庚黃」，寶玉懷疑不是這個名字，在手心
裏寫了「唐寅」兩字這一情節，指出「紅樓夢」的作者并未避「寅」
字的諱，因此認爲這條脂批不能證明「紅樓夢」的作者是曹雪芹（見
潘重規著「紅樓夢新解」第130頁）。這個反駁，從形式上來看似乎
很有道理。明明「紅樓夢」第二十六回寫著「寅」字，怎麼能說「只
聽自鳴鐘已敲了四下」此樣寫法是避「寅」字諱呢？然而這個反駁，
其實是毫無道理的，非但毫無道理，而且還證明潘教授并不懂得在
歷史文獻上避諱的各種情況。按「紅樓夢」五十二回裏用「自鳴鐘
敲了四下」來代替「寅正初刻」，根本避開「寅」字，書面上不出現
要避諱的字，這是一種避諱法。這種例子在歷史文獻上可以舉出很
多，如王羲之父諱「正」，故王羲之每寫「正月」即改爲「初月」或
「一月」；另一種諱法是將所諱的字缺末筆書寫。這種缺末筆的諱
法。在古書中是極爲普遍的，就以本文討論到的己卯、庚辰兩本來
說，這種缺末筆的諱字就極多。但是這種缺末筆的諱法，在轉輾過
錄或歷久以後的翻刻中，卻很容易消失，尤其是這種家諱，更不易
保持。因爲如是避皇帝的諱，那麼只要在這個時代，無論是刻本或
抄本，一般都會避諱，如康熙時代的刻本或抄本，一般都是避「玄」

〔註22〕趙岡，「紅樓夢論集」（以下簡稱「論集」，臺北：志文出版社，民國64年）
第132～133頁。

字諱的，這種避諱具有較長的時間性（康熙在位六十一年，而且康熙以後還有一段時間要避「玄」字諱），以及在這段時間內又具有極大的普遍性（當然也有民間抄本不避諱或漏避諱的，但這是例外），但是避家諱就并不是如此，第一它的時間性不會太長，第二它根本不具備普遍性，它的避諱完全只限於親屬親筆書寫或由親屬催人書寫時被指定避某字的諱，只有在這種情況下，這種缺末筆避家諱的情況才會產生，如己卯本是怡親王府的抄本，故在這個抄本上保留了不少缺末筆避「祥」字「曉」字諱的情況。但是當這個本子換了一個主人再一次去過錄時，它就沒有必要再避這兩個字的諱了。由此可知，除非能證明現今所有的「紅樓夢」乾隆抄本都是「紅樓夢」作者的親筆，而它的第二十六回的「寅」字一律不缺末筆，這樣才能證明「紅樓夢」的作者不避「寅」字諱，否則潘教授拿著現今的甲戌、庚辰以及其它的任何一部「紅樓夢」乾隆抄本的第二十六回的「寅」字來否定「紅樓夢」第五十二回這條批語的歷史價值，甚而至于妄圖否定曹雪芹創作「紅樓夢」的創作權，豈非痴人說夢，徒見其根本不懂歷史文獻上避諱的種種方式和應該如何檢驗古代抄本上的家諱這種特殊的歷史現象而已。

對於上述這個問題，香港的趙岡先生也批駁了潘重規教授（見趙岡著「紅樓夢論集」），他說：『我們現在都知道這些脂批都是此書作者親人所寫的。……（慶案：此段引文詳見前述，今略。）……但絲毫不能動搖第一點。』趙岡的這種批駁，不從這些抄本本身并不是曹雪芹的親筆原稿，因而雖有完整的「寅」字卻不能據以論證曹雪芹根本不避「寅」字諱這一點來分析問題，那麼他的這種批駁，終究是軟弱無力的，他根本不敢觸及二十六回的這個「寅」字，相反，倒反和與潘重規一鼻孔出氣，說「紅樓夢」二十六回的這個「寅」字證明作者無意避諱，於是批者的猜想是錯誤的。」而且還說：「潘先生有充分的理由來打倒第二點」。這樣的批駁，對潘教授來說，只是小「批」大幫腔而已，由此可見趙岡先生也是被潘教授舉出的這個第二十六回的「寅」字壓得喘不過氣來，在勉強招架而已。

大家知道，現今所有的『紅樓夢』的乾隆抄本，沒有一部是曹雪芹的原稿，連脂硯齋過錄的本子都未發現。現在所有的乾隆抄本，都

是幾經過錄的本子，而且其過錄的時間已經都是在曹雪芹謝世以後了，有的更是乾隆末期到嘉慶時的抄本。拿這樣的過錄本上未缺筆避諱的「寅」字來證明「紅樓夢」作者不避『寅』字諱，豈不有點滑稽。那麼，在二十六回裏，作者爲什麼不可以像在五十二回裏一樣根本避開這個『寅』字，用『自鳴鐘已敲了四下』這類方法來避開這個『寅』字呢？很明顯，這個『唐寅』的『寅』字，是不能用『自鳴鐘已敲了四下』這類的辦法來避諱的，如果這樣一避。那還成什麼呢？豈不成了天大的笑話嗎？所以在這個場合，作者如要避「寅」字的這個家諱，只有用缺末筆書寫的辦法來避諱，其他的避諱辦法是不行的。而要證明作者原稿上未缺末筆，則現在的這些過錄本都無濟于事，相反由於五十二回的這條脂批，倒可以啓示我們思考這二十六回原稿上的『寅』字，作者書寫時完全是有可能缺末筆避諱的。說不定後者的批語正是由於受了前者的啓示而寫下來的也未可知。

所以潘重規教授且慢根據這第二十六回的這個『寅』字來取消曹雪芹對『紅樓夢』的創作權，因爲這個例子本身，潛伏著對潘教授的論點的徹底摧毀的爆炸力。〔註23〕

馮先生不滿趙教授的答辯，並且相當自信的提出新說，但是我們卻看到潘師的再次批駁：

看了前面馮先生的論文，知道馮先生承認紅樓夢第五十二回中的「自鳴鐘已敲四下」確是避諱的寫法，同時第二十六回中的「寅」字，可能缺寫末筆一點，是另一種避諱的方法。誠如馮先生所說，缺寫末筆，是另一種避諱的方法；但這種方法的特性，多半是引用或抄寫前人的文字時，表示敬意的方法；如果自己寫作，那只有設法把忌諱的字避開，這種方法是根本用不著的。倘或有人用這種方法，也只能證明避諱的人，抄寫舊文時，不敢擅改，惟有缺寫末筆表示敬意。例如馮先生發現己卯本玄字、祥字、曉字，缺寫末筆，因此證明己卯本是怡親王府的抄本。這是一個極正確又有價值的發現。不過，此一情況，只能證明己卯本是怡親王府人士所抄，卻不能說是怡親王府人士所作。同樣，縱然紅樓夢中的寅字，都缺寫末筆，

〔註23〕馮其庸，「論庚辰本」（上海文藝出版社，1978），第108～110頁。

也只能證明是曹雪芹或曹府人士所抄，不能斷言是曹雪芹或曹府人士所作。因爲作者行文時，如果任意使用家諱，稿成時輕輕的缺寫一筆，這不僅不能表示虔敬之意，簡直是對祖先的侮辱。我們試看東華錄所載清世宗的一番話，雍正元年十一月乙酉，諭大學士曰：

> 古制，凡遇廟諱字樣，於本字爲缺末筆，恐未足以伸敬心。朕偶閱時憲曆，二月月令內，見聖祖仁皇帝聖諱上一字，不覺感痛，嗣後中外奏章文移，遇聖諱上一字，則寫元字，遇聖諱下一字，則寫煜字，爾等交與該部即遵諭行。

二月月令內有「玄鳥至」的「玄」字，犯了聖祖玄燁的諱，縱然缺一筆，仍是觸目驚心，「不覺感痛」，所以命令將所有「玄」字，都寫作「元」，今天千字文的「天地玄黃」，都變成了「天地元黃」，就是這個原因。還有乾隆朝，舉人王錫侯編撰一部字書，名叫「字貫」，凡例中列舉清帝玄燁、胤禎、弘曆等名字，僅僅缺寫每字的末筆；未將字樣拆開分寫，如弘曆二字，應該寫爲：「上一字從弓從厶，下一字從厤從日。」爲了寫出本字，雖然照避諱例缺寫末筆一劃，還是興起了一件大大的文字獄。當時諭旨云：「此實大逆不法，爲從來未有之事，罪不容於誅，即應照大逆律問擬，以申國法，而快人心。」曹家不是帝室，未必如此專制。但作者本來具有尊敬祖先的愛心，提筆寫文章時，斟酌取捨，自然會避免把他父祖的名字，在筆底下寫來寫去。倘或爲了要譏議薛蟠不識字，儘可另採其他方式。雖然馮先生說：「這個『唐寅』的『寅』字，是不能用『自鳴鐘已敲了四下』這類的方法來避諱」，但是作者未嘗不可這樣寫：

> 寶玉聽說，心下猜疑道，古今字畫也都見過些，那裏有過庚黃！想了半天，不覺笑將起來，命人取過筆來，在手心裏寫了兩個字。又問薛蟠道：「你看眞了是庚黃？」薛蟠道：「怎麼看不眞！」寶玉將手一撒與他看道：「別是這兩個字罷！其實與庚黃相去不遠。」眾人都看時，原來是唐伯虎的名字（此句原文作「原來是唐寅兩個字」）。都笑道：「想必是這兩個字，大爺一時眼花了也未可知。」薛蟠只覺沒意思，直瞪著眼獃笑（此句原文作

「笑道：誰知他糖銀果銀！」今刪改。）。

將「唐寅兩個字」改成「唐伯虎的名字」，似乎也還可以使讀者領會
到作者的意思。即使作者仍嫌表達得不夠清楚，不妨索性刪去這一
節文字，免得冒犯祖先的名諱，豈不較為妥善。況且這節文字，除
了手犯之外，還又嘴犯。手犯同屬大錯，嘴犯也極不應該。紅樓夢
作者是決不會疎忽苟且的。寶玉房裏的丫頭紅玉，為了避寶玉的諱，
改名為紅兒（見有正廿七回）。還有更著意描寫的，試看第二回冷子
興告訴賈雨村道：

> 目今你貴東家林公之夫人，即榮府赦政二公之胞妹。他
> 在家時，原名喚賈敏。不信時，你回去細訪可知。雨村
> 拍案笑道：怪道這女學生，讀至凡書中有敏字，他皆念
> 作蜜，每每如是。寫的字，遇著敏字，又減一二筆。我
> 心中就有些疑惑，今聽你說，是為此無疑矣。

由此可知，紅樓夢作者有意刻畫出年僅五六歲的林黛玉，是一個知
書識禮絕頂聰明的女孩子，所以剛讀書時。便懂得避她母親的名諱，
不但避字形，還避字音。根據這一事實，我們相信，紅樓夢的作者，
當他提筆寫紅樓夢時，決不會犯他祖諱的字形；不夠，還要淋漓盡
致的犯他祖諱的字音。這是斷斷不可能的。

馮先生又說：「在這個場合，作者如要避寅字這個家諱，只有用缺末
筆書寫的辦法來避諱，其他的辦法是不行的。」不過，紅樓夢前八
十回除了第二十六回的「唐寅」外，尚有寫「寅」字的地方。如第
十四回，秦可卿出殯的那一天，甲戌本、庚辰本、有正本都有下面
的一段話：

> 那鳳姐知今日人客必不少，在家中歇宿一夜，至寅正，
> 平兒便請起來梳洗。

又第六十九回，寫尤二姐吞金自殺後，賈璉辦理喪事，庚辰、有正
都有一段對話：

> 天文生回說：奶奶卒於今日正卯時，五日出不得；或是
> 三日，或是七日方可。明日寅時入殮大吉。

這兩段文章，都不必用缺末筆的方法來避諱，而且根本沒有用寅時的
必要。假如「寅正起來」寫成「絕早起來」；「寅時入殮」寫成「卯時

入撿」，並沒有絲毫不妥。為什麼曹寅的子孫卻偏要非用他父祖的名字不可！我們中國的禮俗，不但不敢犯自己祖先的名諱；並且尊敬別人的祖先，也不願意冒犯別人的家諱。所以禮記曲禮說：「入門而問諱」，疏家解釋「諱」是「主人祖先君名」。顏氏家訓記載：「揚都一士人諱審者，而與沈氏交，沈與其書，止書名，不書姓。」因為朋友家諱「審」，和他的姓同音，因此他和朋友通信時，便只稱名而不稱姓。古人署名可以稱姓，也可以不稱姓，稱姓不稱姓，完全由作者自己決定。如果視友人的父祖，如同自己的父祖，就必須避開忌諱的文字，斷沒有缺寫一筆，就算是尊敬對方的。不僅文字，即使是言談對話，古人也十分留意。晉太元年間，賈弼撰姓氏譜，宋王弘、劉湛愛好其書；有了這部書，每日應對整千的客人，可以不犯一人的諱。這是中國最有名的一個講究避諱的故事。甚至有屬員犯了長官的諱，以致丟官的。像南史所載沈讚之觸犯太守王亮的諱，竟被免去了官職，可見避諱是多麼重要的一樁事！古今禮俗，隨著時代變遷，我們固然不應該把六朝時代和清朝等量齊觀。但無疑的，清代對避諱還是非常的重視。單看紅樓夢書中寫黛玉童年讀書寫字，卻懂得避母親的諱，便是紅樓夢作者和紅樓夢時代極重視避諱的證據。馮先生推斷曹雪芹寫小說時，將家諱缺寫末筆，如此便算是避諱，這一看法，我認為是不正確的。因為全部小說，都出自作者的創造；是「本來無一物」的一張白紙，作者如果把父祖的名諱寫出來，不論缺寫末筆與否，都已經是犯諱了！所以我在「紅樓夢新解」中，指出紅樓夢的作者並未避寅字諱，五十二回脂批所謂「避諱寫法」也不能證明紅樓夢的原作者是曹雪芹。現在經過馮先生這番詰難，我的說法，不但「從形式上來看似乎很有道理，即深入從問題的本質上來看，似乎也還是正確的。

〔註24〕

從這些爭論看來，胡先生主張作者有意諱寅的鐵證根本不能成立。因此唐德剛先生雖然有意護持師說，周策縱先生也不得不試作如下的持平之論：

　　至於德剛指出：至少「批書人」已認定不說「寅時」是避諱，那末，這「批書人」自然已認定小說作者的先人一定諱「寅」。胡適這個看

法自然是十分合理的。（周汝昌還指出過二十二回戚本批語對硯台謎
語批說「隱榮府祖宗姓名」是指璽字，也是對的。）問題只在這「批
書人」到底是誰？這點如果還無法肯定，那就很難下結論了。而且
「批書人」爲什麼不注意到「唐寅」不避的例子？所以我認爲，那
另一位「白髮蒼蒼的老頭子潘重規」如要否定曹雪芹的著作權，也
許還「查無實據」，但在這一點上提出疑問來，卻「事出有因」，還
值得我們再四思量。〔註25〕

無獨有偶，去年戴不凡先生在「北方論叢」等刊物，又爲作者問題重作翻案
文章，從內證、外證方面，否定曹雪芹的著作權，震撼了整個紅學界，其爭
論至今塵埃仍未落定。

　　從上看來，如果沒有新的資料或證據重加發現，這些不同的異說有些依
然會繼續的存在，並對立下去。

　　民國四十一年，俞平伯教授的「紅樓夢辨」修訂版「紅樓夢研究」出刊；
次年，周汝昌先生的「紅樓夢新證」也接著發表，蒐集有關雪芹及其家世的
資料非常豐富。稍後俞氏在香港報刊上發表了「讀紅樓夢隨筆」並完成了「脂
硯齋紅樓夢輯評」一書，對於研究脂評者，具有一定的貢獻。

　　這時，「自傳說」正達於極峰，然而也是遇到困境而試圖改變的時候。十
月間，大陸發動了對俞著「研究」一書的批判。這是中共爲了鞏固政權，試
圖剷除深受固有文化薰染的知識份子，而把「封建」「資產」的帽子扣在傳統
的文學作品及研究者的頭上。誠如陳炳良先生的述評說：

　　　　這件事的原因不外（一）要文藝工作者接受歷史唯物文藝批評論和
　　　　古爲今用的政策，（二）要打擊主張主觀主義和用藝術良心代替黨性
　　　　原則的胡風集團，（三）要消除所謂胡適的崇拜美國和自由主義的思
　　　　想〔註26〕

　　所以批俞不過借題發揮，事實卻在鬥胡，一直到文化大革命而達高潮。
但是學術自有尊嚴，不容以意識形態概括，此已有他人專文論述，不再煩贅。
〔註27〕

〔註25〕唐德剛、周策縱，「紅樓夢裡的避諱問題」，傳記文學第三十六巷第二期（民
　　　　國69年2月）第43頁。
〔註26〕同註7，第125頁。
〔註27〕余英時，「近代紅學的發展與紅學革命」，同註15，第17～23頁。

民國四十七年，俞平伯教授又出版了「紅樓夢八十同校本」，吳恩裕先生撰寫了「有關曹雪芹八種」，朱南銑和周紹良二位先生又共以「一粟」的筆名，合撰「紅樓夢書錄」：或作紅樓夢正文的新訂本，或著眼在有關曹氏的文獻及傳說的收輯，及研究紅學有關的論文資料編目，在紅學研究史上都具有一定的貢獻。

民國四十八年，婺源潘師石禪又將早年的文章改訂作「胡適紅樓夢考證質疑」，並將「自傳說」引爲重要證據的脂批和有關曹雪芹的新材料，重加探討，結論認爲這些文物仍然留下重重的疑問，「自傳說」的證據並不能證成他的說法。

到了民國五十年，吳世昌先生在牛津大學出版了「紅樓夢探源」英文版，五十二年，趙岡先生也有「紅樓夢考證拾遺」，這是旅居英美的學人正式參與紅樓夢的考訂工作。同時，一粟先生也在這年出版了「書錄」的姐妹編「紅樓夢卷」，而且曹雪芹逝世二百周年也舉辦了盛大的紀念展覽會，周汝昌先生在受到吳恩裕先生「曹雪芹的故事」影響下，完成了「曹雪芹」，即是配合這一展覽的產物。

民國五十五年，婺源潘師石禪曾經鳥瞰過去紅學的研究發展的歷史，作了概括的論述，發表「紅學五十年」一篇，其後紅學研究的範疇也不出於這種模式。十餘年來，由於重要版本及資料的出現，部分並被影印刊行，因此研究論文蠭出，個人或集體的論文專集，也一再的發表，論爭則益形熱烈，諸家對於自己過去的見解更紛紛加以修訂增補。如：吳恩裕先生由「八種」增訂成「十種」，去年「考稗小記」也由「十種」之一而蔚爲大國，獨立成書；周汝昌先生的「新證」也有了新版；潘師的「五十年」也擴充爲「六十年」；趙岡先生由「拾遺」而爲「新探」，再成「新編」；一粟先生的「書錄」爲容納新的材料，也不得不再加增補。至於余英時教授「「紅樓夢的兩個世界」」。收羅數篇其研究紅學的文章，在自傳說考證面臨困境之時，想助一臂，重建一個新的「典範」，並且根據「靖本」第十八回的一段長批，認爲曹氏可能具有漢族的認同感，以致紅樓夢作者或有「譏刺滿清，同情明亡」的意識形態，試圖爲索隱、自傳二派建立某種程度的妥協。潘師石禪則有「紅樓夢新辨」與「紅學六十年」二書，由「紅樓夢稿」、「列寧格勒抄本石頭記」探究的多篇文章集刊而成，尤其「脂列本」的探討，爲當今研究此本的紅學家奉爲圭臬；另外又以「甲戌本」、「紅樓夢稿」、「程刻本」爲中心，與趙岡

教授爆發了一場有趣的「學問槓」，趙教授則有「紅樓夢論集」、「花香銅臭集」二書，乃因應潘先生觀點的反論及曹雪芹文物、紅樓夢背景的論述，尤其重新檢討周汝昌先生當年看過的懋齋詩鈔，得出雪芹卒於癸未說法的不確。〔註28〕高陽先生則有「文史覓趣」擴充的「紅樓夢一家言」，集刊其對紅樓夢有關材料的論述與酬答趙教授的文章。至於「沒有自由，那有學術——曹雪芹擺脫包衣身分考證初稿」，即是針對近年來大陸考察曹家文物結果的一個總批判，因此又題：「由曹雪芹故居之發現談起，兼糾有關曹氏生平的若干錯誤看法」，亦可概見一般。馮其庸先生的「論庚辰本」是近年被紅學界譽為相當有見地的一部突破論著，陳毓羆及劉世德、鄧紹基三位先生的著作「紅樓夢論叢」，不遺餘力，專為曹家文物作辨偽的工夫，有時未免犯了矯枉過正的毛病。而張愛玲女士的「紅樓夢魘」，則與林語堂先生的「平心論高鶚」，並有異曲同工之妙，尤其以作家的立場，自版本的異文，推論紅樓夢增刪的履程，時有新說。杜世傑先生則發表過「紅樓夢悲金悼玉實考」、「紅樓夢原理」、「紅樓夢考釋」一系列的著作，推究作者即為吳梅村，主旨為反清復明。而王關仕先生的「紅樓夢研究」則集曹雪芹家世、文物、脂批、版本等短文多篇，並將甲戌本批語分門別類，參以己見，時有新意。至如方豪教授「從紅樓夢所說西洋物品考故事的背景」，雖經葛建時、嚴冬陽先生的異論，仍是一篇獨出心裁的論文。此外翁同文、葛建時或嚴冬陽、張師壽平、費海璣，那宗訓諸先生，亦發表過不少的重要論文，在此因受篇幅的限制，不能多加介紹。

其次，紅樓夢在外國譯本方面，相當的多，或節譯，或全譯，甚至譯而再譯，因此研究者也逐漸的普及，然而由於史料的涉獵不深，僅能從事文學評論一系，此已略見陳炳良先生的「近年的紅學述評」。只有東鄰的日本，在文學淵源及文化背景的特殊關係下，不但課程的開設早於我國，即研究者也不乏其人，如神田喜一郎、橋川時雄、伊藤漱平、金子二郎、太田辰夫、塚本照和、宮田一郎諸先生，或從語言、作者、批語、旨義、版本、續書、結構等方面加以分析。創意雖少，然如塚本教授研究紅樓夢之罵詞、死的描寫以及年俗事，亦頗獨出心裁；而伊藤教授窮畢生之力，鑽研於版本、脂批及曹氏有關的文物，並作紅樓夢的全譯，非但有功於紅學，也是整個日本紅學界的巨擘。

〔註28〕同註22，第 1～12 頁。

　　值得一提的是，在婺源潘師石禪發表「紅學五十年」的同時，香港新亞書院中文系也開設了「紅樓夢研究」的選修課程，並且成立「紅樓夢研究小組」。這是高等學府中，使一部小說自小說史裏獨立，而成一門新課程的開始。並且集中有興趣的同學，群策群力，共同解決其中的問題，不但舉辦了展覽會，也出版「紅樓夢研究專刊」，並為這本小說服務。尤其組員陳慶浩先生承繼俞氏的工作，完成「新編紅樓夢脂硯齋評語輯校」及有關的研究論著，備受各方矚目。隨著潘先生受聘於華岡，本校中文研究所也有類似的響應，並且敦請潘先生為小組的導師，先後完成「紅樓夢稿校理」、「刻本彙校」、「抄本彙校」、「抄刻本集校」等工作，而組員中，則有王錫齡的「乾隆抄本百廿回紅樓夢稿研究」、劉榮傑的「紅樓夢隱語之研究」、朱鳳玉的「紅樓夢脂硯齋評語新探」等書的先後問世。至於「紅樓夢研究專刊」，則續刊至第十二輯。去年，大陸也群起傚傚，而有「紅樓夢學刊」、「紅樓夢集刊」等創刊號的出現。甚至今年六月，周策縱教授等，更在美國陌地生威斯康辛大學舉辦第一屆「世界紅學會議」，邀請各種不同學說的權威紅學家參與此會，研討這部書的各種問題，這又是為了一書而舉行的國際盛會。凡此，並在紅學發展史上居有重要的創始地位。

貳、研究動機及方法

一、研究動機

　　以上是紅樓夢研究發展史的概略敘述。由於研究紅樓夢的刊物及篇章如此的浩瀚，意見更是紛紜不一；然而不論以考證作出發點，還是據文學評論為歸宿，總是不能不以紅樓夢的版本為基礎。尤其各本間的情形，除了五度增刪外，又因過錄者及程、高輩的臆改，差距極大。因此各家研究的時候，每隨一己嗜好，隨興引用，判斷的標準既有不同，論爭也就隨後發生。所以對於版本的整理及鑒定，實為紅學界當前之急務。以目前大家研究所用的方法和遇到的困難，或可分述如下：

（一）抄寫用紙的年代

　　這原是考訂版本先後最具科學的方法，根據紙質的鑑定，應該可以確認用紙的大致年代。但是也會遇到困難，因為我們目前面對的版本盡是乾隆年間抄寫的東西。時間相差不遠，科學的精密度恐怕無法勝任。並且從歷代版

本史上的實例來看，常常遇到早期的紙張，有被移作後期書寫的工具。或者早期的版本，經過後期紙張的重裱；再被影印發行，不曾留下絲毫的痕跡，以致把大家引入歧途，作出錯誤的判斷，認爲是極爲晚出的本子，脂列本、全抄木即其一例。

（二）脂　批

　　早期的抄本都是源於脂硯齋重評石頭記，因此從批語的形式、內容、題記，時常可以考見版本時代的先後，絕對毫無問題。可是，我們所據的版本如果盡是當年的原稿，且都一成不改底本的原樣，就不會發生困難。奈何我們的依據，盡爲過錄本。而且經過幾次的過錄，也無從知曉；失眞幾許，更無客觀的標準。何況評語時有彙抄的情形，或者後人在原書上加批的習慣，因此形成抄本之間的爭鋒，何者爲是，令人無所適從。

　　另則脂批只是閱讀紅樓夢的輔助工具，一些自認聰明的讀者，每每添綴批語；而圖賺取便宜的書賈，卻又反道而行，刪去脂批，圖省工費，造成批語間此有彼無的各種情況。分辨既如此的困難，解決之方何在，仍是疑問。蒙府本、脂列本多出諸本的側批及晉本的刪批，又爲一例。

（三）正　文

　　唯有正文，它是小說的主體，人人必讀，雖然會有增刪，畢竟不似批語那般的嚴重，而且也有規律可循，因此可以據作判斷版本早晚的標準，如己卯本第十七、八回，脂列本第七九、八十回的並未分回，即屬這類。可是我們也會猶豫在底本與過錄，忠實與失眞的困難情況。

　　我們知道，紅樓夢第十七、十八、十九回，三回合而爲一，當是早期底本的情況。而曹雪芹在悼紅軒中，分出章回，纂成目錄的時候，對這三回的處理步驟，首先即把第十九回自連體內分開，然後準備撰寫這回的目錄。另外對於第十七、十八回的處理，也在考慮之中，因此暫時共用「大觀園試才題對額，榮國府歸省慶元宵」的回目。所以脂硯齋抄閱重評時，不得不在第十七回的總評加上：「此回宜分二回方妥」的提示，如果我們根據現存的怡府己卯過錄本去推測，其所用的底本也必如此。馮其庸先生認爲「庚辰本從怡府己卯本過錄」，當然也不會改動。

　　可是蒙府、戚本、脂南本同一系統的本子，對於第十七、十八兩回的處理方式卻在「寶玉聽說方退了出來」的地方分開，保留己卯本分回前的上聯

「大觀園試才題對額」，而將下聯「榮國府歸省慶元宵」改爲「慶元宵賈元春歸省」，並且移作第十八同正文的主題，另外加題這兩回的下聯「怡紅院迷路探曲折」及「助情人林黛玉傳詩」。只是第十七回上下聯語的內容略有犯重。如果蒙、戚、脂南三本的關係是群從兄弟，那麼其父其祖分回了沒有，是父輩的臆改，還是祖父時代的突變？而這種變動是在怡府己卯本過錄之前，還是過錄之後？不免令人費神。因此唯有在條件限制之下，才能劃別界限，說得明白。否則斤斤於爭辨過錄本和底本間的早晚，便無意義了。

再以舒序己酉本而論，第十七回特長，直敘到元春回家，石頭大發感慨爲止，因此上聯維持己卯原樣，下聯棄而不用，另作「榮國府奉旨賜歸寧」；第十八回因從元春進園開始，遂作「隔珠簾父女勉忠勤，搦湘管姊弟裁題詠」的回目。那麼，這是底本如此，還是過錄者的杜撰。如果蒙戚系統是由雪芹自己在己卯以後分回，撰作目錄，則已酉本是否也在壬午雪芹逝世以前的另一次改撰呢？是在蒙戚之先，還是蒙戚之後、這又是無由解答的難題。

再者脂列、全抄，第十七回也是一直敘述到「寶玉有說方退了出來」，如同蒙戚一系，但是卻加上「再看下回分解」的一句套語。然而全抄的回目卻保留未賜「大觀」前的園名，也寫出兩回的主要角色，分題作「會芳園試才題對額，賈寶玉機敏動諸賓」、「林黛玉誤剪香囊袋，賈元春歸省慶元宵」的回目，又是另一番情況。是它的底本早於諸本，還是改進以上諸本的矛盾，而且這種改動是在雪芹生前，或是亡後，大家又要給予一般的標準，才能得出相互共許的結論，否則仍是纏訟經年。

迷失的靖本，只有錄出第十八回的批語，說它已分，那裏爲界，由於未見原書，不敢斷定。說它晚於庚辰，只是據已分而論，卻也存有早於庚辰本的個別跡象。這又如何解釋，難道竟是配抄，又從何而定，這個仍是大家所要共同解決的問題。

和程本極爲密切的晉本，第十七回敘述至王夫人遣人備轎去接妙玉爲止，將王夫人籌備大觀園和元春遊園作爲第十八回的主題。原未分回前的回目保留給第十七回，另擬第十八回的回目，作「皇恩重元妃省父母，天倫樂寶玉逞才藻」。乾隆五十六年辛亥（1791），程高排版的甲本，完全抄襲晉本的聯語。次年壬子花朝的程乙本，又在甲本的基礎上，加以改動，將第十八回的下聯題目作「天倫樂寶玉獻詞華」。因此以程甲而論，其忠實於晉本一系的文字，能說早於己酉本嗎？

從以上諸本處理這兩回的情況，可以確定早期的原本應是三同未分，其後怡府過錄的己卯底本，第十九回卻已分出，而第十七、十八回仍是一個聯體。諸本過錄之時所看到的情況，也必如同怡府一般，因此諸家也就各自根據脂批，分出長短不一的章回；撰擬的回目，雜然並陳。這種複雜性不能用曹雪芹曾經分出這麼多種不同章回與題上好幾種回目的稿本可以解釋，應該說：「這些不同章回的本子都是源自一個尚未分回的稿本」，而這些不同的回目，部分是因過錄者或藏書人隨各本間的分回情況，加以擬撰。至於各本所據的底本，以及過錄擬撰的時間，若要一一分梳清楚，尚乏論斷的充分證據。

二、研究方法

由於重重的問題，縈繞在心，左右思維，終無一是，幸經婺源潘師石禪訓勉從事版本的校勘，以探求紅樓夢全書的真相，俾能奠定研究紅樓夢一切問題的基石，把握批判紅樓夢一切問題的尺度。並在先生指導下。先後選取如下的版本，作為校勘材料的依據：

（一）底　本

1.「乾隆百二十回紅樓夢稿」（簡稱全抄本）二套。一套校錄抄本間異文，一套校錄抄本與刻本之異文。

2. 胡天獵叟藏「新鐫全部繡像紅樓夢」（簡稱胡本）一套，校錄刻本間異文。

前者取其前八十回與後四十回並屬抄本，文字又介於脂本、程本之間，既有近於脂本前八十回及程本後四十回前身的正文，又有百廿回近於程本的改文（同於程乙的文字約佔百分之九七，同於程甲的文字約佔百分之九二）。因此可以避免大量的改動。加以留白較多，易於塗抹硃黃。後者則顧慮到分辨甲乙本回冊及頁數的混合，兼顧版口起訖文字的異同。

（二）校　本

1. 抄本部分

（1）影印本：

甲、「乾隆甲戌脂硯齋重評石頭記」（簡稱甲戌本）

乙、「庚辰秋定本脂硯齋重評石頭記」（簡稱庚辰本）

丙、「國初抄本紅樓夢」（簡稱戚本）

（2）配本及書影：

甲、「蒙古王府本石頭記」（簡稱蒙本），取自新版「庚辰本」配補的二
回二頁及「新證」的附加書影，共二回五頁。

乙、「己卯冬定本重評石頭記」（簡稱己卯本），取自舊版「庚辰本」配
補的二回及「論庚辰本」加附的書影十九圖。

丙、「列寧格勒東方院藏本石頭記」（簡稱脂列本），取自孟、李二氏合
撰之「新發現的石頭記的抄本」一文加附的書影三頁。

丁、「南京圖書館藏戚序本石頭記」（簡稱脂南本），取自新版「新證」
及「曹雪芹與紅樓夢」二書的附圖三頁。

（3）校記：

甲、「紅樓夢八十回校本」第三冊。

（4）其他：

有關紅學論文中引述的文字。

2. 刻本部分

（1）程刻混合本：

甲、青石山莊刊印的「胡天獵叟本」（簡稱胡本）：61～70，76～120
回為甲本，共五十五回。1～60，71～75 回為乙本，共 65 回。

乙、廣文書局刊印的徐氏兄弟發現的「國立臺灣大學文學院聯合圖書
室藏本」（簡稱徐本）：1～30，91～120 回為甲本。其中第一回第
1～10 頁，第二回第 8 頁～第三回第 11 頁上半頁，第一 16 回，
第 31～90 回並為乙本。

（2）覆程本：

甲、甲本部分

子、東觀閣刊本「新鐫全部繡像紅樓夢」（簡稱閣本）

丑、雙清仙館刊本王希廉評「新評繡像紅樓夢全傳」（簡稱王本）

乙、乙　本

子、上海亞東圖書館鉛印本（簡稱亞東本）

（3）書影部分：

甲、甲　本

子、高鶚序第一頁後半及第二頁前半頁：「散論紅樓夢」（香港建
文書局，1963）書前附圖。

丑、第一回首頁：一粟「紅樓夢卷」（中華書局，1963）第一冊書
　　前附圖。

寅、伊藤本第七回第三頁下半第四頁上半頁：伊藤漱平教授「小
　　考補說」附圖（「東方學」第五十三輯）。

卯、「繡像紅樓夢全傳」扉頁及第一頁上半頁：同前。

乙、乙　本

子、倉石本第七回第三頁下半及第四頁上半頁：同前。

以上是我所依據的校勘材料，既已校畢，待要寫出校勘記，發覺遠非十年的
辛苦所能完成。於是先據異文，從事論文的寫作，卻遇到前言中所述的諸多
難題。到底我們對於版本年代的斷定，是以現存本子的過錄時間爲依據，還
是追溯到第幾代的底本。因爲經過校勘後，發覺一些自作聰明的抄胥或藏書
家，時常有意改變底本的原貌，刪節冒犯文字獄的語句。修補原書的矛盾及
缺陷，卻不能就此說它過錄的時間特晚，而抹煞其價值；至於晚期過錄的抄
本，又有忠實保留底本的原貌，更不可輕忽。因此對於這些有意增刪的大段
異文，討論的時候，必須嚴加小心，否則，仍然各說各話，無法得出一個公
允的結論。另外，在諸抄本間，卻存有一類並非抄胥有意增刪的異文，而是
在謄寫過錄的時候，或因疲倦疏忽，以致脫去及抄重了一段文字，造成上下
文句意義的扞格難通。藉著這些重文或脫文的例子，往往可以考見底本行款
的變革、過錄的次數、以及失眞的程度，到底那個本子最接近原來的古本，
諸本間的關係如何。此即本論文的研討中心，也就是利用前人的研究成果，
配合自己校對諸本以後的一點經驗，試圖解決目前仍然懸浮的疑案。

　　由於研究素材及研究篇章零落在海內外各圖書館和私人手中，收集固屬
不易，研讀指辨更令人相當的費神。今窮五年的時光，而想在紅學研究史上
略盡一份綿薄的心力，解決幾點棘手的紛爭，其結果如何，已在寫作期間深
深的感觸到半折心始的滋味。因此，論文上的缺失，只好祈請紅學前輩及博
學方家毫不吝嗇的賜教了。

上篇　紅樓夢八十回抄本研究

第一章　甲戌本脂硯齋重評石頭記
——十六回殘本研究

壹、概　況

「甲戌本」石頭記，原題「脂硯齋重評石頭記」，胡適之先生因見首回有「至脂硯齋甲戌抄閱再評」，題名「乾隆甲戌脂硯齋重評石頭記」，又簡稱「甲戌本」。吳世昌先生反對這種稱謂，於是改作「Version1」，又譯名作「脂甲本」，但因遭人反對，又改稱「脂殘本」。可是附和的人不多，今為行文方便，仍從「甲戌本」舊名。

一、流傳經過

「甲戌本」為大興劉銓福舊藏，潘師石禪曾據華陽王秉恩雪澄先生日記手稿第二十九冊，即光緒二十七年（1901）二月初十日一葉，附有一張朱絲欄箋，獲悉原書為其父劉寬夫得自京中打鼓擔上。〔註1〕民國十六年，或自劉家傳出，轉售給胡適之先生。〔註2〕民國三十八年帶到台灣。民國五十年五月一日，由臺北中央印製廠以硃墨套色，影印一千五百部，線裝兩冊。民國五十一年六月四日再版；同年，上海中華書局又據影本翻印。民國六十四年十

〔註1〕　潘師石禪，「甲戌本石頭記叢論」，「紅樓夢新辨」（以下簡稱「新辨」，臺北：文史哲出版社，民國63年）第96～98頁。
〔註2〕　周策縱，「論紅樓夢研究的基本態度」，轉引自潘師「六十年」，第221頁。

二月十七日胡適紀念館又再發行三版，改爲精裝一冊。

二、行款板式

此書原存四冊。第一冊第一至第四回，第二冊第五至第八回，第三冊第十三至第十六回，第四冊第廿五至第廿八回，共計十六回。每冊首回並標題「脂硯齋重評石頭記。」第一回前三頁載凡例四條及總評一條，題詩一首，加上全回共計十九頁。第二回計十三頁，第二回計十七頁，第四回計十二頁（末半頁殘，經胡適之先生據庚辰本及通行本校補九十五字），第五回計十八頁，第六回計十六頁，第七回計十六頁，第八回計十四頁，第十三回計十一頁，第十四回計十二頁，第十五回計十一頁，第十六回計十七頁，第廿五回計十七頁，第廿六回計十六頁，第廿七回計十四頁，第廿八回計二十頁，共計二百四十三頁。

每半頁十二行，每行十八字。正文和回前回末批語，都用墨筆，雙行批、夾批、眉批都用硃筆。正文、批語都由同一抄手以嚴整的楷書抄寫。每頁中縫標有書名、回數、頁數、原藏者的齋名，如第一回第一頁的中縫，寫作「石頭記、卷一、一、脂硯齋」，足證其原底本主人便是脂硯齋。

但是這種行款格式和原本相距多少呢？最早探討這個問題的，首推俞平伯先生，他說：

從版本方向看，第十三回眉批：『此回只十頁，因刪去天香樓一節，少卻四、五頁也。』（十一頁下此條批語爲此本所獨有。）這十頁正指甲戌本說的，若照庚辰本，第十三回只有八頁，可見此本的行款格式還保存脂硯齋加評時的舊樣子。〔註3〕

俞氏利用「甲戌本」第十二回裏的這條批語（參見書影一），如今也存於「靖本」的回前總評中，非但可以相信，也成爲考查原本行款的一條絕佳的證據。然而吳世昌先生卻獨持異議。其理由是：

今按脂評所謂「十頁」、「四、五頁」皆爲約數，並非精確計算。即以此本而論，第十三回也不是「十頁」，而是「十一頁」（二十二面）只缺兩行。至於「脂硯齋加評時的舊樣子」究竟如何，我們只能說：「未見眞切，不曾記得；此係疑案，不敢纂創。」但是此本所據以

過錄的底本的「版式」，如要知道卻並無困難。原來此書第三回回前「引言」的第二段，在過錄時鈔胥不小心。多鈔了兩行衍文。這兩行恰好是第二段的頭兩行，共三十八字，可見在底本中是每行十九字。若底本的「引言」也像此本一樣，比正文低一格鈔，則其正文為每行二十字。今此本每行正文只有十八字，可見「版式」與底本不同。底本如每單頁也是十三行，則每單頁共二百四十字，而此本則為二百十六字，其差額為二十四字。脂硯所謂「十頁」乃雙頁（即兩面），應有四百八十字。今此本第十三回十一雙頁缺二行，共計：

$$（216×2×11）－（18×2）＝4716 字$$

以底本每雙頁四百八十字計之，正為「十頁」缺八十四字。故脂硯所謂「此回只十頁」，乃指一個每行二十字的鈔本，不是這個每行十八字的「甲戌」本。因此，所謂「此本的行款，格式還保存脂硯齋加評時的舊樣子」之說，不能成立。」〔註4〕

由於俞氏疏於查對現存「甲戌本」第十三回的頁數，已經略有不符，難免招人口實。而吳氏利用衍文，研究底本的行款格式，也是獨樹一幟的說法。可是為何而衍，則不見說明，如果我們重新恢復原本的行款格式，立刻可以看出其抄重的原因，如第二回第一頁下半頁（參見書影二）：

………此即畫家三染法也未寫榮府正人先寫外戚是由遠及近由小至大也若使先敘出榮府然後一一敘及外戚又一一「未寫榮府正人先寫外戚是由遠及近由小至大也若是先敘出榮府然後一一敘及外戚又一一」至朋友至奴僕其死板拮據之筆豈作十二釵人手中之物也………

原來這條文字是抄胥抄完「又一一」三字後，回視底本的時候，向右誤移兩行，以致抄重了三十八個字，可見每行平均數是十九字，如以今本低一格抄寫的格式計算，那麼原底本每行平均恰為廿字左右。

另外，在我整理校記的時候發現，現存過錄的「甲戌本」存有兩條抄胥無意間脫失的文字，也可推考原底本的行款格式。如第七回第六頁上半頁的文字和「戚本」並作：

那周瑞家的又和智能兒勞叨了一回便往鳳姐處來穿夾道從李紈後窗下過「隔著玻璃窗戶見李紈在炕上歪著睡覺呢遂」越過西花墙出西

〔註4〕吳世昌，「殘本脂評『石頭記』的底本及其年代」，「紅樓夢研究資料」（以下簡稱「資料」，北京師大學報叢書之三，1975 年 7 月）第 165 頁。

角門進入鳳姐院中。

以上括符「 」內的文字並爲「甲戌」、「戚本」所無，如果不是二本同時漏抄（這種機會極少），則其底本來源必有相當的關係，甚至「蒙府」、「脂南」本也可能出自這個系統。因爲在原來底本上相鄰的兩行附近出現「過」、「遂」兩字，字形相似，造成跳行的脫文，使文意似通未通，幸賴「己卯」、「庚辰」、「全抄」、「程甲」「程乙」諸本的保存，使我們知道這裏的行款約在十八個字左右。雖然在「過」字下，現存的「甲戌本」「戚本」又有一條雙行的批語，佔了「甲戌本二八個字的格式，「戚本」十四字的位置，跳行脫抄的機會不大，可是如果抄自沒有雙行批以前的初評本。就頗值得考慮了。

還有一處脫文，即是第十六回第十三頁上半頁最末一行（參見書影三），其文字是：

賈蓉忙趕出來又悄悄向鳳姐道嬸子要帶什麼東西「吩咐我開個賬給薔兄弟帶了去叫他按賬置辦了來」鳳姐笑道別放你娘的屁。

「程甲」、「程乙」雖然微有不同，也存有這段文字，證明「甲戌」本在跳行脫去後，使賈蓉的話還沒說清即遭到鳳姐的訓斥，顯得毫無道理。

從現存「甲戌本」脫去的兩段文字，使我們可以考見其底本行款在十八至廿一字左右，而平均數約在二十字。今本過錄時，可能爲求整齊劃一，以及彙抄批語，對於原底本的行款，採用了每半頁十二行，每行十八字的款式，雖非原本的複製，卻仍距離不遠。

三、評語概況

甲戌本每回均有批語，且數量極多。若據陳慶浩統計，全部批語共一千六百條，計回前總批三十條，雙行批註二百廿五條，行間夾批一千一百卅二條，眉批一百八十六條，回末總評廿三條，傍批一條，混入正文批二條。但是批語凌亂混雜，如陳先生所輯又和朱鳳玉統計略有小異，今舉其總批統計表如下：

批語類型＼回數	6	13	14	15	16	25	26	27	28	合　計
回 前 總 批		5	10	6	7					28
回 目 後 批	2									2
回 末 總 批	2	0				3	7	6	4	23

回數 批語類型	6	13	14	15	16	25	26	27	28	合　計
回 前 總 批		5	9	6	5					25
回 目 後 批	2									2
回 末 總 批	2					4	8	6	5	25

　　可見大家因為看法的不同，統計也往往或異，尤其過錄者的誤分誤合，使一條批語也有割裂數段的情形，所以潘師曾經作過如下的說明：

　　「由於原書過錄者的誤分誤合，編輯脂評的人只能依型照錄，這類的情形，必須另加說明，才能了解脂評的真相。如甲戌本第一回「滿紙荒唐言，一把辛酸淚，都云作者痴，誰解其中味」詩下批云：「此是第一首標題詩」似乎是一條雙行批注。同頁隔了很遠的書頭，又有一條批語：「能解者方有辛酸之淚，哭成此書……」似乎是一條眉批。又提行「今而後惟願造化主……甲午淚筆」，似乎又是一條眉批。其實這幾句話正針對「一把辛酸淚，誰解其中味」而說的，應該和「此是第一首標題詩相連貫。原稿雙行寫在「誰解其中味」下，沒有空位，就提行寫在書眉的空白處，因此一條批語便變成不同類型的三條批語。試看靖本另紙錄出的批語，這三條正是連寫的一條批語，可為確證。又甲戌本第三面：「只在這正室東邊的三間耳房內」，夾批云：「若見王夫人」。「于是老嬤嬤引黛玉進東房門來」夾批云：「直寫引至東廊小正室內矣」。此二批本應相連作「若見王夫人，直寫引至東廊小正室內矣」。因提行之故，被抄手誤分二條。如果仔細研究脂批，這類的情形，還有的是，那又是校勘以外的校勘了！」〔註5〕

貳、「凡例」及「回目後評」的研究

一、凡　例

　　甲戌本在第一回回目之前，留有三紙的「凡例」，並低正文三格抄寫，其

〔註5〕潘師石禪，「寫在『新編紅樓夢脂硯齋評語輯校』後」，「專刊」，第十輯，第
　　　93～94頁。

文字抄錄如下（參見書影四）：

凡　例

紅樓夢旨義。是書題名極多。　　紅樓夢，是總其全部之名也。又曰風月寶鑑，是戒妄動風月之情；又曰石頭記，是自譬石頭所記之事也。此三名皆書中曾已點睛矣。如寶玉作夢，夢中有曲，名曰紅樓夢十二支，此則紅樓夢之點睛。又如賈瑞病，跛道人持一鏡來，上面即鏨『風月寶鑑』四字，此則風月寶鑑之點睛。又如道人親眼見石上大書一篇故事，則係石頭所記之往來，此則石頭記之點睛處。然此書又名曰金陵十二釵，審其名則必係金陵十二女子也。然通部細搜檢去，上中下女子豈止十二人哉？若云其中自有十二個，則又未嘗指明白係某某。極〔及〕至紅樓夢一回中亦曾翻出金陵十二釵之簿籍，又有十二支曲可考。

書中凡寫長安，在文人筆墨之間，則從古之稱；凡愚夫婦兒女子家常口角，則曰中京，是不欲著跡于方向也。蓋天子之邦，亦當以中為尊。特避其東南西北四字樣也。

此書只是著意于閨中，故敘閨中之事切，略涉于外事者則簡，不得謂其不均也。

此書不敢干涉朝廷。凡有不得不用朝政者，只略用一筆帶出，蓋實不敢以寫兒女之筆墨唐突朝廷之上也，又不得謂其不備。

此〔書〕開卷第一回也。作者自云，〔因〕曾歷過一番夢幻之後，故將真事隱去，而撰此石頭記一書也，故曰『甄士隱夢幻識通靈』。但書中所記何事，〔又因何而撰是書哉？〕自云，〔今〕風塵碌碌，一事無成，忽念及當日所有之女子，一一推細了去，覺其行止見識皆出〔于〕我之上，〔何〕堂堂之鬚眉誠不若彼〔一干〕裙釵，實愧則有餘，悔則無益〔之〕大無可奈何之日也!當此時，〔則〕自欲將已往所賴〔上賴〕天恩，〔下承〕祖德，錦衣紈袴之時，飫甘饜美之日，背父母教育之恩，負師兄（今本作友）規訓之德，已致今日一事（今本作技）無成，半生潦倒之罪，編述一記（今本作集）以告普天下〔人〕。雖（今本作知）我之罪固不能免，（此五字今本作『負罪固多』。）然閨閣中〔本自〕歷歷有人，萬不可因我不肖，（此處各本多『自護己短』四字。）則一併使其泯滅也。雖今日之

茆椽蓬牖，瓦竈繩床，其風晨月夕，堦柳庭花，亦未有傷于我之襟懷筆墨者，何爲不用假語村言，敷演出一段故事來，以悅人之耳目哉？（此一長句與今本多不同。）故曰『風塵懷閨秀』，〔乃是第一回題綱正義也。開卷即云『風塵懷閨秀』，則知作者本意原爲記述當日閨友閨情，並非怨世罵時之書矣。雖一時有涉于世態，然亦不得不敍者，但非其本旨也。閱者切記之。

詩　曰

浮生著甚苦奔忙？盛席華筵終散場。

悲喜千般同幻渺，古今一夢盡荒唐。

謾言紅袖啼痕重，更有情癡抱恨長。

字字看來皆是血，十年辛苦不尋常。

對於這些文字，歷來紅學家的說法不一，今分述如下：

（一）胡適先生

他在買入這個鈔本之後，研究的結果是：

……全書『凡例』，似是鈔書人躲懶刪去的，如翻刻書的人往往刪去序跋以節省刻資，同是一種打算盤的辦法。第一回序例，今本雖保存了，卻刪去了不少的字，又刪去了那首『字字看來皆是血，十年辛苦不尋常』很好的詩。原本不但有評註，還有許多回有總評，寫在每回正文之前，與這第一回的序例相像，大概也是作者自己作的。還有一些總評寫在每回之後，也是墨筆楷書，但似是評書者加的，不是作者原有的了。現在只有第二回的總評保存在戚本之內，即戚本第二回前十二行及詩四句是也。此外如第六回，第十三回，十四回，十五回，十六回，每回之前皆有總評，戚本皆不曾收入。又第六回，二十五回，二十六回，二十七回，二十八回，每回之後皆有『總批』多條，現在只有四條（廿七回及廿八回後。）被收在戚本之內。這種刪削大概是鈔書人刪去的。〔註6〕

胡先生提出這種看法的時候，因爲大家不曾目睹原物。無法進行評斷和討論，所以雖然在民國廿三年三月十日，大公報的「圖書副刊」第十七期，即有署名「素痴」的「跋今本紅樓夢第一回」一文，表示懷疑，因乏細緻的分析和

〔註6〕「文存」，第三集，第391頁。

有力的證據，仍然無法引人注目。因此到了影印甲戌本的時候。胡先生又再度提出他的主張：

> 我指出這個甲戌本子是世間最古的紅樓夢寫本，前面有「凡例」四百字，有自題七言律詩，結句云：「字字看來皆是血，十年辛苦不尋常」，都是流行的鈔本刻本所沒有的。〔註7〕

從這段文字看來，胡先生將「凡例」認為作者早期自己的作品，並且是世間最古抄本的證據之一。

（二）俞平伯先生

俞氏在讀到甲戌本的影本之後，即表示他的看法，認為甲戌本是所有脂本中的老大哥，而「凡例」即其一證，他說：

> 但如換一個看法，從各脂本（包括正規和非正規的）來說，它的確是個老大哥，以我們現有的材料論，沒有比它更早的了，它當然要比其他的本子，更接近原稿，舉兩個實例以明之。
>
> 一、作者最初計劃寫作，也有些未定的情形，有時發現矛盾。如甲戌本「凡例」說：「紅樓夢是總其全部之名也。』照這樣說，「紅樓夢」是書名。但在此本第一回又說：「至吳玉峰題曰紅樓夢。……至脂硯齋甲戌抄閱再評仍用石頭記。」最後歸到「石頭記」，似乎「石頭記」是書的名稱。這裏有矛盾。以上的引文，在較晚的脂硯齋四閱評本。如己卯、庚辰本，就都不見了。當是作者整理的結果。〔註8〕

（三）陳毓羆先生

可是如何由「甲戌本」的五條凡例，過渡到其他脂本或程本的開頭，不但胡先生沒有說明，也沒人解答。這個問題直到陳氏閱讀影本之後，才加以探究，他說：

> 甲戌本上格式分明，「凡例」是在全書之前，比正文低兩格抄寫，「凡例」之後附有七律一首（浮生著甚苦奔忙）。七律抄完之後，還空有一頁白紙，然後才標出「第一回」三個字，舉了回目的名字，抄寫第一回的正文。這篇「凡例」是斷乎不會與正文相混淆的。
>
> 然則「凡例」中的文字如何會竄入正文呢？如果我們把甲戌本和庚

〔註 7〕 胡適，「乾隆甲戌脂硯齋重評石頭記」「影印緣起」。
〔註 8〕 同註3，第301頁。

辰本對照起來研究，便可發現此中祕密。在標明爲「脂硯齋凡四閱評過」的庚辰本上，已不見「凡例」及所附的七肆，第一回是以「此開卷第一回也」開讀，同于今本。不過，值得注意的是今本中的那一大段文字在庚辰本中分作兩段抄寫，第一段抄到「故曰賈雨村云云」爲止，以下提行另作一段，文字也和今本有差異，作「此回中凡用夢用幻等字，是提醒閱者眼目，亦是此書立意本旨」，下面即接抄「諸位看官，你道此書從何而來」。這第二段是甲戌本的「凡例」中所沒有的，顯然是加上去的。

我們再看第二回的情況。甲戌本上第二回開始以後有兩大段點評（此回亦非正文本旨……及未寫榮府正文先寫外戚……），均比正文低一格抄寫，放在正文之前。而在庚辰本中，這兩段點評均被當作正文來抄寫。由此可見，庚辰本第一回開始的那兩段文字，實係第一回的兩段點評，由於抄手不察，而誤入正文。

長篇小說的評點在「紅樓夢」之前已是相當風行的事。……。在體制上，毛批「三國」有「凡例」，紅樓夢也有「凡例」。毛批「三國」和金批「水滸」在每回之前均有「點評」，較之正文低一格或兩格書寫，「紅樓夢」在好多回之前也有「點評」，有時把它放在一回之後，也是比正文低一兩格抄寫，這都是顯著的傳統影響。

根據以上種種情況，可知「紅樓夢」一書原有一篇「凡例」及一首題詩，後來都刪去了，第一回卻增添了兩段點評。第一段點評是把原來「凡例」中的第五條加以刪節而成的，第二段點評和被刪去的那首七律意思相近，當係改寫。既然是兩段點評，則它們解釋第一回的回目，並且出現了「此開卷第一回也」，「此回中」等詞句，就是很自然的事了。庚辰本把它們抄入正文，鑄成大錯。以後程偉元和高鶚更把它們連接起來，中間也不空行分段，變得天衣無縫。他們並對文字作了修改，把「此回中凡用夢用幻等字」改作「更于篇中間用夢、幻等字樣」，清除了「此回」字樣，淹沒了明顯的一處點評痕跡。後人也當作了正文接受下來，認爲這就是「紅樓夢」的開頭。所幸的是：甲戌本仍在，成爲堅強的物證。而庚辰本中此一大段文字分成兩段抄寫，也露出了破綻。只要詳加考察，眞相終可大

白。〔註9〕

陳氏認爲這五條凡例，由於傳抄的人刪去，又把總批混入正文，便成了通行本紅樓夢的開端。但是反對胡先生認爲作者自己的撰寫，因此在探討「此開卷第一回也」這一段文字的作者時，又說：

> 現在進一步來探討「此開卷第一回也」這一大段文字的作者問題。它既是第一回的兩段點評，而且從原有的「凡例」及題詩中蛻化而出，文字及意思都變動不大，那麼「凡例」及題詩的作者應該就是它的作者。若不是同一個人，他怎麼敢隨便取消「凡例」及題詩，竟把「凡例」中的第五條大部份抄下來當作自己的評語呢？這篇「凡例」有兩處提到「作者自云」，顯然是旁人在轉述作者的生活，並非作者自己現身說法。同時曹雪芹也毫無必要爲自己的小說逐回寫評語，贊揚自己。寫「凡例」的人不會是曹雪芹，將「凡例」改作評語的人也不會是曹雪芹。這應當是另外一個人。他和曹雪芹的關係極爲親近，了解創作「紅樓夢」的全部過程，而且是此書的主要評者。

> 從甲戌本看來，它標名爲「脂硯齋重評石頭記」，每頁的騎縫中都有「脂硯齋」字樣，第一回正文中有「至脂硯齋甲戌抄閱再評，仍用『石頭記』」之語，並有脂硯齋「甲午淚筆」的一條眉批，明確表示出來「一芹一脂」在事實上的親密關係。脂硯齋完全符合上述條件。甲戌本上所載有的「凡例」和題詩當是出于他的手筆，後來改成評語的也是他。我們看行文的風格也和脂評相似，如第五回中有一條脂批：「點題，蓋作者自云所歷不過紅樓一夢也」，可以澄明。「紅樓夢」以前的小說，由批書的人作「凡例」或「讀法」的，例子甚多。如「三國志演義」是批者毛宗崗作的「凡例」，「水滸傳」是批者金聖嘆寫的「讀第五才子書法」。「紅樓夢」的「凡例」兼有「讀法」的性質，其中就有「閱者切記之」之類的話。情況也是相同的。

> 有人認爲這首七律是曹雪芹本人自題「紅樓夢」的詩。但甲戌本上這首詩並無一字批語，「滿紙荒唐言」一首有兩條批，其一作「此是第一首標題詩」，另一作「能解者方有辛酸之淚，哭成此書……。」「未卜三生願」一首有一條批，作「這是第一首詩。後文香奩閨情，

〔註9〕 陳毓羆，「紅樓夢是怎樣開頭的」，「紅樓夢論叢」（上海古籍出版社，1978年5月）第186～188頁。

皆不落空。余謂雪芹撰此書，中亦有傳詩之意」。「時逢三五便團圓」
一首有四條批。第二回前的「一局輸贏料不眞」一詩也有兩條批，
其一作「只此一詩便妙極。此等才情，自是雪芹平生所長……」對
之大加贊賞。如果「浮生著甚苦奔忙」這首七律眞是雪芹所寫，其
中又有「字字看來皆是血，十年辛苦不尋常」的警句，並且放在全
書的最前面，脂硯齋豈有不加批點之理？他又何至于說在它後面的
「滿紙荒唐言」一首是「第一首標題詩」呢？事實很清楚：它是脂
硯齋所作，脂硯齋當然不好對自己的作品也來稱頌一番。由于這首
七律是和「凡例」緊密聯系在一起的，這也間接地證明了「凡例」
的作者不是曹雪芹，而是脂硯齋。

從以上所作的考察，可以看出今本第一回前面的一大段文字不是曹
雪芹寫的「引言」，而是脂硯齋就他自己原來爲「紅樓夢」作的「凡
例」和題詩所改寫的兩段總評。〔註10〕

（四）吳世昌先生

在「紅樓夢探源」一書。曾對胡先生頗多微詞的吳世昌先生，對於「凡
例」的看法是全然否定胡、陳二氏之說，並且認爲是丁亥（1774）年後書賈
手中的產物。他說：

關于本書卷首凡例與這第一回中多出來的四百多字一樣被人提到，認
爲是此本較別的脂評本爲早的另一證據是此本正文前有凡例，凡例下
第一小標題即爲紅樓夢旨義，接著說：此書題名極多，一曰紅樓夢，
是總其全部之名也。又曰風月寶鑑，是戒妄動風月之情。又曰石頭記，
是自譬石頭所記之事也……下文又說到金陵十二釵之名。但這些名
稱，都是本書第一回楔子末段中所提到的，而此本之異于其他脂本
者，爲多「至吳玉峰題曰紅樓夢」九字。這九字顯然是後加的。因爲
若雪芹原本早有此句，則其他脂本絕無理由要把它刪去。此本定名明
明是石頭記，而凡例卻標作紅樓夢旨義，似乎有矛盾。

凡例第一則末段討論金陵十二釵之名，如云「然通部細搜檢去，上
中下女子豈止十二人哉？」不特文義幼稚膚淺，且與下文自相矛盾。
下文說，「若云其中自有十二個，則又未嘗指明白」。這又和第五回

金陵十二釵正冊和十二支曲確切指明自十二釵相矛盾。此第一則凡例末了又似文義未完，其第二則說，「凡愚夫婦兒女子家常口角則曰中京」，但此本中並無中京之稱，不知此則有何必要。胡適初發現此本時，引凡例中第一則和第三則說，作者明明說此書是「自譬石頭所記之事」，「此書只是著意于閨中」，認爲這些凡例都是作者曹雪芹自撰。若是作者自撰，何至于第一則內容自相矛盾，末了又是文義不全？何至于第二則所說到的「中京」，根本不見于書中？再者，如此本果是海內最早的乾隆甲戌鈔本，則別的較後的脂本從此本傳鈔，也應有此凡例，何以反都沒有？別的脂本爲什麼要刪去這些作者自撰的凡例？我相信這幾條凡例，不但與作者曹雪芹無關，甚至和評者脂硯齋，序者曹棠村也無關。只是1774年以後準備在廟市中得數十金的書賈過錄此本時杜撰的半通不通的文字。以表示此本比他本爲備。故既稱凡例，又曰旨義，明明書名石頭記，卻又標稱紅樓夢旨義。其矛盾混亂：不一而足，其時已在雍、乾兩朝幾次文字獄的大案之後，故不但在凡例中一再說「不敢干涉朝廷」，「不敢……唐突朝廷之上」（唐突後加之上，文義不通之極，試問無論雪芹或脂硯，何至于程度低劣如此？）又在第一回的棠村小序第一段末了加上「作者本意原爲記述當日閨友閨情，並非怨世罵時之書矣」。這些話都是別的脂本所無。據我看，與其認爲這是古本中原有的話，爲別的脂評本所刪去（有何必要刪此數句？）不如認爲在1774年以後乾隆文字獄的恐怖未除，所以廟市的書賈小心翼翼地加上這些爲此書辯解的話以防惹禍，較爲合理。〔註11〕

（五）趙岡先生

趙教授基於吳氏之說，在「談甲戌脂硯齋重評石頭記」裏，已經反對「甲戌」早於「庚辰本」的說法，所以在「紅樓夢新探」一書，認爲這個凡例是在丁亥年後，畸笏整理新定本的產物，他說：

畸笏在整理這個新定本時又寫了一篇序言，那就是甲戌特有的「凡例』……畸笏此時把以前混入正文的第一回總評提出，與「凡例」合併，比正文低二格書寫，在「閱者切記之」以下，又加了一首七

〔註11〕 同註4，第203～205頁。

言詩。〔註12〕

另外王關仕先生「甲戌本紅樓夢的凡例」一文，即在此基礎上加以發揮（詳見「紅樓夢研究」第 80～87 頁）。

（六）潘師石禪

婺源潘師石禪在「紅樓夢的發端」一文裏，對此問題曾有詳明的闡述：

1. 凡例為脂硯齋以前具有的文字，所以脂評援引作為評論的根據

> 第四回雨村便徇情枉法，胡亂判斷了此案。甲戌本夾批云：「實注一筆更好。不過是如此等事，又何用細寫。可謂此書不敢干涉廊廟者，即此等處也。莫謂寫之不到。蓋作者立意閨閣尚不暇，何能又及此等哉。」
>
> 第五回寶玉看正冊一段。甲戌眉批：「世之好事者爭傳推背圖之說，想前人斷不肯煽惑愚迷，即有此說，亦非常人供談之物。此回悉借其法，為兒女子數運之機，無可以供茶酒之物，亦無干涉政事，真奇想奇筆。」

批文中說：「此書不敢干涉廊廟」「亦無干涉政事」即指凡例第四條「此書不敢干涉朝廷，凡有不得不用朝政者，只略用一筆帶出」。第四回批語中又說「作者立意閨閣」也是第三條凡例所說的：「此書只是著意于閨中，故敘閨中之事切，略涉於外事者則簡，不得謂其不均也。」

> 又第五回方離柳塢……，甲戌眉批：「按此書凡例，本無讚賦閑文，前有寶玉二詞，今復見此一賦，何也？蓋此二人乃通部大綱，不得不用此套。前詞卻是作者別有深意，故見其妙；此賦則不見長，然亦不可無者也。」

有正本也有此批，文字略有不同：

> 按此書凡例本無讚賦，前有寶玉二詞，今復見此一賦，何也？蓋此二人乃通部大綱，不得不用此套。

我們可以看到脂硯齋不但提及凡例，更援引凡例作為批評的標準，因此潘師曾經加以推斷：「根據這一事實，脂評提到凡例，而又依據做為批評的標準，可見凡例是脂硯齋以前具有的文字，當然不是出於脂硯之手，同時也不是出於曹雪芹之手。」

〔註12〕趙岡、陳鍾毅合著，「紅樓夢新探」（以下簡稱「新探」，臺北：晨鐘出版社股份有限公同，民國 60 年）第 135～136 頁。

2. 凡例為原作者所作

「紅樓夢為曹雪芹所著」首倡於胡先生，然就現有材料中，包括所有抄本、程本及曹氏有關人士等的文集、雜記，實無片言隻字提到雪芹作紅樓夢，甲戌本第一回正文敘述書名時云：「遂易名為情僧，改石頭記為情僧錄。至吳玉峰題曰紅樓夢，東魯孔梅溪則題曰風月寶鑑。後因曹雪芹於悼紅軒披閱十載，增刪五次，纂成目錄，分出章回，則題曰金陵十二釵。並題一絕云：『滿紙荒唐言，一把辛酸淚，都云作者痴，誰解其中味。』至脂硯齋甲戌抄閱再評，仍用石頭記。」亦未明說曹雪芹是此書作者，只在楔子中說：「披閱十載。增刪五次。纂成目錄，分出章回」。至於題名為金陵十二釵脂硯曾說明其取義原由云：「雪芹題曰金陵十二釵，蓋本宗紅樓夢十二曲之義」顯然是先有原作的紅樓夢十二曲，而後雪芹方能宗其義而題名為「金陵十二釵」。雪芹既採為書名，而若凡例為雪芹所作，則理當稱為「金陵十二釵旨義」。

又楔子說：「至脂硯齋甲戌抄閱再評，仍用石頭記」，脂硯既使用「石頭記」為書名，而批文中稱所批之小說均稱「石頭記」如：

……迴非石頭記大筆所屑……

……余又自石頭記中見了……

……此亦於石頭記再見話頭……

……方是石頭記筆力。

……今讀石頭記……

如此若依陳毓羆所言「凡例出於脂硯手筆」，則凡例當是稱作「石頭記旨義」，因此，陳氏這一推論恐不正確。過去，大家以為程高刻本才以「紅樓夢」為名，今凡例中有「是書題名極多，紅樓夢是總其全部之名也」，而凡例又稱「紅樓夢旨義」，且楔子中亦有「至吳玉峰題曰紅樓夢」的話，那麼這種說法恐怕不正確。何況，己卯、脂列、晉、鄭藏諸本，已有「紅樓夢」，則是雪芹之前原有，甲戌本所述更足以相信。所以雪芹披閱增刪原稿，脂硯甲戌年抄閱重評時已名為「紅樓夢」，而凡例亦為原書本有，並非如陳毓羆所言為「脂硯齋之手筆」，亦非趙岡所言「畸笏所作」。

3. 脂硯甲戌抄閱重評石頭記之後，刪改凡例

甲戌本五條凡例中第一條為本書種種題名釋義，紅樓夢之點睛為紅樓夢十二支曲；風月寶鑑為跛道人所持之鏡，上鑒風月寶鑑四字；石頭記是道人親見石上大書一篇故事，如此現成事實，何勞凡例鄭重指出，第二條凡例，

是說明紅樓夢地點問題：書中所寫是長安，凡例所說亦為長安，此條豈非成為贅疣，然凡例又說「不欲著跡于方向」此故弄玄虛，實更容易增添讀者之迷惑。第三條凡例強調「此書只是著意于閨中」，「略涉於外事者簡」，書中分明「大旨不過談情」即是脂評也以此書為言情小說，凡例鄭重申明，竟似有意透露。第四條凡例更點明「此書不敢干涉朝廷」。正是欲蓋彌彰，其結果反使讀者徒感空洞模糊，所以後來的抄本都不載凡例。

4. 第一、二回回前總評為初評遺跡

　　甲戌本中凡例第五條，實非凡例，而是原書前總評，因其內容性質與前四條凡例不同，這條應該是作者的現身說法，解釋第一回回目，因曾經歷過一番夢幻，所以借石頭將事實隱去，而用假語來說石頭一書。除針對第一回而發外，並點明全書意旨，而脂硯特意保存原書的批語並加改寫，這一現象正說明胡適所說「凡最初的鈔本紅樓夢必定都稱為脂硯齋重評石頭記」甲戌謄清的紅樓夢署名為「脂硯齋重評石頭記」有重評必有初評，可見甲戌以前的紅樓夢已有批語，此初評文字因遭後人刪削淆亂而不見蹤跡，凡例第五條實為初評的明示。所以潘師結論云：「可見這稱為『紅樓夢旨義』的凡例及總批，必然是紅樓夢原作者所作的凡例及總批，這便是本書初評的遺跡一斑。」

5. 此第一回回前總評面目確定後，其他諸本改變情形則一目了然，自己卯、庚辰以下至程高刻本，將甲戌此回前總評加以修改潤色。如：「此書開卷第一回也」改成「此開卷第一回也」，而末尾「開卷即云風塵懷閨秀」以下文字則刪去，成為今日通行本的面目，現在所見「列位看官」以前一大段文字庚辰本分作兩段，第一段到「故曰賈雨村云云」為止，以下提行另作一段，文字也稍有差異，作「此回中凡用夢用幻等字，是提醒閱者眼目，亦是此書立意本旨」。

　　這兩段文字實係第一回回前總評，由於抄手不察。而誤入正文。此後有正本（只有第一段文字）、全抄本更合二段文字與正文相連，程高刻本對此文字又加修改，將「此回中」改作「更於篇中」，而清除「此回」的字樣，刪去正文開頭「列位看官」，於是這一回前總批形式也就完全淹沒了。

　　第二回前總批，甲戌本有兩大段，較正文低一格抄寫，置於回目後、正文前，庚辰、脂列、戚、全抄及程高諸本均被誤作正文抄寫，然脂列。庚辰。全抄本自形式來看，還知道是回前總批，程高付印時"因不加評點，所以第二

回開頭即作「卻說封肅因聽見公差傳喚」。〔註13〕

（七）張愛玲女士

他主張凡例是書名紅樓夢時期的作品，在脂硯齋甲戌抄閱再評之前已經存在，而作者不一定是脂硯，至於第五條凡例即是回目後批的轉化，今引述其說如下：

> 他本第一回都有「作者自云」這一大段，甲戌本獨缺，被「凡例」引了去了。顯然是先有他本的第一回。然後有「凡例」，收入第一回回首，作爲第五段。
>
> 第一回的格局本來與第二回一樣：回目後總批、標題詩——大概是早期原有的回首形式——不過第一回的標題詩織入楔子的故事裏：直到楔子末尾才出現。
>
> 「凡例」第五段本來是第一回第一段總批。第二段總批「此回中凡用「夢」、用「幻」等字……亦是此書立意本旨」爲什麼沒有收入「凡例」？想必因爲與「凡例」小標題「紅樓夢旨義」犯重。
>
> 「凡例」劈頭就說「紅樓夢乃總其一部之名也」，小標題又是「紅樓夢旨義」。正如俞平伯所說，書名應是紅樓夢。明義「綠煙瑣窗集」中廿首詠紅樓夢詩，題記云「曹子雪芹出所撰紅樓夢一部，備記風月繁華之盛，蓋其先人爲江甯織府……」詩中有些情節與今本不盡相同，脂評人當是在這時期寫「凡例」。寫第一回總批，還在初名「石頭記」的時候：「……作者自云因曾歷過一番夢幻之後，故將眞事隱去，撰此石頭記一書也。」
>
> 「凡例」是書名「紅樓夢」時期的作品，在「時硯齋甲戌抄閱再評」之前。至於初評，初名「石頭記」的時候已經有總批，可能是脂硯寫的，「凡例」卻不一定是脂硯所作。第一回總批籠罩全書，等於序。有了「凡例」後，性質嫌重複，所以收入「凡例」內。〔註14〕

（八）周汝昌先生

在他「新證」的增訂本裏，也表示了他的意見說：

〔註13〕潘師石禪，「紅樓夢的發端」，「新探」第72～95頁。

〔註14〕張愛玲，「二詳紅樓夢——甲戌本與庚辰本的年份」，「紅樓夢魘」（臺北：皇冠雜誌社，民國66年8月）第108～109頁。

甲戌本卷首的「凡例」說：「然此書又名曰金陵十二釵，察其名則必係金陵十二女子也，然通部細搜檢去，上中下女子豈止十二人哉。若云其中自有十二個，則又未嘗標明白係某某，極至……」可見凡例撰者此時尚說不清到底十二釵果係那十二人。這就要聯系我在前面曾舉過的兩條批語，一是第十八回中一條雙行夾批，揣度十二釵應爲何人，二是庚辰本此處眉上卻多出一條批語說：「前引十二釵，總未的確，皆係漫擬也。至末回警幻情榜，方知正、副、再副及三副諸芳諱。——壬午季春，畸笏」事情已經很清楚，雙行夾注批比眉批要早得多，即單就此處看吧！它至少也比壬午要早，而壬午年是乾隆二十七年，雪芹亡前一年：所以，這條凡例的撰作最晚也不會晚過乾隆二十七年，因爲畸笏在此年季春已弄明白了十二釵的名單，如果凡例係他一手所撰，自不能晚過此年；即使果係另手所撰，那麼畸笏也必然會提醒他改正，不會讓它那樣放在卷端。總之，凡例之撰不會晚于壬午（實際要早得多），而被加上凡例的那個底本也總不會反比「凡例」晚。〔註15〕

以上諸家的介紹裏，顯然分爲二系，一系認爲凡例是「甲戌抄閱再評」以前的原物，另外如吳趙二位先生則直認爲是丁亥（1774）年以後書賈或畸笏整理的結果。而周先生雖然反對後說，卻是力持「凡例」成於雪芹生前。因爲根據現存過錄本的推斷，「凡例」的第五條，很明顯的是從另外一種格式的評語變化而來，而這種格式即存於己卯、庚辰、戚本、晉本等較後的版本裏頭，礙於這種難以解釋的現象，卻又看到甲戌早於諸本的特徵，因此作了這個折衷的論斷。其實，這條凡例潘師及張女士均曾毫無諱言的直說其與「凡例」無所關聯，而是後來整理進去的，自然和原來的四條「凡例」，有些不倫不類。

　　可是甲戌本前面的四條凡例怎麼會失落了呢？在以上介紹諸家的時候都已認爲是曹雪芹或脂硯等的刪棄，固然有此可能，但是，也許另有他種原因，即是這頁全書的凡例並未裝在「五度增刪的稿本裏頭，我們知道，當曹氏奉命刪去第十二回「遺簪」「更衣」諸節文字的時候，底本的格式是每半頁十二行，行二十字（詳見前節行款格式的論述）而這兒的四條凡例恰好佔了一整頁的篇幅，如果脂硯拿作評點的守則，那麼被人借出去過錄的抄本沒有抄到

〔註15〕周汝昌，「紅樓夢新證」（以下簡稱「新證」，北京人民文學出版社，民國 65年 4 月）第 1038 頁。

「凡例」也是相當合理的事。

二、回目後評

　　既然如此,第五條凡例何以不能算在「凡例」當中,就形式而言,在己卯、庚辰、蒙、戚、全抄、程本等,這段文字已經混入正文,只有晉本的這段文字比正文低一格書寫,很顯然他的原來位置應該放在回目之後,正文之前,才會遭到混入正文的命運。從內容來看,它是解釋第一回的回目:「甄士隱夢幻識通靈,賈雨村風塵懷閨秀。」如果說「凡例」是原有的東西,不管是脂硯或者其他過錄的抄胥,豈有不通到如此的地步,硬把它移入第一回裏頭。

　　另外,又從諸本的第二回形式,我們也不難找出與上回同樣性質的早本特徵,今將文字全錄於下:

第二回

回目:賈夫人仙逝揚州城,冷子興演說榮國府

〔甲戌 21a〕此回亦非正文本旨。只在(高閱被圈去)冷子興一人(高閱作「今」圈改為「人」),即俗(庚辰旁添「語所」二字。有正無)謂(有正無)冷中(高閱作「口」)出熱,無中生有也。其演說榮(有正作「榮國」)府一篇者,蓋因族大人多,若從作者筆下一一敘出,盡(庚辰點去)一二回不能得明(庚辰上旁添「說」字。高閱作「明白」),則(庚辰被圈去)成何文字?故借用冷字(庚辰被點去,改為「子興」。有正作「子」)一人略出其大半(庚辰原作「文半」,「半」被點去,改為「文好」。有正作「文半」。甲辰作「半」),使閱者心中,已有一榮府隱隱在心。然後用黛玉、寶釵等兩三次皴染,則(庚辰點去,改為「必」)耀然於心中眼中矣。此即畫家三染法也。未寫榮府(高閱作「府的」)正人,先寫外戚,是由遠(高閱作「近」)及近(高閱作「遠」),由小至大也。若使先敘出榮府,然後一一敘及外戚,「又一一未寫榮府正人,先寫外戚,是由遠及近,由小至大也。若是先敘出榮府,然後一一敘及外戚」(甲戌重出。庚辰、有正、甲辰、高閱無)又一一(高閱無)至朋友、至奴僕,其兜板(庚辰作「反」。高閱作「後」)括據之筆,豈作十二釵人手中之物也(甲戌上旁恭「耶」字)。今先寫外戚者,正是(高閱作「先」)

寫榮國一（高閱圈去）府也（高閱無）。故又怕閒文（有正作「問反」）
癢療（高閱作「療癢」），開筆即（高閱作「即先」）寫賈夫人巳（有
正作「一」）死，是特（有正無）使黛玉入榮（庚辰、有正、高閱作
「榮府」）之速也。

通靈寶玉於士隱夢中一出，今於（庚辰、有正、高閱作「又於」）子
興口中一出，閱者已洞（有正作「豁」）然矣；然後於黛玉寶釵（高
閱作「玉」）二人日中極精極（有正無）細一描，則（高閱作「只」）
是文章（高閱無）鎖合（庚辰作「鎖何」，「鎖」上旁添「關」字）
處。蓋（高閱無）不肯一（高閱作「下」）筆直下，有若放閘之水、
然信之爆（高閱作「的爆竹」），使其精華一洩而無餘也。

究竟此玉原應（高閱作「引」）出自釵黛目中，方有照應。今預從子
興口中說出（高閱無），實雖寫而卻未寫。觀其後文可知，此一回則
（高閱作「文則」）是虛敲傍擊之文，肇（有正無）則是反逆隱回（庚
辰、有正、高閱作「曲」）之筆。（甲戌、甲辰此二批在回目後，低
正文一格抄寫。己卯、庚辰27、有正41、高閱la批與正文合在一
起。有正兩批連寫）

在己卯、庚辰、全抄、蒙、戚、晉本也存有這兩段長批，並有一首絕句的回
首詩，證明這種格式的批語絕對不能和其他另頁謄寫的總批一視同仁，關於
這點，吳世昌先生也已看到了，他說：

「紅樓夢」第一回前有一段引言說：

『此開卷第一回也。作者自云曾經歷過一番「夢幻」之
後，故將其事隱去，而借「通靈」說此「石頭記」一書
也。故曰「甄士隱……」云云……自己又云……故曰「賈
雨村……」云云。更於篇中用「夢」「幻」等字，卻是此
書本旨，兼寓提醒閱者之意。』

這段文字，向來被人認為是曹雪芹自己作的引言。其實這種看法是
錯的。既說「作者自云」，便是第三者口氣。文中所引「甄士隱」，「賈
雨村」，「夢幻」「通靈」等字，都是第一回目中所用的字眼。這分明
是一段解釋回目意義的序言。在脂評甲本，脂評丙本，和有正書局
的八十回本「石頭記」中，第二回之前也有類似的一段用大字抄的
文字說：

> 『此回亦非正文本旨。只在「冷子興」一人……其「演
> 說榮國府」一篇者，蓋因族大人多……此一回則是虛敲
> 旁擊之文，筆則是反逆隱曲之筆。』

此外，在上述兩個鈔本中，許多回之前尚存類似的文字。在脂評丙本中，這些回前附文，都用另一頁紙單獨分鈔，字體大小與正文完全一樣，但低一格鈔。前人都以為這是脂硯齋的「總評」或總批，其實是猜想之詞。脂硯在十六回殘本第一回楔子的末了『東魯孔梅溪則題曰「風月寶鑑」』一句話上面，有硃筆眉批說：

> 『雪芹舊有「風月寶鑑」一書，乃其弟棠村序也。今棠
> 村已逝，余睹「新」懷「舊」。故仍因之。』

胡適在「考證紅樓夢的新材料」一文中只說：『據此「風月寶鑑」乃是雪芹作「紅樓夢」的初稿，有其弟棠村作序。』他只看懂了上一句，卻沒有看懂下文『「睹新」懷「舊」，故仍因之』。是什麼意思。他不知道「新」是指『增刪五次』後的新稿，「舊」正是上文所說『「舊」有「風月寶鑑」之「舊」稿。由於沒有看懂這四個字，他便無法知道『故仍因之』一句話中「之」字正指上文棠村所寫的「序」。「因」是「因襲」，「沿用」之意。〔註16〕

另外，張愛玲女士也有發覺，他說：

> 「此本第十三至十六回這一截，總批改為回目前批，大概與收集散批擴充總批的新制度有關。回目後批嵌在回目與正文之間，無法補加。隨時可能在別的抄本上發現了以移作總批的散批，抄在另一頁上，加釘在一回本前面，只消在謄清的時候續下頁，將回目列在下一行，再下一行是正文。這就是回目前批。到了第二十五至二十八回，又改為回後總批，更方便，不但可以後加，而且謄清後還可以再加，末端開放。這都是編者為了自己的便利而改制。
>
> 作者在 X 本廢除標題詩，但是保留舊有的，詩聯期又添寫了第五回的一首。脂評人在詩聯期校訂抽換 X 本第六至八回，把不符今本情節的第八回的一首也保留了下來——他本都已刪去——湊足三回都有，顯然喜愛標題詩。到了第十三至十六回，又正式恢復標題詩的

〔註16〕吳世昌，「我怎樣寫「紅樓夢探源」」，「散論紅樓夢」（臺北：明倫書局，民國62年）第75～77頁。

制度，雖然這四回一首也沒有，每回總批後卻有『詩云』或『詩曰』，虛位以待，正如庚本第七十五回回前附頁上的『缺中秋詩俟雪芹』——回內賈蘭作中秋詩，『遞與賈政看時，寫道是……』下留空白；同頁寶玉作詩『呈與賈政，看道是……』下面沒留空白，是抄手疏忽（庚本第 1828 頁）——顯然甲戌本這四回也和第六、七、八回是同一脂評人所編。」〔註17〕

因此，第五條凡例及第二回混入正文的二段長批，實質上是屬於回目後評，批評的對象完全針對回目，解說其撰擬的旨義。根據這兩條回目後批的形式及內涵，我們在甲戌本的第六回也可以找到一條這種性質的回目後批：

〔甲戌 81a〕寶玉襲人亦大家常事耳，寫得是已全領警幻意淫之訓。此回借劉嫗，卻是寫阿鳳正傳，並非泛文，且伏二遞（進）三遞（進）及巧姐之歸著。此（回）劉嫗一進榮國府，用周瑞家的，又過下回無痕，是無一筆寫一人文字之筆。」

另外在己卯、庚辰本過錄時，早已失去的第六十四回，其在脂列本的回目後即作如下的格式：

第六十四回

　　　幽淑女悲題五美吟浪蕩子情遺九龍珮

此一回緊結賈敬靈柩進城，原當補敘寧府喪儀之盛。但上回秦氏病故，鳳姐理喪，已描寫殆盡，若仍極力寫去，不過加倍熱鬧而已。故書中於迎靈送殯極忙亂處，忽插入釵玉評詩璉尤贈珮一段閑雅風流文字來，正所謂急脈緩受也

　　　題　深閨有奇女　絕世空珠翠　情癡苦淚多

　　　　　未惜顏樵悴　哀哉千秋魂　薄命無二致

　　　曰　嗟彼桑間人　好醜非其類

話說賈蓉見家中……未知如何，下回分解，正是

　　　　　只爲同枝貪色慾　致教連理起戈矛

　　　　　紅樓夢卷六十四回　終

其文字仍然和第一、二回相同，並有題詩。

根據以上列舉的四條回目後批，可以確定這是早期底本的原物，其形式是在回目之後，並帶一首題詩，然後才是正文，其職司用作回目的解釋。

〔註17〕同註14，第 146～147 頁。

　　然而，曹雪芹「纂成目錄，分出章回」猶在進行之中，如果章回未分，何來纂擬聯語；縱使暫擬一目，覺得不滿意，猶待改進，更不需加以解釋。所以上舉的四回在比較諸本的回目後，也僅有個別字的不同（詳見回目研究），似乎說明這種假定應該可以成立。但是早期留下的回目後批，固然不會太多，卻也不僅限於四回。因此，我們從諸本留下的總批，或者還可以發現具有回目後批身份的數回，今引述如下：

1. 第十七回

　　回目：大觀園試才題對額　怡紅院迷路探深幽

　　回目後批：

　　　〔庚辰 345〕此回宜分二回方妥。（己卯同。按：己卯、庚辰本第十七、十八合回）

　　　寶玉係諸艷之貫，故大觀園對額必得玉兄題跋，且暫題燈匾聯上，再請賜題，此千妥萬當之章法。（己卯同。有正 563、蒙府「貫」作「冠」）

　　　詩曰：豪華雖足羨，離別卻難堪，博得虛名在，誰人識甘苦〔苦甘〕？（己卯同。有正 563「博」作「博」。

　　　有正無「詩曰」兩字，蒙府同。列藏、高閱 1a「足」作「是」，詩在回目後，作回首詩）

2. 第廿一回

　　回目：賢襲人嬌嗔箴寶玉　俏平兒軟語救賈璉

　　回目後批：

　　　按此回之文固妙，然未見後卅（之三十）回猶不見此之妙。此曰（回）「嬌嗔箴寶玉，軟語救賈璉」，後曰（回）「薛寶釵借詞含諷諫。王熙鳳知命強英雄」。今只從二婢說起，後（後文）則直指其主。然今日之襲人之寶玉，亦他日之襲人，他日之寶玉也。今日之平兒之賈璉，亦他日之平兒，他日之賈璉也。何今日之玉猶可箴，他日之玉已不可箴耶。今日之璉猶可救，他回之璉已不能（可）救耶。箴與諫無異也，而襲人安在哉，寧不悲乎。救與強無別也，甚矣，今因平兒救（但）此日阿鳳英氣何如是也，他日之強何身（身）微運寒，展眼（亦）何如彼（是）耶，人世之變遷如此光陰（倏爾如此）。（有正 743。傍加圈之字，與有正異，異文於括號內註出。蒙府同）

3. 第卅七回

　　回目：秋爽齋偶結海棠社　蘅蕪苑夜擬菊花題

　　回目後批：

　　　〔庚辰83〕美人用別號，亦新奇花樣，且韻且雅，呼去覺滿口生香。
　　　起社出自探春意，作者已伏下回「興利除弊」之文也。（己卯同。有
　　　正1393、蒙府「下回」作「下」，參下批之說明）

　　　此回纔放筆寫詩寫詞作札，看他詩復詩，詞復詞，札又札，總不相
　　　犯。（己卯「犯」作「放」。有正1393、蒙府此二批爲三十八回之回
　　　前總批，且合爲一條。然所批爲本回，姑依其位置相近，繫爲本回
　　　回末總評，參502）

　　　湘雲詩客也，前回寫之。其今才起社後，用不即不離閑人數語數折，
　　　仍歸社中，何巧活之筆如此。（有正1393此批位置同前二批，參503）

4. 第四一回：（案此回回目諸本或有不同，實因後來諸本分回，情況較爲特殊，
　　非與上文所論精神相違背，並且更足證明其爲早期留下的批語）

　　回目：櫳翠菴茶品梅花雪　怡紅院劫遇母蝗蟲

　　回目後批：

　　　〔庚辰934〕此回櫳翠品茶，怡紅遇劫。蓋妙玉雖以清靜無爲自守，
　　　而怪潔之癖未免有過，老嫗只污得得一盃。見而勿用，豈似玉兄日
　　　享洪福，竟至無以復加而不自知。故老嫗眠其床，臥其蓆，酒屁燻
　　　其屋，卻被人（襲）襲（人）遮過，則仍用其床其蓆其屋。亦作者
　　　特爲轉眼不知身後事寫來作戒，紈袴公子可不愼哉。

5. 第四十六回

　　回目：尷尬人難免尷尬事　鴛鴦女誓絕鴛鴦偶

　　回目後批；

　　　〔庚辰1051〕此回亦有本而筆，非泛泛之筆也。只看他題綱用「尲
　　　（尷）尬」二字於邢夫人，可知包藏含蓄文字之中莫能量也。

6. 第五十四回

　　回目：史太君破陳腐舊套　王熙鳳傚戲彩斑衣

　　回目後批：

　　　〔庚辰1255〕首回楔子內云：古今小說千部共成一套云云，猶未洩
　　　眞。今借老太君一寫，是勸後來胸中無機軸之諸君不可動筆作書。

鳳姐乃太君之要緊陪堂，今題「斑衣戲彩」，是作者酬我阿鳳之勞，特貶賈珍、璉輩之無能耳。

7. 第六十回

回目：茉莉粉替去薔薇硝　玫瑰露引來茯苓霜

回目後批：

〔有正2261〕前回敘薔薇硝戛然便住，至此回方結過薔薇案，接筆轉出玫瑰露，引起茯苓霜，又戛然便住，著筆如蒼鷹搏兔，青獅戲毯，不肯下一死爪，絕世妙文。

8. 第七十六回

回目：凸碧堂品笛感淒情　凹晶館聯詩悲寂寞

回目後批：

〔有正2957〕此回著筆最難，不敘中秋夜宴則漏，敘夜宴又與上元相犯；不敘諸人酬和則倍，敘酬和與起社相犯。諸人在賈政前吟詩，諸人各自為一席，又非禮。既敘夜宴，再敘酬和，不漏不俗，更不相犯。雲行月移，水流花放，別有機括，深宜玩索。

以上八回，完全根據第一、二、六、六四等四回的精神再加挑選的，當然存有部分的主觀；不過也非盡屬臆測，這個只好留待大家的討論了。（又如甲戌本第七回、第八回的題詩，可能也是早期的留存物，詳見戚本回首回末詩聯研究）

因此，從回目後批的發展沿革看來，到了往後諸本過錄的時候，每回並沒有完全撰寫回目後批及回首詩。這些過錄者在不明究裏的情況下，或有統一款式的措舉，所以留下甲戌本第一回回目後批被誤併作凡例，第十三回至十六回彙集零散的批語，誤置回目之前作總批，而且徒留「詩曰」的格式，不見詩文的下落。己庚蒙戚諸本則另頁謄寫，誤作總批，與正文有別，以致今天要找出這些早期的回目後批，僅有可以確認的四回和見疑的八回，引起版本史上的研究爭論。其次，這些回目後評及題詩，應和雪芹分出章回、撰成目錄的關係十分密切，在甲戌本第二回總目後評七絕之下即有一條脂批說：

只此一詩便妙極，此等才情自是雪芹平生所長，余自謂評書，非關評詩也。

脂硯既然加以說明，自然是雪芹撰成目錄時的寫作，這點伊藤漱平教授在與吳世昌先生辯論的時候，已經提到（參見「就紅樓夢首回、冒頭部分的作者

疑問」及其「訂補」，「東京支那學報」第八、十號），而吳氏認爲棠村序文，根本不符合實況，固然十六回殘本第一回楔子的末了有一條硃筆眉批說：

雪芹舊有風月寶鑑一書，乃其弟棠村序也。今棠村已逝，余睹「新」懷「舊」，故仍因之。

因爲棠村序的風月寶鑑已被增刪揉和到石頭記裏，脂硯在睹「新」作而懷「舊」章的追憶情況下，縱使新舊二書在形式及內容上，已有天壤之別，仍然特別說明其保留東魯孔梅溪加題「風月寶鑑」這個名稱的理由。使人一見「風月寶鑑」的名稱，即想起已逝的棠村。

何況周紹良先生即考訂紅樓夢這段楔子爲「石頭記」和「風月寶鑑」二書緣起的增刪，成爲現在文體的惝恍迷離情況，既有「神瑛侍者」又有大荒山下的一塊頑石的矛盾（周紹良，「雪芹舊有風月寶鑑之書」，「學刊」第一輯第 211～222 頁。）；而吳恩裕先生則考訂出孔梅溪實有其人（吳恩裕，「考稗小記」，第 98～103 頁。），證明吳世昌先生以孔氏爲棠村化名之不確，再就脂批中的主詞當在「風月寶鑑」四字，與正文孔梅溪題曰風月寶鑑四字遙相呼應，並非著重在「序」。然而吳先生欲作如此解釋，又有什麼辦法呢？而這些回目後批應該有別於總批，也非吳先生所說的棠村序文到此應該可以肯定，畢竟這幾回的批語全是解釋回目，和風月寶鑑的文字及精神，仍有一段很遠的距離，不如視爲回目後批來得貼切。

參、回目研究

甲戌本現存的十六個回目，和其他抄本、刻本完全一致的，僅有第一、第十三、第廿七、第廿八同，共四回。其餘各本間個別字不同的有第二、四、六、十四、十五、十六共六回，今分述如下：

一、個別文字不同的回目聯語

1. 第二回：「賈夫人仙遊揚州城，冷子興演說榮國府」。

諸本同，唯有全抄「逝」作「遊』字，按抄本間二字混用者，時或可見，如蒙府、戚本第十本回，也把「逝」作爲「遊」，又戚本第六十四回「老爺仙逝」，蒙府本「逝」作「遊」，可見「逝」、「遊」二字在抄本階段，因形近義同，不免常有混用的現象。

2. 第四回：「薄命女偏逢薄命郎，葫蘆僧亂判葫蘆案」。

　　諸抄本同，唯程甲、程乙並作「判斷」，已失原意，在第一回「皆呼作葫蘆廟」句下，甲戌、戚、晉諸本就有一條夾批說：「糊塗也，故假語從此具焉。」可見糊塗和亂判遙相呼應，程、高不解原旨，因有臆改之事。

3. 第六回：「賈寶玉初識雨雲情，劉姥姥一進榮國府」。

　　除己酉本同於甲戌外，己卯、庚辰、晉本、全抄本並作「雲雨情」，其它諸本雖近己卯、庚辰一系，蒙府、戚本則把「姥姥」改爲「老嫗」。

4. 第十四回：「林如海捐館揚州城，賈寶玉路謁北靜王」。

　　諸本同，己卯、庚辰、蒙府、晉本、己酉「如」作「儒」字，以第二回正文：「這林如海，姓林名海，字表如海」之下，甲戌、晉本的批語並說：「蓋云學海文林也，總是暗寫黛玉」，因此自正文而言，當作「如」字，從批語的內涵去看，似作「儒」字。如以紅樓夢的諧音技巧，應是「如」字，而寓有「儒」意，否則反覺顯淺。至於程乙本將上聯改爲「林如海靈返蘇州郡」，把戰國策趙策：「今奉陽君捐館舍」，或史記范睢傳：「君率然捐館舍」的故典棄而不用，改爲較爲淺顯的「靈返」，純粹是程、高的臆改。

　　而且揚州城與蘇州郡相差何啻千里，因爲林黛玉的故籍是在揚州，第十九回賈寶玉就問黛玉「揚州有何遺蹟故事」；又說：「你們揚州衙門裡有一件大故事」，那裡會是蘇州呢？或因籍貫隸屬「古吳」的程偉元搬動的吧！

5. 第十五回：「王熙鳳弄權鐵檻寺，秦鯨卿得趣饅頭庵」。

　　晉本、己酉同，己卯、庚辰、脂列、全抄、程甲「王熙鳳」作「王鳳姐」，蒙府、戚本總目同於甲戌，回首同於己卯。程乙自甲本的聯語加以改變，而把「鐵檻寺」改爲「鐵鏡寺」，不但無所對應，把「檻」誤植爲「鑑」，錯得離譜，因爲第六十三回就藉著邢岫煙的口中，說出妙玉對漢、晉、五代、唐、宋以來，特別喜好范成大的兩句好詩：「縱有千年鐵門檻，終須一個土饅頭。」寶玉聽了就曾說：「怪道我們家廟說是鐵檻寺呢」，證明程乙本的回首聯語是爲誤植。

6. 第十六回：「賈元春才選鳳藻宮，秦鯨卿夭逝黃泉路」。

　　諸抄本同，唯蒙、戚二本「逝」作「遊」字，其說已詳（1）條，不再詳述。又「夭」脂列誤爲「大」字。

二、差異甚大的回目聯語

1. 第三回：「金陵城起復賈雨村，榮國府收養林黛玉」。

己卯、庚辰、全抄本作「賈雨村寅緣復舊職，林黛玉拋父進京都」，庚辰回首「京都」作「都京」。脂列、晉本、蒙、戚、脂南則作：「托內兄如海酬訓教，接外孫賈母惜孤女。」又蒙、戚本回目「孫」作「甥」，已酉本作：「托內兄如海酬閨師，接外孫賈母惜孤女。」甲乙本作：「托內兄如海薦西賓，接外孫賈母惜孤女。」

　　從以上的聯語，可以發現甲戌本獨成一系，上聯說明「金陵城」，正與凡例及回首的「金陵十二釵」遙相呼應。不過「榮國府收養林黛玉」，卻有不倫。因為林黛玉是奉父命而去，並非無所依靠而被榮府收養。

　　然而庚辰、己卯、全抄這一系統因刪去凡例、回目聯語，自然也會有所不同。可是用白居易汎渭賦：「波澹灧兮棹寅緣，日暮兮舟泊」上的同僚故典也非恰當，實因林如海的請託內兄，賈雨村才能復職。另則「拋父」和「收養」同樣顯得相當的刺眼。可是較後的抄本如己酉、晉、蒙、戚諸本，可能都是來自一個系統。蒙、戚、晉本作「酬訓教」，改得讓人捧腹，一個「進士做了探花的老師，倒是新文」，而賈母稱呼黛玉為外甥也不太恰當，而且接黛玉完全是賈母的主意，句法對的固然工整，意義卻奇差無比，因此晉本改作「外孫」倒合於幾分事實。至於己酉本的「這位閨師究竟是林如海夫人的老師，還是林如海姬妾的老師，抑是林如海女兒的老師，含糊籠統，不知所措」。到了程高刻本，據本文中「因聞鹽政欲聘一西賓」的句子而把「酬訓教」改為「薦西賓」，才算表裏應景。

2. 第五回：甲戌作「開生面夢演紅樓夢，立新場情傳幻境情」。

　　己卯、庚辰、全抄作「遊幻境指迷十二釵，飲仙醪曲演紅樓夢」，蒙府、戚·脂南、己酉作「靈石迷性難解仙機，警幻多情秘垂淫訓」，晉、程本作「賈寶玉神遊太虛境，警幻仙曲演紅樓夢」。

3. 第七回：「送宮花周瑞嘆英蓮，談肄業秦鍾結寶玉」。

　　甲戌、己酉同，庚辰、己卯、乙本作「送宮花賈璉戲熙鳳，宴寧府寶玉會秦鍾」，晉本、甲本「宴寧府」作「寧國府」，餘同。脂列、蒙府、戚本、脂南作「尤氏女獨請王熙鳳，賈寶玉初會秦鯨卿」。全抄獨缺回目，極為特別。

4. 第八回：「薛寶釵小恙梨香院，賈寶玉大醉絳芸軒」。

　　甲戌、己酉同。又己酉回首「恙」作「宴」，「香」作「花」，「大」作「逞」。脂列本除「香」字外餘同己酉回首。又己卯、庚辰、全抄作「比通靈金鶯微露意，探寶釵黛玉半含酸」。蒙府、戚本、脂南作「攔酒興李奶母討厭，擲茶

杯賈公子生嗔」，晉本、程本並作「賈寶玉奇緣識金鎖，薛寶釵巧合認通靈」，凡成四系。

5. 第廿五回：「魘魔法叔嫂逢五鬼，通靈玉蒙蔽遇雙真」。

　　甲戌、脂列、程本同，己酉本除「真」作「仙」外，餘同。全抄與己酉本僅「蒙蔽」作「姊弟」之異。

　　又庚辰作「魘魔法姊弟逢五鬼，紅樓夢通靈遇雙真」。晉本、蒙府、戚、脂南除「姊弟」作「叔嫂」外，餘同庚辰。

6. 第廿六回：「蜂腰橋設言傳蜜意，瀟湘館春困發幽情」。

　　庚辰、蒙、戚本、脂南、晉、程本「蜜意」作「心事」，餘同。己酉本「設言」作「目送」，「意」作「語」，餘同。脂列、全抄本上聯則作「蘅蕪院設言傳蜜語」。

　　以上六個回目，諸本間的異同，如以甲戌作準，試加分別的話，完全相同則襲甲戌的符號，相近則在同符號下加 123 分其小類，相差太遠，則給予另一個符號，可以作成如下的簡表：

回數 版本	甲戌	己亥	庚辰	脂列	蒙府	戚本	脂南	全抄	晉本	己酉	程甲	程乙
3	A	B	B	C	C	C	C	B	C	C1	C₂	C₃
5	A	B	B	／	C	C	C	B	C	D	C	D	D
7	A	B	B	C	C	C	C	／	B₁	A	B₁	B
8	A	B	B	A2	C	C	C	B	D	A(A₁)	D	D
25	A	／	B	A	B₁	B₁	B₁	A₂	B₁	A₁	A	A
26	A	／	A₁	A₃	A₁	A₁	A₁	A₃	A₁	A₂	A₁	A₁

　　從簡表中，可以看出甲戌和己卯、庚辰、蒙、戚、脂南諸本除廿六回外，完全各自獨立成為三種不同的回目，脂列本的第八、廿五回，全抄第廿五回、己酉本的第七、八、廿五回都和甲戌本的回目較為接近。蒙、戚。脂南則自成一系，脂列本的第三、七回，己酉本的第三、五回，晉本的第一回都是屬於這個系統。己卯、庚辰則又自成一系，全抄第三、五、八回，晉本的第七、廿五、廿六，也是屬於這個系統。至於後期的程本，除第廿五回採用甲戌本的回目外，其餘完全承襲晉本的回目，似乎說明程本當初是以晉本作底本兼採其他脂本文字。至於脂列、己酉本恰好介於甲戌和蒙、戚、脂南二系之間

的過渡，但是脂列、己酉二本又有不同，己酉本據舒元煒的序文曾說：

> 於是搖毫擲簡，口誦手批。就現在之五十三篇；特加讐校；借鄰家
> 之二十七卷，合付鈔胥。

那麼，這種情形是否己酉本所特有的呢？再者全抄本也介於甲戌和己卯庚辰二系之間。晉本呈現的形式則較為複雜。在沒有掌握全面證據之前，我們僅能說明諸本間異同的現象，不敢妄加臆斷。

肆、正文研究

　　甲戌本雖殘存十六回的正文，但和諸抄本及程、高排版本相較的結果，大致有以下的幾個特點：

一、有意增刪的文字

　　甲戌本第一回的正文是從「列位看官」開始，這種情形和我們今日所看到的抄本、刻本有很大的不同，除多出一篇「凡例」外，「回目後批」和正文也分得很清楚，這點已在上節詳述過了。此外，我們還可以發現幾處較特別的地方：

　　1. 在「俄見一僧一道，遠遠而來，生得骨格不凡，豐神迥別，說說笑笑，來至峰下坐於石邊高談快論」這段文字間，甲戌在「論」字下較諸本多出四一三字，今全引於下：

> 俄見一僧一道遠遠而來，生得骨格不凡，豐神迥別，說說笑笑，來
> 至峰下，坐于石邊，高談快論。先是說些雲山霧海，神僊玄幻之事，
> 後便說到人間去享一享這榮華富貴，但自恨粗蠢，不得已，便口吐
> 人言，向那僧道說道：「大師，弟子蠢物，不能見禮了。適問（聞）
> 二位談那人世間榮耀繁華，心切慕之。弟子質雖粗蠢，性卻稍通。
> 況見二師仙形道體，定非凡品，必有補天濟世之材，利物濟人之德。
> 如蒙發一點慈心，攜帶弟子，得入紅塵，在那富貴場中，溫柔鄉裏，
> 受享幾年，自當永保洪恩，萬劫不忘也。」二仙師聽畢，齊憨笑道：
> 「善哉，善哉！那紅塵中有卻有些樂事，但不能永遠依恃。況又有
> 「美中不足，好事多魔（磨）」八個字緊相連屬，瞬息間則又樂極悲
> 生，人非物換。究竟是到頭一夢，萬境歸空。到不如不去的好。」

這石凡心已熾，那里聽得進這話去？乃複苦求再四，二仙知不可強制，乃嘆道：「此亦靜極思動，無中生有之數也。既如此，我們便攜你去受享受享。只是到不得意時，切莫後悔。」石道：「自然，自然。」那僧又道：「若説你性靈，卻又如此質蠢，並更無奇貴之處。如此，也只好蹈腳而已。也罷，我如今大施佛法，助你〔一〕助。待劫終之日，復還本質，以了此案。你道好否？」石頭聽了，感謝不盡。那僧便念咒書符，大展幻術，將一塊大石登時變成一塊鮮明瑩潔的美玉，且又縮成扇墜大小的可佩可拿。

2.「改石頭記為情僧錄」下多出「至吳玉峰題曰紅樓夢」。

3. 五絕之後，「出則既明」之前，有「至脂硯齋甲戌抄閱再評仍用石頭記」一句。

4. 第三回護官符一段，甲戌藉石頭的口裏說出，而且護官符的文字是「東海缺少白玉床，龍王來請金陵王」和「豐年好大雪，珍珠如土金如鐵」，王、薛（雪）二家的次序對倒，和諸本不同。而且其護官符下的註文，甲戌、戚、全抄本或有小異，己卯、庚辰、程本等全部刪去。

5. 第四、五回的分段，甲戌因第四回已殘，無法知道回末的結尾處，可是第五回卻作如此的開頭：

> 卻說薛家母子在榮府中寄居等事略已表明此回則暫不能寫矣如今且
> 說林黛玉自在榮府以來賈母萬般憐愛……

庚辰、戚本及程本的文字也大體相同，只有「卻說」二字作「第四回中既將」六字，那麼其第四回應和庚、戚本相同，全抄本「既將」一段文字是放在第四回末，和諸本以「因此遂將移居之念漸漸打滅了」的結尾不同。

以上五點是甲戌和其他抄本不同的地方，歷來認為甲戌本是較後版本的紅學家，往往也把這些異文看成丁亥年後整理的附加物，趙岡及吳世昌教授即是這派的健將。可是事實不然，周汝昌先生即提出強有力的證據，他說：

> 對于甲戌本，它是否真是（或者能夠代表）乾隆十九年脂硯齋的『再評』本，頗有不同意見。一種看法以為，甲戌本文字工致，款式整齊，批語刪去年月署名，是較晚的跡象；『至甲戌脂硯齋再評，仍用石頭記』等正文，可以是過後的追敘，不一定即甲戌當年所加。有的則以為，甲戌本中有『甲午秋月』等諸條批語，所以此本至少不會早于甲午即乾隆三十九年（雪芹逝世十年之後）。這種論證，是忘

記了各本上的脂批，會有從他本匯集過錄的情形，再還有一個可能，批者也會在早先的一個寫本上而陸續增寫較晚的批語，因此批語的年月與本子的年代並非總是一回事。再從內證看，事情也未必那樣簡單。試舉一二例以說明問題：

如第一回一開篇就敘一僧一道來到青埂峰，諸本俱作『來至石下，席地而坐，長談，見一塊鮮明堅潔的美玉，且又縮成扇墜大小的可佩可拿……』而甲戌本則作『來至峰下，坐于石邊，高談闊論……』，一段長文，共計四百二十四字，敘明二人與石交談，石頭不顧二人警勸，必欲下凡歷世，二人無奈，接受了石頭的請求，又施展幻術。將大石縮爲扇墜般美玉。……俞平伯先生『校本』，……伊藤漱平先生日譯本，皆採甲戌本增入。蓋無論從情節道理上講，少不得此段經過，即單從文字講，孤零零的「長談」二字懸在中間，既不成文法，也無復意義可言了，明係先有此段文字，後經割卻，添綴了不倫不類的「長談」兩字以圖省代。很難說甲戌本反是晚出之文。

如果有人駁難，說焉知甲戌本不是爲補救初本的文字缺陷，才後加此段的？那麼我要說，不是的，證據還在『三個眞本』之內。本回下文敘至甄士隱『只是一件不足，如今年已半百，膝下無幾……』處，甲戌本有行側批云：『所謂「美中不足」也。』這指的正是僧、道在和石頭對話中警勸它說的『……況又有「美中不足，好事多魔」八字緊相連屬……』的那個『美中不足』，批語正文，相爲呼應。這批評見于甲戌本，並無可異；值得注意的卻是蒙府本、戚序本、南京本卻也有此批的雙行夾注（庚辰本則因爲最前頭的十一回書全無批語，或係從一個白文本配抄，故無法比較互證）。這就說明，蒙、戚系統的本子本來也有此文此批，而文遭刪割；絕不會是先有了此批，然後又倒配逆補出那段四百餘字的文章來。再有一證，第五回內紅樓夢曲子的第一支正曲終身誤裏有云：『嘆人生，「美中不足」今方信』，須知這一句話也正是指的僧道二人當初勸戒石頭的話，前後呼應。如果沒有了那一段二百多字的長文，這樣的話便都落空而

沒有著落了。

還有，從這段文等來看，風格手筆，確是作者雪芹的原文，若說是他

亡後十年之久有別人能爲撰出這段文字增入，那我是不信的。〔註18〕從這點看來，甲戌本多出的這些文字，只能視爲後來的抄本爲了修改原書上的矛盾而刪去了，沒有證據說明畸笏叟在丁亥年後整理新定本的任意添加。

另外我們從甲戌本的第五回第十七頁上半面倒數第三行，第七回第十五頁下半面最後一行至回末等，這兩回的結尾文字也和諸抄本差異極大，如果根據甲戌本的其他現象或上面幾則例子，我們可以直認爲是後來抄本的改動，可是因其位於回末，又有被抽出改寫的可能。所以這些不在回中的異文如果不是有堅強的證據，我們只好存而不論罷了。

至於個別字的異同，觸目皆是，如一些人名的差別：

甲戌本第四回「這薛公子學名薛蟠，字表文龍，今年方十有五歲，性情奢侈……。」

己卯、庚辰本、全抄並作「這薛公子學名薛蟠，字表文起，五歲性情（全抄作「情性」）奢侈……。」

戚本作「這薛公子學名薛蟠，字表文起，從五、六歲時，就是性情奢侈……。」

刻本則作：「這薛公子學名薛蟠，字表文起，性情奢侈……。」

像這一類異名的例子不少，如甲戌本獨存「媚人」之名（第五回）；己卯、庚辰「英蓮」之名「英菊」；庚辰、全抄二本「茜雪」寫成「茜雲」（第七回），庚辰、戚本「李貴」之作「李景」等，有時也極有價值。

但是在這些異文中，最值得探討的，莫過於抄胥無意間脫去的文字。在我校對諸本的過程裏，常常發現幾個本子共同存有一段文字，唯獨一本沒有，造成上下文義的不足。這種情形和前面有意改動的文字絕對不同，如果故意增刪，一定會照顧上下文義的接續，否則就會留下文字間的矛盾。如果再進一步考查其發生的原因，不外抄胥長期間過錄一部大書，自然產生倦態，加上左右鄰行間，有著共同的文字或近似的字形、字音，促使抄者不知不覺誤移了一行或兩行，因而抄重或脫去了一行或兩行的文字。藉著這些重文或脫文，我們往往可以考查出抄胥當時所用的底本的行款格式，從其行款的演變過程中，大約可以考見現存本子的過錄次數。隨著過錄的次數越多，其抄重抄脫的機會自然愈大，

失真率也就愈高。如果統計其脫文的條數，比較諸本的失真率，其指數的高低自然告訴了我們那本接近於原本了。其次，在歸納諸本的重文或脫文的時候，時常會有一條脫文在二本間共同出現的情形，這一現象又說明什麼呢？我們知道，兩個不同的抄胥，在不同的時空下過錄同樣的版本，或不同類的版本，發生共同遺失，或抄重一段相同的文字，其或然率完全是個零數，因此，一發現這種共同的結果，幾乎肯定這回或這冊，甚至整部書有可能是同宗共祖，來自一個相同的底本，所以下面要談的，即是十六回裏諸本間無意識的脫文。

二、無意識的脫文

（一）甲戌本脫文例

共有兩條，一條十八字（第七回）、一條廿一字（第十六回），已經詳述於「行款格式」一節。

（二）庚辰本脫文例

1. 庚辰脫文，甲戌、戚、全抄、程甲、乙五本共存例

（1）第一回7頁（據中華書局影印「脂硯齋重評石頭記」，回頁，下同）

……歷來野史或訕謗君相或貶人妻女，姦淫凶惡不可勝數「更有一
種風月筆墨其淫穢污臭塗毒筆墨壞人子弟又不可勝數」至若佳人才
子等書則又千部共出一套……

庚辰本以「不可勝數」重文而脫二十六字，現在我們根據他本校補，並用「　」標明，下皆倣此。

（2）第三回頁58頁：

……賈赦之妻邢氏忙起身「笑道我帶了外甥女過去到也便宜賈母」
笑道正是呢你也去罷不必過來了。

庚辰本以「笑道」重文跳脫十六字。

（3）第三回68頁：

……今日只作遠別重逢亦未爲不可賈母笑道便好好的坐下「若如此
更相和睦了寶玉便走近黛玉身邊坐下」又細細打量一番……

庚辰本以「坐下」重文脫十九字。

（4）第三回71頁：

……這襲人亦有些癡處伏侍賈母時心中眼中「只有一個賈母如今服

　　　　待寶玉他心中眼中」又只有一個寶玉……

　　庚辰以「眼中」重文脫十七字，後再旁加。

　　（5）第四回 90 頁：

　　　　……那自己將入都時卻又聞得母舅「王子騰陞了九省統制奉旨出都
　　　　查邊薛蟠心中暗喜道我正愁進京去有個嫡親的母舅」管轄著不能任
　　　　意揮霍……

　　庚辰以「母舅」重文脫去卅五字。

　　（6）第廿五回 570 頁：

　　　　……趙姨娘便印了手模走到廚櫃裡將梯己拿了出來與馬道婆「看看
　　　　道這個你先拿了去作香燭供奉使費可好不好馬道婆」看看白花花的
　　　　一堆銀子又有欠契……

　　庚辰本以「馬道婆看」重文脫廿五字。

2. 庚辰、全抄本並脫，甲戌、戚、甲、乙四本共存例

　　（1）第六回 139 頁：

　　　　「……只聽遠遠有人笑聲約有一二十婦人『衣裙悉率漸入堂屋往那
　　　　邊室內去了又見兩三個婦人」都捧著大漆捧盒進這東邊來等候……」

　　庚辰、全抄本以「婦人」重文脫二十二字。

（三）戚本脫文，諸本共存例

1. 戚本脫文，甲戌、己卯、庚辰、全抄、程甲、乙六本共存例

　　（1）第三回十六頁上半頁（據學生書局影印「國初鈔本原本紅樓夢」回
頁，下同。）

　　　　……賈母因問黛玉念何書黛玉道只剛念了四書 _{好極稗官專用腹隱五車書等語}「黛玉又
　　　　問姊妹們讀何書賈母道讀的是什麼書不過是認得兩個字」不是睜眼
　　　　的瞎子罷了……

　　戚本以脂批下誤脫卅五字，近兩行。

　　（2）七頁上半頁：

　　　　……孩子道這個容易你跟我來說著跳跳跐跐引著劉姥姥「進了後門
　　　　至一院牆邊指與劉姥姥」道這就是他家……

　　戚本以「劉姥姥」重文跳行脫十四字。

　　（3）第六回十頁下半頁：

　　　　……忽聽周瑞家的稱「他是平姑娘又見平兒趕著周瑞家的稱」是周

大娘……

戚本以「周瑞家的稱」重文脫十七字。

（4）第七回四頁下半頁：

……說著叫香菱「二字仍從蓮上來蓋英蓮者應憐也香菱者亦相憐之意此改名之英蓮也」只聽簾攏響處方纔和金釧兒頑的那個小女孩進來了問奶奶叫我做什麼」薛姨媽道把那匣子裡的花兒拿來……

戚本以雙行批下跳卅字。

（四）全抄脫文

1. 全抄脫文，甲戌、己卯、庚辰、戚、晉、程甲、乙七本共存例

（1）第十六回四頁上半頁（據中華書局影印「乾隆鈔本百二十回紅樓夢稿」回頁，下同。）

……靠著我們爺只怕我還餓死了呢鳳姐笑說道「媽媽你放心兩個好哥哥都交給我你從小兒奶的兒子你還有什麼不知道」他那脾氣的拿著皮肉到往那不相干的外人身上貼……

全抄以「道」字重文誤跳卅字。

2. 全抄脫文，甲戌、庚辰、戚、程甲、乙五本共存例：

（1）第二回二頁上半頁：

……承他之情留我多住兩日「我也無甚緊事且盤桓兩日」待月半也就起身了……

全抄以「兩日」重文跳去十一字。

（2）第十四回三頁下半頁：

……鳳姐道我乏的身上生疼還攔的住你揉搓你放心罷今兒才領了紙裱糊去了「他們該要的還等叫去呢可不傻了」寶玉不信鳳姐便叫彩明查冊子與寶玉看了……

全抄以「兩日」重文跳去十一字。

（3）第十六回一頁上半頁：

……早見六宮都監夏守忠「乘馬而至前後左右又有許多內監跟從那夏守忠」也不曾負詔奉勒至簷下馬滿面笑容……

全抄以「夏守忠」重文脫廿字。

3. 全抄、己卯並脫，甲戌、庚辰、戚、程甲、乙五本共存例

（1）第三回一頁上半頁

……他便四下裏尋情找門路忽遇見雨村「故忙道喜二人見了禮張如
圭便將此信告訴雨村」雨村自是歡喜忙忙的敘了兩句遂作別各自回
家……」

全抄、己卯以「雨村」脫去廿字。

（五）程本所用底本脫文

1. 程本脫文，甲戌、己卯、庚辰、戚、晉、全抄六本共存例

（1）第十五回一頁下半頁（據中華書局影印「乾隆百二十回紅樓夢稿」
回頁，下同。）

……遞與寶玉道今日初會倉促無賀敬之「物此係前由聖上親賜蓉苓
香念珠一串權爲敬賀之」禮寶玉連忙接了回身奉與貫政……

程甲、乙底本以「敬賀之」重文跳廿一字。

2. 程本脫文，甲戌、己卯、庚辰、戚、全抄五本共存例

（1）第十六回七頁上半頁：

……那秦鐘魂魄那裡肯就去又記念著家中無人掌著家務又記罣著
「父親還有積下的三四千兩銀子又記罣著」智能尚無下落因此百般
求告鬼判……

程底本以「又記罣著」重文跳去十六字。

3. 程底本脫文，甲戌、庚辰、戚本、全抄四本共存例

（1）第廿八回一頁上半頁

……林黛玉回頭見是寶玉待要不理他聽他說只說一句話「從今撂開
手這話裡有文章少不得站住說道一句話」請說來寶玉笑道兩句話說
了你聽不聽……

程底本以「一句話」脫去廿三字。

以上十六回諸本間的脫文共計廿一條，甲戌本佔了二條，失眞率百分之
九‧五二三八；庚辰本佔了七條，失眞率百分之三三‧三三三三；戚本則有
五條，失眞率百分之廿三‧八○九五二；全抄本六條，失眞率百分之廿八‧
五七一四二；程本三條，失眞率百分之一四‧二八五七一。

我們知道，這種無意識的脫文，每隨過錄次數的增加而成正比，失眞率
愈低，顯示過錄的次數愈少，所用的底本也愈早。甲戌本正合於這個原則，
證明以上幾個本子中，當以甲戌本過錄的次數最少，底本最早。再從其兩條
脫文的行款來看，一條脫去廿一字，一條十八字，完全合乎原本的標準格式，

說明今本是直接抄自原本，此點已詳述於行款格式中。二種不同的方法，推論出來的結果竟然如此的一致，證明甲戌本其正文源於乾隆甲戌十九年的底本，應無疑義。

然而諸本間的行款則與甲戌本不同；非但錯落參差，也顯示出其距離原本的行款已有數度的變革，此點詳論於各本的行款格式一節，在此不加贅述。不過我們從這十六回中，可以看出程本已是較後的產物，失眞率卻僅次於甲戌，似乎說明其所用的底本較好，或者經過一番的校勘，如引言所說：「今復聚集各原本詳加校閱」「廣集校勘，準情酌理，補遺訂訛」的工序，而這些過程應該自程甲本已經如此，到了程乙本時，才又多作了一次的補敘。至於庚辰本的失眞率，竟然高居諸本之冠，而且七條脫文中，六條脫文都在前八回的白文本，似乎說明問題出在這白文本的身上。因此，縱使馮其庸先生的論證灼灼，認爲其據怡府的己卯本過錄，仍然無法解釋這十一回的失眞現象，而吳世昌先生懷疑它爲鈔配，也非毫無道理。另外，戚本在這十六回裏，脫文五條，失眞率百分之廿三‧八○九五二，在抄本內的失眞位居第三，並且第七回和甲戌竟有一條共同的脫文，可以說明二本間這回的密切關係。然而從失眞的程度來看，戚本已經晚於甲戌本了。全抄本脫文六條，失眞程度僅較庚辰爲低。從這十六回中，其與己卯本的對應關係，似乎可以證明這部分的正文是直接源自帶有批語的四閱評本，因此遠較庚辰本的過錄次數爲少。

根據以上分析諸本的結果，甲戌本現存的十六回正文，無論有意刪改的文字或無意識的脫文，都能證明其文字經過最少的改動，行款格式的變革最小，失眞率最低，並且僅經一次的過錄手續，因此足以證明其文字最具原本的特徵，從「甲戌抄閱再評」來看，應該足以說明其底本非現存的四閱評本一系，而是乾隆十九年「甲戌抄閱再評」本的過錄，稱之爲「甲戌本」是指其正文罷了。

伍、甲戌本的底本及其年代

一、底本的論述

胡適對於這本的鑑定，認爲「此本是海內最古的石頭記抄本」〔註 19〕，

〔註19〕同註6，第三集，第 373 頁。

並且又說：

> 我曾疑心甲戌以前的本子沒有八十回之多，也許止有二十八回，也許只有四十回。爲什麼呢？
>
> 因爲如果甲戌以前雪芹已成八十回，那麼，從甲戌到壬午，這九年之中雪芹做的是什麼書？
>
> 難道他沒有繼續此書嗎？如果他續作的書是八十回以後之書，那些書稿又在何處呢？
>
> 如果甲戌已有八十回稿本流傳于朋友之間，則他以後十年間續作的稿本必有人傳觀抄閱不至于完全失散。所以我疑心脂本當甲戌時還沒有八十回。〔註20〕

民國廿二年，胡先生在讀完庚辰本後，又對甲戌本的價值給予肯定，並作了一點修正：

> 甲戌本也是過錄之本，其底本寫于『庚辰和定本』之前六年，尚可以考見寫定之前的稿本狀況，故最可寶貴。甲戌本所錄批語，其年代有『甲午八月』，又在此本最晚的批語（丁亥）之後七年，其中有很重要的追憶，使我們因此知道曹雪芹死在壬午除夕，知道紅樓夢所記本家確指曹家，知道原本十三回『秦可卿淫喪天香樓』的故事，知道八十回外此書尚有一些已成的殘稿。〔註21〕

到了民國五十年，他在甲戌本出版前夕，非但肯定的說：「這個甲戌本還是世間最古又最可寶貴的紅樓夢寫本」，〔註22〕更致書趙聰先生說：「甲戌本雖然已經披閱十載增刪五次，其實只寫成十六回。」〔註23〕後來「跋乾隆甲戌脂硯齋重評石頭記影印本」時，又提出缺少的第九到第十二回及第十七到二十四回是甲戌以後才寫的：

> 甲戌本的十六回是這樣的：
>
> 第一到第八回，缺第九到第十二回。
>
> 第十三到第十六回，缺第十七到第二十四回。
>
> 第二十五回到第二十八回。

〔註20〕同前，第三集，第399頁。

〔註21〕同前，第四集，第399頁。

〔註22〕同註7。

〔註23〕同前，「跋乾隆甲戌脂硯齋重評石頭記影印本」，第4頁下。

我可以先證明第十七回到第二十四回是甲戌本沒有的，是後來補寫的。試看乾隆庚辰（二十五年，1760）秋月定本的狀態：

(1) 第十七回「大觀園試才題對額，榮國府歸省慶元宵」
有二十七頁半之多，首頁題作『第十七回至十八回』。
前面空頁上有批語一行：『此回宜分二回才妥。』

(2) 第十九回雖然另起一葉，但還沒有回目，也還沒有標明「第十九回」。

(3) 庚辰本的第二十二回沒有寫完，只寫到元春、迎春、探春、惜春的四個燈謎，下面就沒有了。下面有一頁白紙，上面寫著：

暫記寶釵製註云：

『朝罷誰攜兩袖煙？琴邊衾裏總無緣。曉籌不用雞人報，五夜無煩侍女添。焦首朝朝還暮暮，煎心日日復年年。光陰荏苒須當惜，風雨陰晴任變遷。』

此回未成而芹逝矣！嘆嘆！丁亥夏，畸笏叟。

這都可見第十七、十八、十九回是很晚才寫成的，所以在庚辰秋月的『定本』裏，那三回還止有一個回目。第二十二回寫的更晚了，直到雪芹死後多年還在未完成的狀態，所以後人有不同的補本，戚本補的第二十二回就和高鶚補的大不相同。（戚本保存惜春的謎，也用了寶釵的謎，還接近庚友本；高鶚本刪了惜春的謎，把寶釵的謎送給黛玉，又另作了寶釵寶玉兩人的謎。）

這樣看來，甲戌本原缺的第十七到第二十四回是甲戌以後才寫的，其中最晚寫的是第二十二回：『此回未成而芹逝矣！』

其次，我要指出甲戌本原缺的第九到第十二回也是後來補寫的，寫的都很潦草，又有和甲戌本顯然衝突的地方。

這四回的內容是這樣的：

第九回寫賈氏家塾裏胡鬧的情形，是八十回裏很潦草的一回。

第十回寫秦可卿忽然病了，寫張太醫診脈開方，說『這病尚有三分治得』，又說，『今年一冬是不相干的，總是過了春分，就可望全愈了。』這就是說，秦氏不能活過春分了。

第十一回寫秦氏病危了。『這年正是十一月三十日冬至。到交節的那

幾日，賈母、王夫人、鳳姐兒，日日差人去看秦氏。』王夫人向賈
母說，『這個症候遇著這樣大節，不添病，就有好大的指望了。』過
了冬至，十二月初三；鳳姐奉命去看秦氏，『那臉上身上的肉全瘦乾
了。』鳳姐兒從秦氏屋裏出來，到尤氏上房坐下。

　　尤氏道，『妳冷眼睄媳婦是怎麼樣？』

　　鳳姐兒低了半日頭，說道：『這實在沒法兒了。妳也該就
　　一應的後事用的東西料理料理，沖一沖也好。』

　　尤氏道，『我也叫人暗暗的預備了。就是那件東西不得好
　　木頭，暫且慢慢的辦罷。』

這是很明白清楚的說秦氏病危了，『實在沒法兒了』，『一應的後事用
的東西』都暗暗的預備好了。

這就到了第十一回的末尾了，忽然接上賈瑞『合該作死』的故事，
于是第十二回整回寫的是『賈瑞正照風月寶鑑』的故事，──這一
回裏。賈瑞受了鳳姐兒兩次欺騙，得了種種重病，『諸如此症，不上
一年都添全了。……倏又臘盡春回，』──這分明又過了整一年了，
這整一年裏，竟沒人提起秦可卿的病了！

我們試把這四回的內容和甲戌本第十三回關于秦氏之死的正文、總
評、眉評、對照著看，我們就可以明白前面的四回是後來補加進去
的，所以其中有講不通的重要衝突。」〔註24〕

以上是胡先生從民國十七年，收藏這部抄本之後，直到影印的前夕，積聚三
十多年的研精覃思，先後發表的幾篇文章大略的摘要，確定這部抄本是最古
最寶貴的過錄本，在甲戌年間（1754），才完成十六回。

　　這番論證是否適當，從他希望得到「研究紅樓夢本子沿革演變的朋友不
客氣的討論教正」裏，知道胡先生頗為自信，更希望得到大家的公認。然而
隨著影本的流傳，馬上得到各種不同的迴響，今就其時序分說如下：

　　（一）趙岡先生：他列舉了三點消極的理由，「說明甲戌本為什麼不會是
一個只有十六回的石頭記初稿」，其次，從幾點正面的根據推斷它是「雪芹逝
世後由脂硯齋負責整理出來的一個新稿本」，今節引如下：

　　（1）第一是小說創作的程序問題。紅樓夢是一部長篇小說，與馮夢
龍的『警世通言』那類短篇章回小說不同。一來這種長篇小說不容

易跳著寫，二來，即使是跳著寫的，在全稿尚未大致完成以前，很難定出回目的次序。假設曹雪芹初稿只寫了三大段，共十六回，他如何能夠確定中間所預留的兩大段，正好能補足第九回至第十二回，及第十七回至第廿四回？這種事先的精確預計是令人難以想像的。在石頭記第一回中說：「曹雪芹于悼紅軒中披閱十載，增刪五次，纂成目錄，分出章回」。再見雪芹當年也是按著正常的創作程序，先大致寫出小說的內容，再「纂成目錄，分出章回」，而不是反其道行之，先「纂成目錄，分出章回」，然後再跳著一段一段地去寫出內容。

（2）稱這個脂評本為『甲戌本』，本身就有點不妥。某一本脂評石頭記的成書年代需要從該本的特有記載來斷定。『庚辰本』之被稱為『庚辰本』，因為其回目前註明『庚辰秋月定本』字樣。『己卯本』前面也已書明『己卯冬月』四閱評過字樣。它之被定名為『甲戌本』是由於書文中的一句話。該本第一回中有『至脂硯齋甲戌抄閱再評仍用石頭記』。但是這句書文並未指出這個稿本的成書年代。這段文字是在說明這部小說的書名，如其由『情僧錄』演變成『石頭記』的過程。到脂硯齋甲戌抄閱再評時，書名被改回成『石頭記』，以後就一直被沿用著，而無新的更改。這段記載與這個稿本的成書年代無關。充其量我們只能說它是成於甲戌年以後，而非甲戌年以前。

（3）該脂評本的『紅樓夢旨義』中寫道：『又如賈瑞病，跛道人持一鏡來，上面即鏨風月寶鑑四字，此則風月寶鑑之點睛』。可見當時起碼還有第十二回，並非只有現存的十六回文字。

（4）以上說明了幾點消極的理由，以下是幾點正面的根據，證明『甲戌本』殘存的這十六回，比其他各脂評本中相同的十六回，形式上完整的多。『甲戌本』的十六回，除了一兩回以外，都有回首總評及回尾總評，文字比一般的批語要長些，第一回的前面有一段『紅樓夢旨義』和『凡例』。這些都是其他脂評本上所沒有的。這些回首及回尾總評都是與正文一樣用筆墨抄寫的，而不是和一般批語那樣後來補加上的。這表示這個『甲戌本』確是比其它幾個脂評本都更接近於完成階段。尤其值得注意的是『紅樓夢旨義』與『凡例』。我們很難想像，雪芹在原擬寫一百回小說只寫了十六回的時候，就有人給編寫出這篇類似序言的『凡例』，而到了後來，書寫得愈長，『凡

例』反而被取消了。

（5）從正文內容來看，甲戌本的字句比其他脂評本都妥切的多，這一點俞平伯早已舉例說明過，（見俞平伯「紅樓夢研究」中之「紅樓夢第一回校勘的一些材料」）。

（6）從回目來看也是如此，甲戌本比庚辰本已經有了改進。譬如說第二十五回的回目在庚辰本上是「魘魔法姊弟逢五鬼」。這一段是寫馬道婆用邪法使鳳姐寶玉兩人大病。戚敘本（有正本）也是用的這個回目。寶玉固然稱王熙鳳做『鳳姐姐』，但兩人的正式關係究竟是小叔和嫂子，而非姊姊和弟弟，這個毛病到了甲戌本時就被改過來了！該本第二十五回回目是「魘魔法叔嫂逢五鬼」。這與後來的舒元煒序抄本石頭記（1789）和程甲本（1791）紅樓夢該回回目完全相同了。

（7）甲戌本成書的年代也可以從它的脂批內容和形式來判斷。甲戌本的批語可分三大類，第一類是回首回尾總評，是與正文用一色墨筆寫的。從這些總評的整齊排列，可以看出它們不是臨時補加上去的。

第二類是雙行硃墨夾批，抄寫者在墨筆正文之間預先留下恰到好處的空間，然後填上硃筆雙行小字夾批。經對照，甲戌本上的雙行夾批在庚辰本上也是雙行夾批。這些後來填上去的硃墨雙行小字批語，也沒有一條顯得很擁擠，或是空間太多而填不滿的情形。第三類是行間硃筆夾批，其中一兩條很明顯是按錯了她方。譬如：庚辰本第二十八回（庚辰影印本第315頁）在『寶玉……不覺滴下眼淚來』一句旁有硃批『玉兄淚不是容易有的』。這條批語在甲戌本上就被錯按在『林黛玉不覺滴下淚來』一句旁邊。現在讓我們先看甲戌本上的回首回尾總評。我們已經說過這些總評與書前的凡例都是與正文同時存在的。所以可以從總評的內容來判斷甲戌本成書的早晚，以及它當年究竟是否只有十六回正文。現在試看下列各處：

　　　　　在『紅樓夢旨義』中有『賈瑞病，跛道人持一鏡來，上
　　　　面即鏨風月寶鑑四字，此則風月寶鑑之點睛。

第六回回首總評有：『此回借劉嫗嫗……且伏二遞（進）三遞（進）及巧姐之歸著。』

第十六回回首總評有『趙嫗討情閒文卻引出通部脈絡。』

第廿五回回尾總評有『通靈玉除邪全部只此一見。』

第廿六回回尾總評有『前回倪二，紫英，湘蓮，玉函四樣俠文皆得傳眞寫照之筆，惜衛若蘭射圃文字迷失無稿，嘆嘆。』

第廿七回回尾總評有『且紅玉後有寶玉大得力處，此于千里外伏線也。』

第廿八回回尾總評有『棋官雖係優人，後回與襲人供玉兄寶卿得同始終者，非泛泛之文也。』

同處：『寶玉忘情露於寶釵，是後回累累忘情之引，茜香羅，暗繫於襲人腰中，係伏線之文。』

從這幾點來看，可以知道，甲戌本實在不止這十六回，因爲評語中提到『全部』，『通部』，『後文』。而且它提到第十二回『賈天祥正照風月鑑』，及描寫倪二的一段俠文，即第二十四回『醉金剛輕財尚義俠』。

（8）甲戌本的雙行硃批與行間書眉硃批提到『後文』之處尤多，舉不勝舉，隨便列出幾個明顯的例證如下：

第一回（甲戌影印本十三頁）：『直灌入慕雅女雅集苦吟詩一回』。已經提到第四十八回的回目。

第廿五回（甲戌影印本 178 頁）：『玉兄每情不情況有情者乎』。是已經看過全書結尾的『情榜』，『情榜』上寶玉的評語是『情不情』，黛玉是『情情』。

……

第十六回（甲戌影印本 162 頁）：『一段收拾過阿鳳心機膽量……後文不必細寫其事則知其平生之作爲，回首時無怪乎其慘痛之態……』。這一條特別值得注意。這一條是雙行硃筆小字夾批，而非眉批或行間夾批。這表示這條批語寫的時間很早。根據此條批語可以知道，當時脂硯已經看到後文描寫鳳姐敗落後的『慘痛之態』。〔註25〕

　　趙教授這番分析，的確相當的深入，可是紅樓夢在甲戌年不只完成十六回和這個本子的早晚不能混爲一談。此點詳後析論。

〔註25〕趙岡，「談甲戌脂硯齋重評石頭記」（「作品」第二卷第十期，民國 50 年 10 月）。第 53～55 頁。

（二）俞平伯先生：早期即和胡適先生一起研討紅樓夢的專家，在讀過甲戌影本後，雖不曾明確批評胡先生的說法，但卻委婉的對於這位師友的意見不表贊同，他說：

說甲戌本是個殘本，看來本不成爲問題。現在卻有人說所謂『甲戌本』原來就是這樣——意謂曹雪芹在乾隆甲戌年所寫成的「紅樓夢」，只有這寫到第二十八回，斷爲三截的十六回書。就現行本是否完全來說，問題不大，卻牽涉到作者寫「紅樓夢」的情況，有把它弄清楚的必要。

首先，我們應當相信，也只有相信雪芹自己的話。各本開端都有『披閱十載，增刪五次』的說法，甲戌本更添上『十年辛苦不尋常』的詩句，難道他辛辛苦苦做了十年只有這麼一點點的成績麼？又說『纂成目錄，分出章回』，本書必已具相當的規模，大部的輪廓，才能夠這樣說，難道只有這斷斷續續的十六回麼？這顯然和作者的話矛盾。再從甲戌本特有的脂批來看，如：

又夾寫士隱實是翰林文苑，非守錢虜也，直灌入『慕雅女雅集苦吟詩』一回。（第一回夾批，十……二頁下。）

『略有些瓜葛』，是數十回後之正脈也，眞千里伏線。（第六回夾批，說劉老老事，二頁下。）

香菱學詩，見本書第四十八回。至於後來劉老老當有三進榮國府事，已在後三十回的殘稿裏了，故云『數十回後之正脈』，『千里伏線』。這些脂批雖不題年月，恐不會太晚。這對脂批來說也是矛盾的。

以常情來推論。如已完成的有十六回，那麼，未完成有多少？即以八十回來計算，也應當有六十四回。再將這數量來配合時間。從初著到甲戌共十年，而甲戌到作者卒年壬午不過九年——也算他十年。同樣的十年也，前一個『十年』寫得何其太少，後一個『十年』寫得何其甚多？或者可以說，應當把作者主觀的努力計算進去。假如他後半世拼命來寫，安見得不可能。但這又跟事實相反的。

雪芹自己說『十年辛苦不尋常』，可見他在前一段十年裏很努力；而且這段時光正當他的成年。至於晚年，他住在北京西郊，相當的窮愁潦倒，如敦誠說他『舉家食粥酒常賒』，敦敏說他『一醉䤲䤚白眼斜』，是否仍在努力寫作實不可知。相反的方面倒有些證據。如雪芹

辛於壬午除夕，離庚辰還有足足的兩年，但看現存的庚辰定本，許多殘缺的痕跡一點沒有補上。第七十五回上有『乾隆二十一年五月初七日』一條，說『缺中秋詩俟雪芹』，是歲在丙子，離壬午還有六年，等雪芹，雪芹始終沒有來，可見他在最後這幾年中不曾多搞這八十回——或者在寫後三十回罷？現在如把這些即作爲證據，或者不大夠。但如把他努力寫作的時期，不放在早年而放在晚年，分明是不恰當的。

以上說曹雪芹以十年的辛苦不應當只寫十六回書。但此本的特點，不僅在它的少，而在它的中斷。雖只有十六回，止於第二十八回。以中間缺了一個四回，又一個八回，共缺十二回，只賸得十六回了。這樣斷成三截的本子，總應當說更是殘缺的了，但一說卻認爲曹雪芹甲戌年的稿本正是這個樣子的。這就不止一個版本完全或否的問題‧，而更牽連到作者寫作的情況了：

> 今本缺第九至第十二，第十七至二十四回，說者都認爲這些都是有問題的地方，所以雪芹還不曾寫好。關於第一段缺回，以爲秦可卿的死法既改變了，上文必要修改，因而沒有完成。從第十三回看，尚有一些未刪得乾淨的，如『天香樓』，如『丫嬛瑞珠觸柱而亡』，見此本五、六兩頁，都有硃筆夾批，批書者認爲應當刪去，可見在第十三回以前，作者已相當地刪改了，這裏不過『漏網之魚』而已。

關於第二段缺回的解釋，所持理由更薄弱。不過從脂庚辰本看，第十七、十八沒有分回，第十九回無回目，第二十二回還差一點點沒有寫完，以爲庚辰本既尚有殘缺，推測甲戌本還未必有。這都是主觀揣想之詞。況且這一段所缺共有八回：第十七、十八、十九、二十二回，就算它有了下落和交代，還有那四回書又怎麼辦呢？

試一般地談一談我對於雪芹寫書情況的看法。像「紅樓夢」這樣空前偉著，洋洋大文，要說作者從頭至尾，振筆直書，一氣呵成：這也是不容易想像的。我們應當說有斷斷續續地寫作的可能。我在「後三十回的紅樓夢」一文中，曾據脂庚本第二十回眉批說：

> 後三十回書有五六段的謄清稿，可能這五六稿並連接不

起來。

這樣的情形，不僅後三十回裏有，即前八十回又何嘗不然。例如庚辰本第二十二回的未完；又如各本第三十五回的未完，更是大家所熟悉的。

雖有這些事實，也不等於說隔了四回寫一段。再隔了八回寫一段。有了規劃或不妨分段寫。如在某處自成一段落，亦可以更端另起。但如此本所缺的八回那一段，接在第二十五回，卻不合這樣的情況。其前爲第二十四回『癡女兒遺帕惹相思』，記小紅（紅玉）和賈芸、寶玉種種交涉，正在糾纏不清，如何更端另起呢。

劉氏收藏此本究有多少呢？看他的跋語：

> 惜止存八卷，海內收藏家有副本，願抄補全之則幸矣。

他倒明說了當時他手裏有幾卷，可惜這話又不好懂。今本共有十六回，即十六卷，書上標寫得明白，劉銓福卻說有八卷，難道他只有現行本的一半麼？決不會這樣。（一）第一至第八卷他當然有的。在第十三卷之首，鈐有『劉銓福子重印』圖記，可見第十三回以後他也是有的。這樣已不止八卷了。（二）在這跋文的後半，他說想把這書抄配全了，那也決不止八卷了。若只有八回書，卻要想配全至少八十回，這亦未免太妄想了。

他所謂『八卷』，既不會少於現存的十六卷，卻儘可多於十六卷。書是容易散失的呵。『八卷』恐只能作八本八冊解。依現存本情況說，書四冊，每冊四回，共十六回；如爲八冊，便有三十二回了。姑假定劉氏藏本共八冊：今存第一冊（一至四回），第二冊（五至八回），第四冊（十二至十六回），第七冊（二十五至二十八回）；缺第三冊（九至十二回），第五、六冊（十七至二十四回），第八冊（二十九至三十二回）。劉氏藏本大約止於此。

依照上面的看法，今本大約只得劉銓福收藏的一半；那麼，對於甲戌原本，當然更是殘缺的了。〔註26〕

（三）吳世昌先生：他在「殘本脂評石頭記的底本及其年代」第五節所謂『最初稿本的原樣子』裏，仍然堅持他早期在「探源」裏的看法：

> 胡適因爲一開始即錯認此殘本爲「甲戌」本，日久養成了『條件反

〔註26〕同註3，第303～307頁。

射』，處處從「甲戌」出發，以爲此本中的『凡例』、『總評』、朱批等，都比別的脂本更古更早更有價值，出于雪芹或脂硯之手。

由此發展下去，他竟在影印本的跋文中『進一步』認爲雪芹直到（1754）年『雖然已說』披閱十載，增刪五次，其實只寫成了十六回……故我這個『甲戌』本眞可以說是雪芹最初稿本的原樣子。說定這話，他用了三面以上的大量篇幅來敘述雪芹如何把『甲戌以前的最初稿本』（六頁下，第十三行）中的「秦可卿淫喪天香樓」大加刪改，把回目改成「秦可卿死封龍禁尉」。這樣說來：雪芹竟有了兩個『最初稿本』：一個是胡適自己的『甲戌』本，一個是胡適所謂『甲戌以前的最初稿本』。究竟那一個是眞正的『最初稿本』，或最初的『最初稿本』呢？而且，此本第十三回末的脂評已說明此回刪去了原稿四、五頁，（十面左右）怎麼這個『甲戌』本還是『最初稿本的原樣子』呢？然則雪芹未刪此四、五頁以前的本子，是不是最初的『最初稿本的原樣子』，或『最初稿本的原樣子』的原樣子呢？再說，就在這個本子的第一回中，正文中明明說已經作者『披閱十載，增刪五次』，怎樣還是『最初稿本的原樣子』呢？難道硬要增刪六次或七次，才算不再是『原樣子』麼？這個問題，恐怕連杜威的『實驗主義』也不能幫他解決。其實，『甲戌』本來是『脂硯齋鈔閱再評』之年，不能與雪芹著書之手相混。既曰『鈔閱再評』，則甲戌以前早已經過一次『初評』。依『脂京本』中硃筆眉批所記年份，如：己卯（1759）—壬午（1762）—己酉（1765）—丁亥（1767），通常每隔兩年或一年評一次，甲戌（1754）至己卯則隔五年。如以平均每隔三年爲準，則『初評』應在辛未（1751）。據此，也可以說明一些問題。第一，遠在辛未年，『石頭記』的八十回初稿已大致寫好，故脂硯齋得在此稿本上寫評語。其第一回評語中且已引及後文第四十八回『慕雅女』回目，則其初評稿即已不止胡適所謂『僅此十六回』，其次，脂硯齋初評時當然也有鈔本，那個鈔本的第一回楔子大概也已經說曹雪芹『披閱十載，刪改五次』，不會說『披閱七載』（因爲較後的本子也沒有改成『披閱十二載』或『十五載』等）。故若以十載爲雪芹寫作年數，應當從脂硯齋鈔閱初評時算起，即從1751年左右算起，則雪芹開始寫作時應爲1741年，即乾隆六年辛酉左右。以

我考證雪芹生于 1715 年，則其開始寫作此書在二十六歲左右。我在
『探源』英文本中假定雪芹 1744 年開始寫作，乃從甲戌算起。現應
改正。」〔註27〕

（四）陳慶浩先生：他對脂評研究過後，懷疑胡先生的說法，因此，提
出原存十六回裏的眉批、夾批與「十六回外有聯繫的線索，眞是不勝枚舉。」
並且更舉出與正文同時抄錄的雙行批。總批涉及十六回外的文字，顯示「批
書者讀過了十六回甲戌本以後的各回甚至末回」。更進一步，再從各回的承上
啓下證明十六回書，不可能獨立，也不能僅寫這不連續的十六回，其理由是：

「然而，我們以爲最好地證明甲戌本非只十六回，還是從它自己各
回的承上啓下方面取出例證，來證明這十六回書既不可能獨立，作
者也不可能單寫這十六回——這麼不連續的十六回。
黛玉是本書極主要人物，書中對她的描寫是十分精細的，而甲戌本
第十三回一開始，即直寫賈璉送她回揚州，是甚麼緣故卻沒説明，
這是因缺了第九至十二回所致。若我們只有甲戌本，看完第一至八
回，再接看這一回，將作丈二金剛了。因爲庚辰本第十二回末有：
　　　誰知這年底，林儒海的書信寄來。卻爲身染重疾，寫書
　　　特來接林黛玉回去。……賈璉與林黛玉辭別了同人，帶
　　　領僕從登舟，往揚州去了。
將兩人赴揚州因由，交待得一清二楚，故第十三回才可劈頭寫出「話
説鳳姐自賈璉送黛玉往揚州去後，心中實在無趣。」這麼一句的。
分明是寫好了第十二回接著寫第十三回的，胡先生不考慮這些，卻
斷定作者當時還未寫第九至十二回，只可惜是這一斷口卻接不下。
我們再來看第二個斷口，第二十五回一開頭寫道：
　　　話説紅玉情思纏綿，忽朦朧睡去。見賈芸要拉他，卻回
　　　身一跑，被門檻絆了一跤，唬醒過來，方知是夢。因此
　　　翻來覆去，一夜無眠。
若沒看上面的「痴女兒遺帕惹相思」的一段描寫：
　　　正悶悶的，忽然聽見老嬤嬤説起賈芸來，不覺心中一動，
　　　便悶悶的回至房中，睡在床上。黯黯盤算，翻來覆去，
　　　正沒個抓尋，忽聽窗外低低的叫道：「紅玉，你的手帕子

〔註27〕同註 4，第 205～207 頁。

我拾在這裏呢？」紅玉聽了，忙走出來。一看，不是別
人，正是賈芸。紅玉不覺的粉面含羞問道：「二爺在那裏
拾著的？」賈芸笑道：「你過來，我告訴你。」一面說，
一面就上來拉他。那紅玉急回身一跑，卻被門檻絆倒。
要知端的，下回分解。

我們真會以為紅玉活見鬼呢？而這一段的敘述，卻是在甲戌本所缺
的第二十四回裏面的呢？我們看這二回接續得何等自然，真能分開
寫而一下筆就這樣的麼？沒有第二十四回的後一段，何來第二十五
回，再想一想，我們若單看甲戌本，則賈芸只在秦可卿喪禮中出現
過一次，他既不是榮寧兩府的人，怎能與寶玉的丫頭有甚麼瓜葛？
紅玉有甚麼理由會夢到他？這些情節，若不是看了第二十四回，何
從知道，而胡先生則說第二十四回也是遲於第二十五回才寫的，這
是前後倒置了。

整個看起來，胡先生的甲戌年石頭記只寫成了十六回，而此十六回
又分成不連續的三部份的說法是錯誤的。胡先生所提出的論據我們
已給予一一的討論，指出他們都不足以支持他的論點，而且從在各
方面的研究，我們又得到甲戌本石頭記不只十六回的結論。」〔註28〕

綜觀以上諸家的論難，不管就理論而言。或是衡量實際的證據，處處使胡先
生主張的「十六同成稿」不能成立。再以甲戌本自身的傳承歷史來看，婺源
潘師石禪在「甲戌本石頭記叢論」裏也說：

「從本書正文『至脂硯齋甲戌抄閱再評』這句話看來，照理應有一
部成書，而且這部書已經評過，又重抄再評，自然不會是斷斷續續
只得十幾回的殘書。還有，王雪澄先生日記提到『此稿僅半部，大
興劉寬夫得之京中打鼓擔中，後半部重購之，不可得矣。』似乎甲
戌本脂評石頭記，還是八十回的本子，胡先生的看法認為十六回是
最初稿本的原樣子，恐怕是根本不能成立的。」〔註29〕

這裏提出一條「半部」的證據，完全和劉氏自己的題跋「八卷」遙相呼應。
因此胡先生的「最初稿本的原樣子」非但不能維護，劉氏也不僅得到十六回
的殘本而已。

〔註28〕陳慶浩，「胡適之紅學批判」，「專刊」第八輯，第46～48頁。
〔註29〕同註1，第102頁。

二、底本的年代

　　現存的甲戌本，爲一部過錄的本子，其過錄的時間有可能遲於甲戌（1754）二十年的丁亥（1774）以後，這是大家所公認的事實。然而大家在評介諸本的價值，比較各本時代的先後，時常互執自己有利的證據，忘卻論據的主題，以致於底本和過錄本界線不明，論據和論題混淆，形成紅學史上的各種糾紛。例如前面引用吳世昌及趙岡二位教授的文章裏，並據庚辰本，全盤否定甲戌本的早期跡象，其適當與否，實堪討論。就以趙岡教授上文中的第九點說：

　　「如果我們仔細比較庚辰本與甲戌本所共有的脂批，就可以發現甲戌本上的批語都是從庚辰本上脫胎出來的，換言之甲戌本是那個「庚辰秋月定本」以後又被脂硯重新整理出來的「新定本」或「修正本」。最有力的證據有下面幾點：

　　從幾個脂評本石頭記上可以看出，脂硯齋的批語是陸續寫的，我們今天所談到的這許多脂批是多年累積起來的。可是在甲戌年（1754）以後，脂硯齋手中已經有了不止一份的稿本，如果脂硯要新加幾條批語他應該寫在那個本子上呢？想來他總不會把幾份不同的稿本同時擁在面前，把同一條新批分別寫在幾個不同的本子上。按情理說他一定是把新的批語寫在最晚的「定本」上。換言之，新的『定本』取代了舊的稿本，新批也批在新的『定本』上。這種關係在『己卯本』和『庚辰本』上最爲明顯。己卯本是1760年秋月的新定本，所以1760年以後『庚辰本』就取代了『己卯本』的地位。新的批語都寫在庚辰本上，而不再寫在己卯本上。讀者如果細細比較這兩回本子的批語，就立刻會發現所有己卯本上的脂批都被重新抄在庚辰秋月的新定本上，但是庚辰以後的新批語，如壬午年（1762）及丁亥年（1767）的批語，都是在庚辰本上，己卯本上一條也沒有。這種比較，不包括庚辰本前十一回。庚辰本的前十一回可能是後配的，也就是說庚辰本在傳到某一位收藏家手中時前十一回遺失了，於是他便從一個不帶脂批的本子上把這十一回文字抄補下來。所以前十一回沒有一條批語，現在再讓我們看一看『庚辰本』和『甲戌本』的關係；當然我們的比較也只能限於第十三至十六回及廿五至廿八回，因爲具有這八回是兩個脂評本石頭記所共有的。庚辰本的許多條『己卯冬月』、『壬午』、『丁亥』的批語，在甲戌本上也有，不過

顗有改動。當然脂硯齋不會在兩個不同的稿本上同時批寫。一定是
一個本上是先寫的，一個本上的是後來抄錄的。換言之『庚辰本』
和『甲戌本』一個是舊的定本，一個是最新的定本。如果我們仔細
研究這些批語被改動的情形，就很容易看出庚辰本是老的定本，而
甲戌本才是丁亥年以後的最新『定本』。首先我們會發現許多在庚辰
本上原來有署名和年月的批語，在甲戌本上都沒有署名和年月。我
們可以斷言，只有原批上有署名和年月，而新定本上被刪除，而不
可能是原批本無署名和年月，而新定本給補加上去。補加署名尚有
可能，補加年月則絕無可能，因爲那些批語是在不同的年份不同的
月份所寫的。現在把這些例證列舉如下，供讀者檢查核對：

第十六回：

『所謂好事多磨也，脂研』，庚 159 頁，甲 162 頁。

『一段收拾過阿鳳心機……脂研』，庚 159 頁，甲 162 頁。

『獨這一句不假，脂研』，庚 162 頁，甲 167 頁。

『垂涎如見……脂研』，庚 162 頁，甲 167 頁。

『補前文之未到……脂研』，庚 162 頁，甲 167 頁。

『問得珍重……脂研』，庚 165 頁，甲 169 頁。

『大觀園用省親事出題……畸笏』，庚 165 頁，甲 161 頁。

『于閨閣中能作此語……脂研』，庚 165 頁，甲 169 頁。

『再不略讓一步……脂硯』，庚 167 頁，甲 173 頁。

『寫賈薔乖處，脂研』，庚 167 頁，甲 173 頁。

『偏於極熱鬧處……壬午季春，畸笏』，庚 169，甲 175
頁。

第廿八回：

『一節頗似說詞……己卯冬夜』，庚 315 頁，甲 226 頁。

『若具有一事……壬午孟夏』，庚 320 頁，甲 233 頁。

『則玉生香回……己卯冬夜』，庚 317 頁，甲 244 頁。

其次，我們可以從兩個脂評本石頭記上脂批位置的變動來判斷那一
本是原批，那一本是後抄成的。

庚辰本上原來沒有回首回尾總評。所有的評語都是批書人在閱讀時
看到某一句話而發生了一些感想，順便批在有關的那句話或那段文

字的旁邊或書眉上。但是庚辰本上有若干句批語，在甲戌本卻變成了回首或回尾總評，我們可以想像得到把批語從書眉或行間移置到回首或回尾是很容易的，但要把回首回尾總評拆開來移置到書眉或正文行間則很難。因爲後者要顧慮到安放批語的位置，以免安錯地方。

但由眉批改爲回首回尾總批，則無須顧慮位置問題。由此可見，甲戌本的回首回尾總評，有許多是從庚辰本上的眉批或行間批整理出來。也就是說甲戌本是較庚辰本更新的一個定本。這種批語位置的移置，也可以舉出下面幾個例證：

第十四回甲戌本回首有總評：

「寫鳳姐之珍貴

寫鳳姐之英氣

寫鳳姐之聲勢

寫鳳姐之心機

寫鳳姐之嬌大」

這幾行原來是從庚辰本的眉批移置來的，見庚辰本 144 頁。

第十五回甲戌本回首總評有『大觀園用省親事出題是大關鍵處，方見大手筆行文之立意』。這一條也是從庚辰本（一六五頁）的眉批移置過來的。而且原來有署名，在甲戌本上也被刪掉。

第廿六回甲戌本回尾總評有『鳳尾森森，龍吟細細……』及『二玉這回文字……』二條也是從庚辰本兩條眉批（二九六頁）移置來的。

第廿六回中庚辰本上有『寫倪二……』及『惜衛若蘭……』兩段眉批（二九九頁）被改成甲戌本中第廿六回的回尾總評。兩段被併成一條，而且刪去了原來的年月和署名。

第廿八回庚辰本上的一條眉批『玉生香回……』（三一七頁）被改成甲戌本上該回回尾總評，也刪去了原來的『己卯冬夜』四字。

最有趣的是庚辰本第十四回（一四三頁）三段眉批被改動的情形。現在讓我把這三段批語標上號碼，分別抄錄如下，然後再詳加解釋。

第一段：

『寧府如此大家，阿鳳如此身份，豈有便（使）貼身丫頭與家裡男人答話交事之理呢！此作者忽略之處』。這段

是硃筆寫的。

第二段：

『彩明係未冠小童，阿鳳便于出入使令者，老兄並未前
後看明是男是女，亂加批駁，可笑』。這段是墨筆寫的。

第三段：

『且明寫阿鳳不識字之故。壬午春』。這段也是硃筆。

第三段很明顯是畸笏叟在壬午春批的。第一段一定是出於另外一個
人之手筆。第二段可能是第三者寫的，也可能是畸笏在壬午年以前
自己寫的。第二段是在反駁第一段批語，而第三段則是對第二段加
以補充說明，在立場上也是反對第一段批語的。我最初讀到庚辰本
的時候，就覺得這三段批評很可笑，這幾個人在吵架，但是吵得有
點糊裡糊塗，因爲這幾個人爭論的對象並不一致，這一段的正文是
這樣的：

> 「話說寧國府中都總管來旺聞得裏面委請了鳳姐，因傳
> 齊同事人等說道……正說著只見來旺媳婦拿了對牌來領
> 取呈文京榜紙，箋票上批著數目，眾人連忙讓坐倒茶。
> 一面命人按數取紙來。抱著同來旺媳婦一路來至儀門
> 口，方交與來旺媳婦自己抱進去了。鳳姐即命彩明定造
> 簿冊，即時傳來昇媳婦……』

第一段的批書人覺得這裡寫得不妥，不應該讓來旺媳婦與家裡男人
答話交事，所以寫了一段批語。不幸他把來旺媳婦稱爲『丫頭』，於
是引起了第二位批書人的誤會。第二位批書人以爲『丫頭』是指彩
明而言，於是點明彩明的身份，以批駁第一位批書人。畸笏在壬午
春又根據第二段批語，略加補充，說明鳳姐不識字，不得不用彩明。
讀者此時當然一定很瞭然，這幾位批書人的爭吵是驢唇不對馬嘴
的。出去與男人答話交事的是來旺媳婦，根本與彩明無關。書中正
文從未寫過彩明出去與男人答話交事，只不過是幫鳳姐記帳寫字而
已。這一番莫明其妙的爭吵，不久就被脂硯自己發現。所以在新的
定本（即甲戌本），他就把三段批語大爲改動。第一段批語雖然『丫
頭』兩字用得不妥，但大體還有道理，無可反駁。於是在甲戌本第
十四回中這段仍被保留在原來的地位。第二段和第三段批語則被簡

化後而安放在回首總評，其文是：

　　『鳳姐用彩明因自識字不多，且彩明係未冠之童』。

這是我猜想這三段批語的變遷經過。現在我們反過來想；假設甲戌本早於庚辰本，試問什麼人能夠把這麼一句簡單的評語發展成三段數人互相爭論的眉批呢？因此我們可以斷言甲戌本是從庚辰本整理出來的新『定本』。」〔註30〕

這裏趙先生的引證固然弘富，奈何設想太過單純，因為所面對的如果盡是曹氏當年「披閱十載，增刪五次」的手稿本，相信紅學家都可以得出和趙岡教授相同的結論，豈還在爭執於這片語隻字。我們知道甲戌本既然可以確定為丁亥以後的過錄本，甚至下限也可以延到劉氏購進之前，然而從胡適先生的篇章裏，提到此本經過重裱及殘損的狀況，大概不會遲於乾隆之後。再以庚辰本而論，如果承認馮其庸先生「論庚辰本」的考證結果，則是源自怡府己卯過錄本的再過錄，其過錄的時間也在乾隆丁亥後一至二年。那麼面對著並屬於過錄的本子，卻據形式以至於次要的一些批語去作比較，如果不加謹慎的運用，不但無益於事實的求證，更導引出錯誤的結果。因為一個本子除了原來早期留下的批語之外，並非就此一成不變，或者毀棄不用，後期的批語也會彙錄到早期的本子上。馮氏既已確定庚辰本上的眉、夾批非底本所原有，何以甲戌本不能有較為後期的批語呢？二本既是同屬過錄，誰敢保證絕對不會改變原來的形式或修改其較為次要的批語。現存的甲戌過錄本，既存有早期的凡例及回目後批，過錄者在不了解的情況下為了統一其形式，也會有彙集一些批語的可能，成為不是回目後批的總批，至於批語年月署名的刪去，一因底本中縫已經說明脂硯，何需多此一舉，處處題署，而批語上的年月對於過錄者也無絲毫的意義，其刪去只是早晚之間而已，因此這種失真現象無傷於甲戌底本正文的價值。如果我們漠視甲戌本直接來自「脂硯齋」的原藏本，或者忽視正文的存真率，反而在枝節上大作文章，實非正途。

　　尤其趙先生認為：

　　「甲戌本中有九回，因為批語太夥，大大超過正文字數，於是整理者不得不把雙行批語提出。」

又說：

　　「當每頁雙行批語累積到幾百字而正文被擠剩十幾個字時，如果潘

先生認爲斷斷沒有提出雙行批語的必要，則應該如何處理，潘先生
不妨説出來讓大家研究研究。」〔註31〕
因此試圖將甲戌本押於庚辰本之後。然而這個問題的發端是肇始於趙先生「新
探」中的提出，即是：

「批語最初都是寫在書眉和行間有關之文句旁邊。這是理所當然，無
須求證的，然後每清抄一次，脂硯就把舊定本上的眉批和夾批改成雙
行小字批註，隨同正文一併抄出。這樣就可以騰出地方容納新的眉批
和夾批。脂評本上的批語就是這樣一年年累積下來的。」〔註32〕
潘先生同意趙先生的看法，鑒於甲戌上的夾批到庚辰諸本上都成了雙行批
語，已是鐵證如山，宣判甲戌底本委實早於己卯或庚辰的底本。
　　可是這樣便不利於趙先生的一向主張：「甲戌後於庚辰」諸本的立論，因
此「論集」中再次重新修正不同於前者的説法，趙先生説：

「新探一書中所説，由眉批、夾批而改成雙行批註的累積過程在原
則上是正確的。不過這種累積有其極限。也就是説，如此累積下來，
早晚要達到『飽和點』，從此以後，情形就要不同了，勢必要放棄上
述的原則，否則每頁的書文中絕大部份都是雙行批註，而正文只有
寥寥數字，書就難以卒讀。在這種情形下，抄本的整理人只有下列
幾個辦法。第一個辦法就是索興把評註刪掉……。第二個可行的辦
法，就是疏散批語。也就是把正文中的批語加以合併及簡化，然後
抄在回首及回尾。甲戌本中許多回首回尾總批都是由原來的夾批眉
批變化而來。我相信這些都是出於疏散批語的動機。當然，這些疏
散批語的辦法也有其極限。無論如何，總不能在回首來個五六頁的
評語，而且有些評語是不能與其他評語合併的。有的時候，離開了
原批正文的字句，批語就變得無意義，或十分難懂。如果這位整理
人既不願丟棄這些批語，而疏散批語的容量又有限，則只好採行第
三種辦法，那就是預留較多的書眉（這是甲戌本的特色），然後把雙
行批語全部提出。……這些批語並非平均分佈於各頁，往往是集中
於幾頁，譬如説第一回，第九頁後半頁，共有批語三百五十二字。

〔註31〕趙岡，「與潘重規先生再論紅學」，「幼獅月刊」第四十四卷第七期（民國 65
年），第 20 頁。
〔註32〕同註11。第 101 頁。

以甲戌本的抄寫格式，是每半頁十二行，每行十八字，計每半頁可抄正文二百十六字，如果把三百五十二字批語改成雙行抄寫，則約佔去一百七十六字的正文，這樣一來，只擠剩四十個字的正文……最嚴重的將是第五回第六十三頁上半頁。

該半頁只有九行，共一百六十二個字，但批語共有三〇一字，將佔去一五一字正文，這樣一來，正文將被擠剩十一字。請問在這種情形下是否難以卒讀。所以這種整理方針是絕對必要的。」〔註33〕

我們姑且不問趙先生的理論如何，且看看事實的真相。我曾遵照趙先生的意見，採用「論集」中認為批語最多的幾回，最嚴重的一頁，也就是甲戌本第五回的第一頁上半面，將全部的批語一律看做雙行批，然後放進它所應該佔有的位置。第一次採用趙先生的一個正文位置容納兩個註文的估計（即趙先生計算三百五十二字批語改成雙行抄寫，則約佔去一百七十六字的正文），第二次採用一個正文容納四個註文的估計（即甲戌本第六回抄寫雙行批語的格式，一個正文的位置可以容納四個雙行批語的文字，其餘各回情況都差不多。）現在把改寫的兩種形式顯示在下面：

（1）第一種形式第一頁上半面

「脂硯齋重評石頭記

第五回

開生面夢演紅樓夢立新場情傳幻境情

卻說薛家母子在榮府中寄居等事略已表明此回則暫不能寫矣（此等處實又非）

別部小說之熟套起法 如今且說林黛玉 榮府正文方不至於冷落也。（不敘寶釵反仍敘黛玉蓋前回只不過欲出寶釵非實寫之文耳此回若仍續寫則將二玉高擱矣故急轉筆仍歸至黛玉使）今寫黛玉神妙之至何也因寫黛玉實是寫寶釵非真有意去寫黛玉幾乎又被作者瞞過。此處如寫寶釵前回中略不一寫可知前回迥非十二釵之正文也。欲出寶釵便不肯從寶釵身上寫來卻先歡歡敘出二玉陡然轉出寶釵三人方可鼎立行文之法又亦變體 自在榮府以來賈母萬般憐愛寢食起居一如寶玉（妙極所謂一擊兩鳴法寶玉分身可知）迎春探春惜春三個親孫」

第一頁下半面

「女到且靠後（此句寫賈母）便是寶玉和黛玉二人之親密友愛亦自較別個不同（此句妙細思有多少文章）日則同行同坐夜則同息同止真是言和意順略無

〔註33〕趙岡，「再論甲戌本石頭記的成書年代」，「紅樓夢論集」（臺北：志文出版社，民國 64 年 8 月）第 147～149 頁。

參商不想如今忽然來了一個薛寶釵（總是奇峻之筆寫來健跋似新出之一人耳）年歲雖大不多然（此句定評想世人目中各有所取也。按黛玉寶釵二人一如姣花一如纖柳各極其妙者然世人性分甘苦不同之故耳）品格端方容貌豐美人多謂黛玉所不及而且寶釵行為豁達隨分從時不比黛玉孤高自許目無下塵（將兩個行止攝總一寫實是難寫亦實係千部小說中未敢說寫者）故比黛玉大得下人之心便是那些小丫頭子們亦多喜與寶釵去頑笑因此黛玉心中便有些鬱怏之意（此一句是今古才人同病如人人皆如我黛玉之為人方）」

共計：第五回第一頁上半面正文六十三字（不計回目）。註文一九二字。下半面正文一五一字。註文一二六字。

（2）第二種形式第一頁上半面

「脂硯齋重評石頭記

第五回

開生面夢演紅樓（樓夢）立新場情傳幻境（境情）

卻說薛家母子在榮府中寄居等事略已表明此回則暫不能寫矣（此等處實又非別部小說之熟套起法）如今且説林黛玉（不敍寶釵反仍敍黛玉蓋前只不過欲出寶釵非實寫之文耳此回若仍續則將二玉高擱矣故急轉筆仍歸至黛玉使榮府正文方不至於冷落也。今寫黛玉神妙之至何也因寫黛玉實是寫寶釵非真有意去寫黛玉幾乎又被作者瞞過。此處如寫寶釵前回中略不一寫可知前回迴非十二釵之正文也。欲出寶釵便不肯從寶釵身上寫來卻先歉歉敍出二玉陡然轉出寶釵三人方可鼎立行文之法又亦變體）自在榮府以來賈母萬般憐愛寢食起居一如寶玉（妙極所謂一擊兩鳴法寶玉分身可知）迎春探春惜春三個親孫女到且靠後（此句寫賈母）便是寶玉和黛玉二人之親密友愛亦自較別個不同（此句妙細思有多少文章）日則同行同坐夜則同息同止真是言和意順」

第一頁下半面

略無參商不想如今忽然來了一個薛寶釵（總是奇峻之筆寫來健跋似新出之一人耳）年歲雖大不多然品格端方容貌豐美人多謂黛玉所不及（此句定評想世人目中各有所取也。按黛玉寶釵二人一如姣花一如纖柳各極其妙者然世人性分甘苦不同之故耳）而且寶釵行為豁達隨分從時不比黛玉孤高自許目無下塵（將兩個行止攝總一寫實是難寫亦實係千部小說中未敢說寫者）故比黛玉大得下人之心便是那些小丫頭子們亦多喜與寶釵去頑笑因此黛玉心中便有些悒鬱怏之意（此一句是今古才人同病如人人皆如我黛玉之為人方許他妬。此處是黛玉缺處）寶釵卻渾然不覺（這還是天性後文中則是又加學力了）那寶玉亦（那四字是極不好卻是極妙只不要被作者瞞過）視姊妹弟兄皆出一體並無親疏遠近之別（如此反謂愚病正從世人眼中寫出）其中因與黛玉同隨賈

　　母一處坐臥故略與」

　　共計：第五回第一頁上半面正文一〇七字（不計回目）。註文二〇七字。下半面正文一七一字。註文一六七字。

　　據實際抄寫的眞相，無論依趙先生的估計，或者照甲戌本實際抄寫的格式，正文最少在六十三字以上，都不會有趙先生所說：「只剩十一個正文」的事實。至於其他批語較少的回頁更不必說了。因此趙先生的推論不能成立，當然沒有提出雙行批語的必要，自然地，趙先生也不能根據這點而把甲戌本押後了。

第二章 己卯本脂硯齋重評石頭記研究

　　「乾隆己卯冬月定本，脂硯齋重評石頭記」簡稱「己卯本」，吳世昌先生改名「脂乙本（V₂）」，後以容易混淆，又稱「脂配本」，或「指館本」。此書原經董康收藏，後歸陶洙，現藏北平圖書館。由於未曾影印問世，寓目者少，因此陳仲箎先生的「談己卯本脂硯齋重評石頭記」，算是針對此本研究的首篇文章，民國四十八年冬，由於散佚的三回及兩個半回殘稿的發現，吳恩裕、馮其庸先生乃又合撰「己卯本石頭記散失部分的發現及意義」一文，文雷先生也發表「讀新發現的脂怡本石頭記殘卷」。其後吳氏又獨撰「己卯本石頭記新探」；馮氏更因配合庚辰本的研究，完成「論脂硯齋重評石頭記庚辰本與己卯本之關係」。並輯錄為「論庚辰本」一書。因此本章僅就以上諸篇及零星的引文，略作如下的論述：

壹、概　況

　　此本應為八十回本，每十回裝成一冊，每冊首回第一頁錄有這冊十回的總目，每半頁十行，行三十字或廿五字左右，每回首行頂格題「脂硯齋重評石頭記卷之 X」，第二行頂格寫第 X 回，第三行低三格或二格寫回目。陶洙收藏時僅存第一至廿回，第卅一至四十回，第六十一至七十回，其中第一回首缺三頁半，第十回末缺一頁半，第十七、十八回未分回，第六十四、六十七回原缺，後人曾據另本鈔配，又第七十回末缺一又四分之一頁。其後琉璃廠的中國書店出現一冊殘本，包括第五十五回後半三分之一回強，第五十六、五十七、五十八，三整回及第五十九回前半三分之二回弱；也就是從五十五回「平兒笑道我

原沒事的，二奶奶打發了我來，一則說話」的「話」字起，至第五十九回「春
燕道：『你老又使我又怕，這會子反說我，難道把我劈做八瓣子不成。』鶯兒笑」
的「笑」字止。又第五十五回殘頁原裝五十六回前，重裱時不慎，誤接五十九
回上半部殘頁之後，誤合成一回，然從版心上端殘留的水漬痕跡，還可看出是
原本不相連屬的兩個殘回。經過研究後，已被鑒定是己卯本殘缺散失的一部分。
因此總計現存五冊，共有三十八整回及五個殘回。

貳、特　色

一、怡親王府家傳本

在目前傳承的早期抄本中，甲戌本因中縫題有「脂硯齋」三字，知道直
接源自其藏本，可是在丁亥後，劉氏收藏前，已被人重新過錄。唯有此本可
以確定是怡親王弘曉家傳本，這因己卯殘本三回又兩個半回的出現，經過吳、
馮先生的合力研究，發現「玄」「祥」「曉」等字都有缺筆避諱的情況，而作
進一步的探討：

> 那末，它們究竟避誰的諱呢？玄字缺筆很明顯是避康熙的諱，因康
> 熙名玄燁。這種避諱，在康、雍、乾時代的抄本和刻本裏是很普遍
> 的，這是當時的國諱。因此，僅僅根據這個字的避諱是不能判斷它
> 是誰家的抄本的。但是，祥字和曉字避諱的意義就不同了，弄清這
> 兩個字是避誰的諱，也就可以弄清這是誰家的抄本了。我們首先在
> 殘抄本裏發現曉字的避諱，因此聯想到康熙的第十三個兒子允祥曾
> 被封為怡親王，雍正八年允祥死，允祥的第七子弘曉襲怡親王爵。
> 我們當時考慮這個曉字有可能是避弘曉的諱，同時為了查證殘抄本
> 的筆跡和己卯本是否相同，我們又仔細檢查了己卯本，結果在己卯
> 本裏除發現了曉字的避諱外，又發現了祥字的避諱（後來我們又在
> 殘抄本裏也發現了祥字的避諱）。由於祥字避諱的發現，我們才確信
> 這個抄本是怡親王府的原抄本。因為只有怡親王家，才需要避祥和
> 曉字的諱，加上玄字的避諱，正好避諱的是怡親王家的祖孫三代。
> 我們在研究過程中，又發現了怡府書目的原抄本。這個抄本上，除
> 蓋有『怡親王寶』陽文篆字方章外，還蓋有『訥齋珍賞』和『怡王

訥齋覽書畫印記』兩章。這三個圖章，有力地證明了：一、它確是怡親王府的書目抄本原件。二、這個抄本是第二代怡親王弘曉時的東西，因為訥齋是弘曉的齋名。按弘曉生於康熙61年（1722年），死於乾隆四十三年（1778年），他與曹雪芹大體上是同時代人，重要的是，這個抄本書目裏，也同樣避玄、祥、曉等字的諱。除此之外，它還避弘字的諱。如赤水玄珠的玄寫作玄，弘明集的弘寫作弘，曉亭詩抄的曉寫作曉，寶元天人祥異書的祥寫作祥等等。以上這些情況。毫無疑問地證實了己卯本（包括殘抄本）是乾隆時怡親王府的一個原抄本。〔註1〕

　　另外，現存的四十回己卯殘本也有同樣的情況，如今將其作成的「避諱情況表」引列如下：

（一）己卯本石頭記諱字表

諱字	諱法	回次	頁數	文　　　句	說　　　明
玄	玄	1	6b	此乃玄機，不可預泄者	
				玄機不可預泄	
			9b	戶戶弦歌	
		2	9b	悟道參玄之力	
		5	9b	即可譜入管弦	
		6	6b	使人頭懸目眩	
		10	2b	眼神也發眩	
		11	2a	今日頭眩的略好些	
		17、18	10a	仍歸於葫蘆一夢之太虛玄境	第八行正文下雙行小字注
		40	2a	只見五彩炫耀	
		63	14b	係玄教中吞金服砂	
		53	14a	命人先到玄真觀	

〔註1〕吳恩裕、馮其庸，「己卯本石頭記散失部份的發現及其意義」，「資料」第135〜137頁。

禎	貞	15	2a	賴藩郡餘貞	
祥	祥	12	1a	賈天祥正照風月鑑	祥字末筆已由陶洙用朱筆填補
	袸	17、18	23a	華日袸云籠罩奇	同右
		17、18	27b	故用一不袸之語爲識	本回末頁雙行小字批評末筆已填補
		33	5a	眾門客見打的不袸了	
曉	曉	3	13a	探春等都曉得是議論	曉字末筆已由陶洙用朱筆填補
		4	3b	誰曉這拐子	
		10	6a	本也不曉得什麼	同右
		13	1b	你如何連兩句俗語也不曉得	
		14	7b	修國公侯曉明之孫	
		33	3a	如何連他置買房舍這樣大事倒不曉得了	
		35	4a	姑媽那裏曉得	
		38	7a	無賴詩魔昏曉侵	
		40	5a	就在曉翠堂上調開棹案	
		63	6a	是寫著霜曉寒姿四字	

（二）己卯本石頭記曉、祥字未諱表

諱字	回次	頁數	文　句	說　明
曉	1		"世人都曉神仙好"，（共四句，四個曉字未諱）	此頁己卯本錯裝在第二回第二頁
	37	6b	曉風不散愁千點	
	66	3b	就奔平安州大道，曉行夜往	
祥	12		賈天祥正照風月鑑	見十一至二十回總目

（三）己卯本新發現殘卷諱字表

諱字	諱法	回數	頁數	文　　　句	說　　　明
祥	祥	57	2b	跟他的小丫頭子小吉祥兒	此殘卷自五十五回下半回至五十九回上半回共三回又兩個半回
曉	曉		10a	至曉散時	
玄	玄	58	10b	或有必當續玄者	
			10b	也必要續玄為是	

（四）己卯本新發現殘卷曉字未諱表

諱字	回數	頁次	文　　　句	說　　　明
曉	59	1b	一日清曉，寶釵春困已醒	從上看來，此本為怡親王府家藏，已是鐵證如山，不愧為吳、馮二氏的一大發現。

〔註2〕

二、「己卯多月定本」和「脂硯齋凡四閱評過」

　　此本在第卅一回至四十回的總回目頁上題有「己卯多月定本」，而第十一至二十回、第卅一至四十回、第六十一至七十回三冊的總回目頁上也題「脂硯齋凡四閱評過」，對於這兩行字吳世昌先生曾作如此的解釋：

　　全書每一冊上石頭記題下脂硯齋凡四閱評過這條小字籤注，也是從一個不相干的底本上抄襲來硬加上的。因為，第一、如果此條為正文底本所原有，則既稱四閱評過，何以第一冊中的前十回，第二冊中的第十一回，全無評註？這十一回，分明是從一個連一次也沒有評過的白文本鈔來的，怎能充作四閱評本？第二、全書各回的首頁在回目右上方均有書題『脂硯齋重評石頭記卷之……』，可見此書原名為重評本。不是四閱本。重只泛指重覆，不必限於再評或四評。第三、若以書中可考的評語而論，則又不止四閱評過而已。除甲戌以前和甲戌再筆的兩閱評語而外，尚有己卯、壬午、乙酉、丁亥這些年份，又有乾隆二十一年（丙子，一七五六）五月七日對清的日期。可見脂硯齋至少評閱了六次，校對（可能又評閱）了一次。把它僅僅稱為四閱評過的本子，也是不對的，總之，這些藏主或書貫

〔註 2〕馮其庸，「論庚辰本」第93～95頁。

加上去的簽條名稱，和有正本的書題上所標的國初鈔本一樣，必須嚴予考察，再定取捨（如認國初鈔本爲可靠，則紅樓夢的著作年代將上推至順治年間）不應當無批判地人云亦云，造成研究工作上的混亂現象。〔註3〕

又說：

四閱評過這簽條，顯然是從另一個本子上過錄來的，和書中脂評的實際情況全不相干。又如脂配本（即所謂己卯本）的第二、第三冊目錄葉上，也有脂硯齋凡四閱評過的簽注，第二冊在此簽注下還有己卯冬月定本一行小字。由於此本和脂配本的字跡完全相同，出於一人之手，可知這些本子係一個書賈所僱的鈔者所過錄。從此本第二十二回末附記，可知其過錄時間均在丁亥之後。四閱評過、某年某月定本云云，都是隨意加上，以昂其值於廟市的花招。雖其底本也許確是某年所定，但這些年份決不能認爲即此現存鈔本的年份。

〔註4〕

但是曾將己卯、庚辰二本配合研究，而有重大發現的馮其庸先生，對於吳氏之說卻力加反對，其所提出的理由是：

「第一、吳世昌先生認爲庚辰本第一回至第十一回，分明是從一個連一次也沒有評過的白文本鈔來的，怎能充作四閱評本？事實是庚辰本從頭至尾，從第一回到第八十回（其中原缺的兩回當然不計在內），都是從己卯本抄來的，並沒有另外根據什麼連一次也沒有評過的白文本。全部八十回（内缺六十四、六十七兩回）是一個整體，它是脂硯齋凡四閱評過的本子，這是嫡眞實事，非妄擬也，怎能硬說它是充作四閱評本呢？第二、吳世昌先生認爲此書各回的首頁均題『脂硯齋重評石頭記卷之』，可見此書原名爲重評本，不是四閱本。吳世昌先生的這個意見，不僅否定了庚辰本是四閱本，實際上也同時否定了己卯本是四閱本，因爲脂硯齋重評石頭記卷之這一行字，庚辰本是照己卯本過錄的，同時，按照吳世昌先生的意見，那麼可以稱爲重評本的，只能是甲戌年第二次評的那個本子，除此以外，

〔註3〕 吳世昌，「論脂硯齋重評石頭記（七十八回本）的構成、年代和評語」，「資料」第41～42頁。
〔註4〕 同前，註文，第41～42頁。

都不能叫重評本，而應該叫三評本。四評本、五評本、六評本……。
殊不知所謂重評，正如吳世昌先生自己說的：重只泛指重覆，不必
限於再評或四評。吳世昌先生的這段話說得多麼正確啊！一個重
評，實際上就包括了從再評到五評、六評甚至於更多的評。己卯和
庚辰兩本在重評石頭記之外，又標明四閱評過，正說明了重評的具
體次數，怎麼反倒以重評來否定四閱呢？第三、吳世昌先生認爲以
書中可考的評語而論，因書中有甲戌前、甲戌、丙子、己卯、壬午、
乙酉、丁亥等紀年，可見脂硯齋至少評閱了六次，把它僅僅稱爲四
閱評過的本子，也是不對的。脂現齋至少評閱了六次，吳世昌先生
這句話說得又是很對的，問題的關鍵在於四閱評過的這句話是寫在
那一年的評本上的。大家清楚，這句話最早見於己卯本上、後來又
過錄到庚辰本上。爲了便於說明問題，我們把脂硯齋歷次的評列一
個簡表：

次數	年　份	根　據
一	甲戌前	甲戌本第一回：至脂硯齋甲戌抄閱再評，仍用石頭記
二	甲戌，乾隆十九年（1754）	同右
	丙子，乾隆二十一年（1756）	庚辰本七十五回前：乾隆二十一年五月初七日對清
三	丁丑，乾隆二十二年（1757）	靖本四十一回眉批：尚記丁巳春日謝園送茶乎？展眼二十年矣！丁丑仲春，畸笏。
四	己卯，乾隆二十四年（1759）	庚辰本上有己卯年的評語共二十四條
	庚辰，乾隆二十五年（1760）	庚辰本上有庚辰秋月定本的題字
五	壬午，乾隆二十七年（1762）	庚辰本上有壬午的批語四十二條
六	乙酉，乾隆三十年（1765）	庚辰本上有乙酉冬的批語一條
七	丁亥，乾隆三十二年（1767）	庚辰本上有丁亥的批語二十七條
八	戊子，乾隆三十三年（1768）	靖本十八回有戊子孟夏的批語一條
九	辛卯，乾隆三十六年（1771）	靖本四十二回有辛卯冬日的批語一條
十	甲午，乾隆三十九年（1774）	甲戌本第一回有甲午八日（月）淚筆的批語一條

上面這個表說明丙子那年的對清，只是對清正文，並沒有進行閱評

〔吳世昌先生說丙子年的校對（可能是又評閱）了一次。見前引〕，而是丁丑仲春又進行了閱評，這樣，到己卯那次的閱評恰好是第四次。那麼，四閱評過的話首先出現在己卯本上，不是合情合理嗎？前面已經說過，庚辰本是據己卯本過錄的，由於在這麼多的脂批中，沒有發現一條署庚辰年的批語，又由於從己卯開始有了各次評語的署年（己卯以前只有丁丑一條），而獨不見庚辰的批語，因此我們可以判斷庚辰這一年只是定本，而未加批。由此可知在庚辰本仍過錄了脂硯齋凡四閱評過這一行字，是完全符合情理，切合事實的，怎麼能不加分析地把它武斷爲藏主或書賈加上去的簽條名稱呢？至於在庚辰本上有壬午、乙酉、丁亥的批，這怎麼能成爲否定四閱評過的根據呢？很明顯庚辰本上的硃批，是一個人的筆跡，雖然這些硃批的署年不同，但卻是一個人一手抄下來的。庚辰本的底本原是己卯年四閱評過的本子，這個本子上並沒有這些硃批，現在此書的藏者或抄者又在庚辰本上用硃筆過錄了另本上的己卯和己卯以下的三次脂批，形成了我們現在見到的庚辰本的樣子，這己卯以下的三次脂批，只能說明脂硯齋等人在己卯以後又批了三次；只能說明這個根據四閱評本抄下來的庚辰本，後來又增加了四閱以後的評語。它怎麼樣也不能成爲否定庚辰本原是四閱評本這個事實的根據。用四閱以後的三次評語來否定這個本子原是四閱評本，這是完全沒有道理的。而吳世昌先生卻用庚辰本抄定以後又繼續從別本過錄到這個抄本上來的己卯以及己卯以後的三次脂批，來否定己卯和庚辰是四閱評過的本子，這是既不顧歷史，也不講邏輯的做法。如果運用這種邏輯和這種方法來討論這些石頭記的版本，難道能夠避免造成研究工作上的混亂現象嗎？歸根結蒂，我們認爲己卯本和庚辰本上的脂硯齋凡四閱評過這一條題記，是石頭記成書和評批過程中留下的一條重要的歷史記錄，它對我們深入研究石頭記的成書和脂硯齋的評批工作，具有很重要的意義。」〔註5〕

另外又說：

現在就讓我們來依次討論這三個問題。第一、己卯和庚辰兩本的字跡，根本不是什麼完全相同，出於一人之手，相反，倒是連己卯和

〔註 5〕同註 2，第 17～20 頁。

庚辰兩本本身的字跡都很不相同，不是出於一人之手。己卯本是由九個人抄成的，庚辰本是由五至七人抄成的（按：庚辰本早已影印出版，讀者可以查看，其中有部分字跡一時頗難判斷是一人還是兩人，但可初步判斷參加此書抄寫的少則五人，多則七人），其中只有兩個人，我們認爲是既參加過己卯本的抄寫，又參加過庚辰本的抄寫，因此在己卯本和庚辰本上這兩個人的筆跡是相同的，其餘就各不相同了。第二、己卯和庚辰兩個本子決不是一個書賈所僱的鈔者所過錄，現在我們已經確知己卯本是怡親王府的抄藏本，庚辰本的抄者我們雖然沒有確知，但我們認爲它也不可能是書商抄賣的東西。原因是庚辰本是從己卯本過錄的，當時的書商未必就能向怡親王府借到他們的秘抄本。特別是己卯、庚辰兩本過錄的時代，雖不能確考是那一年，但其大體的時代，總不離乾隆二十五、六年到三十四、五年之間。按這個時代，根本還沒有像吳世昌先生估計的那樣已經形成了廟市以數十金抄賣石頭記的情況。第三、關於所謂四閱評過、某年某月定本云云，都是隨意加上，以昂其值於廟市的花招問題，這個問題是上述這段引文的中心，吳世昌先生爲了要反對用甲戌、己卯、庚辰等干支來代表石頭記早期抄本的簡稱，因此就力圖證明寫在石頭記早期抄本上的這些某年某月定本的題記，都是書商隨意加上去的，因之，可以隨意加以否定。引文裏第一、二兩個問題也是用來爲證明這個問題服務的。但是事與願違，吳世昌先生越是要證明這些題記都是書商隨意加上去的，事實卻越出來證明並不是如此。現在大家已經清楚，己卯本是怡親王府的抄藏本，怡親王既不是書商，抄這部書的目的也不是什麼爲了出售，這部抄本本身也沒有成爲商品，那麼那裏來的昂其值於廟市的花招？所謂隨意加上去的這種說法，根本不符合當時抄書的實際情況，反倒是吳世昌先生自己給它們隨意加上了上述無根據的說法。

己卯冬月定本這一行字是不能隨意否定的，這不僅有上面這些事實，而且還因爲在庚辰本上，至今還保留著二十四條署明己卯年的脂批。其中有一條。還署了『己卯冬月，脂硯』的名字，白紙紅字，面對著這些既署己卯，又署脂硯的批語，而要否定己卯冬月定本這一行字的眞實性，否定這一行字所反映的石頭記成書過程的重要的

歷史內容，這怎麼說得過去呢？事實上脂硯齋在己卯年既進行了批
閱工作，還進行了定本工作，這是有記載可查，不能隨意加以否定
的。〔註6〕

既然如此，那麼現存的正文和原抄手抄誤後自己更動的改文，應該足以代表
己卯冬月定本當時的特色，此後再經「庚辰秋月定本」校改後的文字，則應
是「己卯」和「庚辰」二本間的差異；也就是說，經過這麼一次的校改，「己
卯冬月定本」六字已與原本內容略有不符，仍然誤襲舊題，而再據此重抄的
過錄本，反而改正己卯舊題的錯誤，重擬「庚辰秋月定本」的正確標題，這
是值得令人深省，也令人迷惘的一件事，尤其馮氏自己也曾發現庚辰本並不
完全等於己卯本（此點詳後論述），又無適當的理由可以解釋。

三、「紅樓夢」的題名

第卅四回末緊接正文，突出了兩行字，其一行題「紅樓夢第三十四回終」。
陳仲箎先生說：

這是在脂本『石頭記』裏第一個出現的『紅樓夢』的標名，是己卯
本獨有的，也是唯一的例證，它證實了曹雪芹生前確曾一度用『紅
樓夢』作為全部書的總名。〔註7〕

雖然陳氏所說的「第一個」尚有商榷餘地，然而以「石頭記」命名之前，曾
用過「紅樓夢」一名，大旨是不錯的。可是馮其庸先生卻以為：

己卯本這一回的這一行字，我認為不是與正文一起抄下來的，而是
後來添上去的，它並非己卯本的底本所有。〔註8〕

馮氏「論庚辰本」一書，創見固然不少，也附載了十四幅圖片，唯獨對這條
極其珍貴的史料未加刊載，僅含混其辭的說是「後來添上」，非底本所有，不
免犯了一手遮天的嫌疑。因為甲戌本「凡例」中已名「紅樓夢旨意」，第一回
亦有「至吳玉峰題曰紅樓夢」，蘇聯藏的「脂列本」第三回回末題「紅樓夢卷
△回終」，全抄本帶有雙行批的第一回也標「紅樓夢第」，第六十七回也作「紅
樓夢」，晉本直以「紅樓夢」為書名，則早期脂本中必有一系名作「紅樓夢」
的。尤其硃筆字跡如果不是陶洙的校錄，也非據程甲校錄的「拙笨的粗筆觸」

〔註6〕 同前，第21～22頁。
〔註7〕 陳仲箎，「談己卯本脂硯齋重評石頭記」，「資料」第116頁。
〔註8〕 同註2，第78頁。

字跡，而是他自己所推論的：

> 這類校字，早于庚辰本據己卯本的過錄時間，也就是我們所說的，
> 在己卯本過錄成書以後的若干年內，己卯本的抄藏者又借到了庚辰
> 秋定本，并據以校補己卯本。這些校補的文字，即以硃筆旁加或點
> 改在己卯本的正文之例。這些硃筆的旁改文字，到庚辰本據己卯本
> 過錄的時候，在庚辰本上它們就都成爲了正文，不再是寫在行側的
> 旁加文字了。〔註9〕

那麼何嘗又非庚辰原底本上的文字呢？因此馮氏之說仍是疑而未定，不能就
此輕易讓人信服。

四、第六十四、六十七回的抄配

　　己卯本第六十一至七十回的一冊封面，註明「內缺六十四、六十七回」，
但是現存的己卯本不但有這兩回，且在第六十七回末有一行題記：

> 石頭記第六十七回終，按乾隆年間抄本，武裕菴補抄。

陳仲箎先生對這一行題字的解釋是：

> 武裕菴是何許人，目還不知道。但他既說據「乾隆年間抄本」，可知
> 他是嘉慶、道光以後的人。〔註10〕

其實，這兩回並非同時抄配，行款筆跡既有不同。自然不可相提並論。第六
十四回和他回的行款較爲統一，是以程甲本抄配。時間似應較早；第六十七
回則據程乙本補抄，此點詳見蒙府本「第六四、六七回」論述。

參、批語研究

　　己卯本的批語情況，據陳仲箎先生說：

> 此本的批、評、註在正文內雙行書寫，只有幾次夾在正文的行間，
> 且爲甲戌本、庚辰本所無。尤以第十回的夾批爲最。〔註11〕

馮氏則云：

> 己卯本的情況就簡單得多了，在己卯本上，除了十七、十八回未分

〔註9〕同前，第40～41頁。
〔註10〕同註7，第126頁。
〔註11〕同前，第114頁。

回處的眉端有兩行淡硃色的字：「不能表白後是第十八回的起頭」還有少數幾處將難字或抄錯的字糾正寫在眉端外（也是淡硃色），全書沒有一條評語式的眉批（不論是硃筆或墨筆），也沒有其他的硃筆批語，就是墨筆的行間批，也只有一至十回共有十五條。在己卯本裡的批語，主要是正文下的雙行中小字批，全書共七一七條。……另外，在己卯本裡還有回前批十條，計十七、十八回四條，三十一回二條，三十七回三條，三十八回一條。回末批三條，計第二十回二條、三十一回一條。以上各項的總數共七四五條。」〔註12〕

今將俞、陳、馮三家統計數目列表如下：

類型 數量 回數	回前總評		回目後批		變行批註		行間夾批		眉　批		回末總批		其　他		合　計	
	俞陳	馮	俞陳	馮	俞陳	馮	俞陳	馮	俞陳	馮	俞陳	馮	俞陳	馮	俞陳	馮
1					1											
2					1											
3																
4																
5																
6			1		2		15									
7																
8					2											
9																
10							10									
11																
12					39	41										
13					20	20										
14					8	7										
15					37	38										
16					58	57										
17	4	4			99	204	1									
18					104					1			2			
19					185	181										
20					15	15					1	2				
31	2	2									1	1				
32	1															
33					1	1										

〔註12〕同註2，第6～7頁。

回次																
34					1	1										
35					2	2										
36	1				5	5										
37	2	3			59	55										
38	1	1			20	20										
39					14	14										
40					2	2										
55						2										
56						8										
57						6										
58						12										
61					1	1										
62					1	1										
63					7	7										
65					7	7										
66					8	7										
68																
69																
70					3	3										
合計	11	10	1		702	717	11	15	1		2	3	2		730	745

陳慶浩先生在研究己卯本的雙行批和諸本的關係後說：

……自第十二回起，二本所共有的，計第十二至第二十回，第三十一至第四十回，第六十一至第七十回共二十九回。自第三十回起的二十回中，二本墨筆批語，只有第三十七回，己卯本少了一條回前總批和一條批註，其它各回，不論回前總批、回末總評以至雙行批註，都完全相同的。第十二至第二十回共九回中亦有五回各類批語完全相同的。只有第十二回庚辰本多出了批註二條，第十七回多出了批註四條，第十八回多出了一條，第十九回二本各有二批不同，又分別相同於有正本的。己卯本的全部墨筆批語。都包含在庚辰本中。庚辰本即偶有加添。其數量亦是微乎其微的。計此部份己卯本共有批語七一○條，庚辰本七一九條。其中有七○八條是兩本相同的，多出的十條，只佔己卯全部批語的百分之一點三。此等現象，正說明一個問題：庚辰本此部份的批語，都是據己卯本過錄的。這亦正是此二本都稱爲『四閱』評本的原因。己卯冬月的定本，包含了脂硯齋四閱評過的評語。到庚辰秋的定本正文或有多少的改動，

但評語所據，則還是脂硯齋四閱評過的那部份，後來又在庚辰本中的第十二至第二十八回中添了些硃筆（間亦有墨筆）的眉批和夾批。但那已不是『四閱』的本來面貌了。〔註13〕

肆、回目研究

己卯本實存回目四十個，若與甲戌本重複的十二回，已見於第二章論述外，其他九至十二回、十七至二十回、三十至四十回、五十六至五十九回、六十一至七十回（六十四、六十七兩回除外），共二十八個，其與諸抄本、刻本之回目異文有第九、十七、十八、十九、二十、三十一、三十三、三十六、三十七、三十九、五十六、五十七、五十八、五十九、六十一、六十二、六十五、六十六、六十七、六十八、七十回等，共有二十個。今以回目與庚辰本完全一樣，所以我們就劃入庚辰本的回目中，一併討論。

伍、正文研究

己卯本的正文因未見影印，僅從已經發表的文章中，擷取片斷的引文，並參看八十回校本中的部分文字，大致可以窺見如下的一些端倪。

一、原抄正文

己卯本的正文，雖說近於庚辰，然其正文又分兩類，一為原抄正文，另則為旁改文字，據馮氏之研究其原抄正文是據四閱評本「己卯底本」過錄的，其說云：

> 我分析己卯本和庚辰本兩書的抄錄過程是這樣的：第一步，怡親王府弘曉或其他人借到了經脂硯齋四閱評過的己卯冬月定本（我估計，這個本子有很大的可能是脂硯齋抄評的原本，說詳本書第五部分）便組織人力抄寫，參加抄寫這個本子的共九人，抄寫的方式是流水作業法，即每人挨次抄下去。現將前五回挨次輪流抄寫的方式排列如下：第一回抄寫人計有甲：三面，乙：六面，甲：二面，乙：四面。第二回，丙：十九面。第三回，丁：三面，戊：七面，丁：

〔註13〕陳慶浩，「紅樓夢脂評之研究」，「專刊」第五輯，第44～45頁。

六面，戊：三面，戊二行，甲八行合抄一面，丁：三面，甲：二面。
第四回，己：十八面。第五回，甲：二面，丁：一面一行又十六字，
庚：六面八行又十四字，丁：二面，庚：八面，乙：二面，己：二
面。參加前五回抄寫的共七人，另有參加本書抄寫的二人還未輪到，
要到後面才有他們的筆跡。這裡抄得多的一人一次抄一回。抄得少
的，一人一次抄一面，甚至只抄幾行。全書輪流抄寫的情況大體如
此。從以上抄錄的方式來看，當時可能因底本索取得比較急，因此
不得不用這種方式趕著抄，甚至很可能不是整部借來，而是一冊一
冊借來的，還甚至極有可能是拆開來分抄的。由于借抄的時間比較
緊迫，故底本上應有的眉批（己卯冬的眉批），一律未抄，當時極有
可能準備全部抄完後，再改用硃筆重新抄眉批，像庚辰本的眉批那
樣，但等到全書正文抄寫完，已沒有時間可以抄眉批了，因此過錄
的己卯本反倒沒有己卯的眉批。〔註14〕

二、較後的改文

至於其改文，馮氏又云：

第二步，在此本抄成後的若干時間裡，又借到了『庚辰秋月定本』。
抄藏此書的主人（弘曉或其他人）便據庚辰本進行校改，校改的方
式大體分三種：

一是徑改，即直接改在抄本上。這種方式又可分爲三類，
一類是將原字塗改爲某字，另一類是將原字點去，在旁
邊改上新的字或詞，第三類是在原句旁鉤添上某些字或
詞。上述這些改動、都是用硃筆改上去的，但並不僅僅
是一個人的筆跡。關於這一點後文還要詳論。

二是貼改，即在過錄的己卯本上用小紙片貼去某字或詞
或句，將改後的字、詞、句寫在紙片上，這樣的貼改之
處全書很多，我隨便翻翻，就找出三十多處，如第二回
第十五面『和賈府是老親，又係世交』的『世』字，第
十七面『可傷上月竟亡故了』的『亡』字，第三回第七

〔註14〕同註2，第28頁。

面『我這裡正配丸藥』的『丸藥』兩字，同回第十八面『好生奇怪到像在那裡見過的一般』的『到像』兩字，第三十三回第七面『一疊聲拿寶玉，拿大棍』的『拿大』兩字，同回第八面『只得將寶玉按在凳上』的『寶玉按』三字等等，都是貼改的。（當然上述這許多貼改之處，大部分都是在己卯本過錄時寫錯後貼改的，有少數則屬于校改。）重要的是這些貼改後的文字，庚辰本都作爲正文照抄下來了。

三是夾條改。這類情況是因爲改上去的文字較多，不是簡單的勾改能解決的，因此將增添的文字寫成小紙條夾入或貼在頁上。如庚辰本第三回一開始抄寫的行款與己卯本完全一樣。己卯本第一行從『卻說雨村忙回頭』句起。到『號張如圭者他』字止。庚辰本與此全同。第二行從『本系此地人』起，到『四下裡尋情』止，本行起頭與己卯本同。到結束時比己卯本差一個字，原因是中間抄漏了一個字。

但到第三行就不同，本行開頭庚辰本與己卯本還只差一個字，庚辰本從『找門路』開始，己卯本是從『門路』開始，但到下面就差了二十個字，原因是庚辰本在『忽遇見雨村』下，增出『故忙道喜，二人見了禮，張如圭便將此信告訴雨村』二十個字，故庚辰本以下抄寫的行款就與己卯本出現了差異。值得注意的是庚辰本上增出的這二十個字，在己卯本上卻沒有。再如庚辰本第五回回目後開頭第一行是『第四回中既將薛家母子在榮府內寄居等事略已表明，此回則暫不能寫矣。』共三十個字，恰好占整整一行，第二行開頭才是「如今且說林黛玉」。我們檢查己卯本這一回的行款，庚辰本上這第一行三十個字。在己卯本上一個字也沒有（只有硃筆旁添的一行字，情況同上例），己卯本本回正文開頭的第一行，就是庚辰本本回正文開頭的第二行，庚辰本上從這第二行開始下面還有五行共六行，每行的起迄，與己卯本全同。這說明因爲庚辰本增出了這一行，所以下面即挨次推後一行，其餘格式則完全照舊。我們不禁要問，爲什麼會出現上述這類情況的呢？我們分析，只有在下面這幾種條件下

才可能出現這種情況：

一、庚辰本的抄者手裡除有一部己卯本的過錄本（即怡府抄本）外，還有一部庚辰本，抄者一方面照己卯本過錄，同時又參照庚辰本增入己卯本所沒有的文字，但我們認爲這種可能性是不存在的。因爲如果庚辰本的過錄者手裡有了一部庚辰本的原本，那麼，他就完全可以按照這個原本來過錄，而不必再據己卯本來過錄。現在大量事實證明庚辰本確實是據己卯本過錄的，因此它證明過錄者的手裡確實沒有庚辰本的原本，因此上述這些己卯本（怡府本）上不存在的而在過錄的庚辰本上增出來的文字，不可能來自我們主觀設想的抄者手裡的庚辰本原本，因爲事實上他們手裡根本不可能有這樣的原本。

二、庚辰本的過錄者就是曹雪芹或脂硯齋自己，這樣他們邊過錄，邊修改，因此又增加了文字。這樣的設想簡直是異想天開，是根本不可能的，因爲如果現在的這部庚辰本就是曹雪芹或脂硯齋的手稿，那麼就根本沒有必要去據己卯本過錄。因此這種猜測是沒有任何現實根據的。

三、庚辰本的抄手們在過錄的過程中，修改和增加了上述這些文字。我們認爲提出這種猜想也是完全沒有根據的，前面已經說過，在乾隆二十五年到三十四、五年的時候，『石頭記』的抄本還沒有到達『廟市』『數十金』爭購的情況，因此這些抄本的抄者，根本不可能是書商，也無須用什麼手段來招徠顧客。像現存的庚辰本的抄主，我認爲多半是當時的『石頭記』的愛好者和喜歡藏書的人，試想這樣的抄主，他們爲什麼非要抄手或自己來增刪修改『石頭記』呢？這樣的設想究竟有什麼根據呢？上面這三種情況，經過分析，我們認爲都不可能。那麼只有另一種情況，即『夾條修改』。這就是說己卯本的抄藏者根據庚辰本校補了己卯本，遇到增入的文字較多的情況，他就將增加的文字抄在小條上，夾入書裡，並注明在某某下增入某某一段文字。庚辰本的抄者在據己卯本抄錄的時候，隨即把小條上增加的文字抄入正文，後來年代久遠了，原在己卯本裡的文條已經丟失了，因此我們今天要來檢查庚辰本上某些增加的文字的來歷，在己卯本裡就找不到了。這樣的分析，有沒有根據呢？我們認爲還

多少有一點根據。大家知道，現在在北京圖書館收藏的己卯本裡，還保留著六張小條，第一張是『護官符下小注』，在這張小條上抄著四句護官符和下面的小注。『護官符』正文與己卯本和庚辰本同，下面的小注則己卯和庚辰兩本都無，基本上與甲戌本同（甲戌本是硃筆行間批），但甲戌本有脫誤，可據此校補。第二張小條上寫的是：『昌明隆盛之邦，批：伏長安大都。』顯然這是轉抄來的一句批語，位置應在庚辰本第五頁第四行末到第五行開頭（己卯本開頭幾頁已殘缺），現這句批語在甲戌本裡是硃筆行間批，在庚辰本裡並沒有抄錄這句批語。以上兩張小條現都夾在己卯本開頭第五頁正面。第三張是：『五回題云：春困成（接應是「葳」字之誤）龔擁繡衾，恍誰（點去「誰」字原筆改爲「隨」字）仙子別紅塵，問誰幻入華胥境，千古風流造業人。』這張紙條夾在己卯本的第五回前第四回末。這首詩現在的庚辰本裡沒有抄錄，但在戚本、紅樓夢稿本、蒙古王府本、南京圖書館藏本、吳曉玲藏舒元煒敘本裡均有。第四張小紙條上寫的是『六回題云：朝叩富兒門，富兒猶未足，雖無千金酬，嗟彼勝骨肉。』這張紙條夾在己卯本第六回開頭。這首詩在庚辰本裡沒有抄錄，但在甲戌本、戚本、蒙古王府本、南京圖書館藏本上都有。第五張小紙條上面寫的是「『此回亦非正文』，至『詩云』一節是楔子，須低二格寫。」這張紙條夾在己卯本的第一回末第二回前。看來這張紙條是指示抄書人的，要抄書人將第二回前：『此回亦非正文』到『詩云』的一段文字低二格寫，庚辰本也沒有低二格寫。第六張小紙條是在十九回前〔參見書影八〕，小紙條上寫『襲人見總無可吃之物。』以下雙行批語：『補明寶玉自幼何等嬌貴，以此一句留與下部後數十回『寒冬噎酸虀，雪夜圍破氈』等處對看，可爲後生過分之戒。嘆嘆。』現在這段脂批，在己卯本和庚辰本的同句下都一字不差的照抄了下來。

以上就是這六張小紙條的情況。爲什麼有四張小紙條上的文字己卯、庚辰兩本都未錄入，這第五張小紙條的指示兩本的抄者又都未照辦呢？看樣子這些紙條有可能是在兩本都已經抄完後才夾入的。所以我們並不能根據這五張小紙條就直接證明前面所說庚辰本上第三回、第五回的增文就是錄在這樣的小紙條上的。但是，這第六張

小紙條，卻是明明紙條上的全文都被錄入了己卯本，後來又被轉抄入庚辰本。雖然它也還不能直接證明庚辰本的第三回、第五回的兩段增文，就是先錄在這樣的小紙條上的，但是它卻給了我們探索問題的一種啟示，假定說當時己卯本中確實夾有這樣的增補正文的小紙條，那麼；這種情況就完全可以理解了。各方面的矛盾情況，難以解釋的疑問也就迎刃而解了。所以我們姑作這種推測，但這種推測是否正確，是否合于客觀真實，這不決定於我們的主觀自信，而決定於客觀實踐的檢驗，也許將來的實踐否定了這種推測，也許證實了這種推測。總之，現在我們還只能作這樣的推測。當然在作了這樣的推測以後，我們也還沒有把矛盾全部解決。庚辰本的正文與己卯本的正文除上述這些情況外，還有差異之處，這就是句子中間往往庚辰本有個別的字或詞（不是指整句的）與己卯本不一樣，庚辰本上這一類的異文究竟來自何處，在己卯本上同樣查不出修改的痕跡，既不是『徑改』，也不是『貼改』，更不可能是『夾條改』。那麼，這類異文只能是邊抄邊改，如果是個別的文字，還可以認為是抄手的筆誤，但這類文字數量雖不甚多，但也不是極少。總之有一定的數量。那麼，它是抄手隨意妄改的嗎？我認為不可能，其理由已如前述，那麼，竟是過錄者手邊另有別本參照嗎？在沒有資料證實的情況下，我們也很難確斷。總之，在從己卯本到庚辰本的全過程中，我們還有這一個環節沒有弄清楚。那麼，我們還是先把這個矛盾揭示出來，留待大家來解決罷。〔註15〕

由於馮氏認為己卯底本經怡府過錄而來的正文，再加上庚辰秋定本的校改，變成如今所見的己卯本，而庚辰本則又據此過錄。關於這一推論，是否正確，很有商榷的餘地，因為怡府己卯本至今未見，其形式內容如何，不可詳知，然而馮氏研究的結果，認為現今怡府家藏的己卯過錄本，則為己卯本的忠實翻版，這僅是一個理想，也是一種揣測。事實上，早期的底本即為每面十二行、行二十字的行款格式，這種證據不但已具論甲戌本中（詳見前第二章），甚至今日己卯本上的一些旁改文字，也能證明這種事實。從一些片斷的引文裡，如第卅三回：

別胡思亂想的就好了（曾想什麼吃的頑的，悄悄的往我那裏去取了）

〔註15〕同前，第28～34頁。

不必驚動老太太、太太眾人，倘或吹到老爺耳朵裏⋯⋯」

以上括號（ ）內文字為己卯本旁加，庚辰本、戚本都沒有，但是與加評的己卯原本有些因緣的全抄本及集校過諸本的程本，則存有這段文字，足可證明己卯原本上也應存在，只是現存的怡府己卯本在過錄之時，卻因「了」字跳行誤抄，脫去十八個字。馮氏反而解釋說是：

> 按己、庚原文不必驚動云云，是指上文寶釵送藥來，襲人說改日要
> 寶玉親自來謝等情，如此一來，則老太太會知道，故寶釵說不必驚
> 動，程本不明原文之意，妄增此一大段文字，亦是程本妄改之一例。
>
> 〔註16〕

其實己、庚才是妄刪，試想寶釵送藥，襲人要寶玉去道謝，還怕驚動老太太、太太眾人則甚，有何不可吹到老爺耳朵裏，會吃什麼虧呢？應該是經過這次的教訓，既在養病，「要吃的頑的」可以逕找寶釵要去，不要上下的驚動，若是風聲再吹到老爺耳朵裡，又將吃虧。但是馮氏斷章取義，不免過份高抬怡府己卯過錄本的身價。

還有一類即是全抄、庚本脫去二十字左右的佚文，頗有可能是己卯原本早已脫去的文字，也可以推測其原底本的行款格式。

至於它的改文，如貼改部份，馮氏認為「大部份都是在己卯本過錄時寫錯後貼改的，有少數則屬於校改」，這種推理雖有部份事實的根據，可是馮氏所引的六條貼改例，除第卅三回一例外，其餘都可在甲戌本、戚本上找到根據，如第二回第十七面「可傷上月竟亡故了」的「亡」字，可能是「忘」字的貼改，在甲戌本上即作「忘」字。至於夾條改，馮氏認為根據庚辰原本校改，僅是推測，缺乏事實的根據，因為現存的六個附條，僅有第六張被庚辰本一字不差的照抄過錄，而另外五條則毫無對應，顯然這些夾條，應是庚辰本過錄的時候尚未出現。我們再檢查可能根據己卯原本直接過錄的全抄本，也沒有這些文字，那麼，馮氏之說就不無問題，早在陳慶浩先生比較脂批時即說：

> 存下的一個小問題是己卯庚辰所據的底本的評語，既屬同一期，則
> 何以庚辰本又比己卯本要多出九條批語來？這裏有幾種可能性：
>
> （一）己卯本漏抄了。我們現在所得的各種脂評抄本，都是過錄的
> 本子，抄手程度既不高，抄錄時小心又不足，錯錄誤錄漏錄，並不

足怪。就像弟十九回寶玉探襲人，「襲人見總無可吃之物」句下批註，己卯本正文中漏去，而補抄在回前的空頁一樣。其它同類情況，漏去而又沒有補錄上去亦可能有的。

（二）庚辰未據它來增添。庚辰本底本原是四閱評本，但我們並沒有排除在它上面再加上「四閱」以後的批語——如現存本子——的可能性。我們只指出原來底本所含有的批的年份，但一些抄手，在過錄時將某些個別的眉批或夾批評語插入正文行中成小字註的機會亦不是沒有的。雖然我們沒能提出確切的證據，但可能性總是存在的。

（三）俞平伯先生的「脂硯齋紅樓夢輯評」中漏錄了。俞輯在流通脂批方面，確是功不可沒，特別在庚辰、甲戌本未影印之前，俞輯是紅學研究的基礎，但俞輯的缺失亦久為人詬病。甲戌本因他轉錄時沒有見到，自不可怪，庚辰有正本，他是掌握在手的，亦有不少缺失。比如己卯本，俞氏作輯評時，即曾據原書整理，但此本第十九回的一條硃筆批註，就沒收錄。己卯本至今，並未影印行世，對己卯評注的了解，間亦可從有緣獲見己卯本人士文章中獲得零星的資料，但最重要的依據還是俞輯，上表的統計，己卯本部份，是純以俞輯為根據的。因此，如果不幸俞輯漏錄若干條，就不免要影響我們的統計。就像第三十七回庚辰本有三條回前總批，依俞輯記錄，己卯本只得二條。庚辰本此三條脂批都作一體書寫，有正本亦有此三批。余輯上二條表示己卯本有此二批，只用「己卯同」三字，第三條因有正本校文特別多，偶然漏去這三字是有可能的。

三種可能性究竟屬那一種呢？還是某二種，甚或是三種可能都有。我們並不知道。如果有機會見到己卯原書（或者是影印本），我們自可校訂出第三種可能性是否確實，至於第一、二種可能性，除非再獲新資料，否則恐難確定。我們自己雖不排除第三個可能，卻較傾向第一種，因為它似乎較有根據些。而且據校勘，己卯所少的九條批語，有正多是有的，且批註類型，亦同庚辰本。有正本批出現的期間，下節再討論，但這些相同的批使我們知道庚辰此數條批語，確有所據而來的。〔註17〕

〔註17〕同註13，第45～46頁。

三、無意識的脫文

另外庚辰本與己卯本間的正文，還有部份差異，這些差異有些我們不難在甲戌本、戚本、全抄本上找到對應，今以我們選出來的範例，據八十回校本考知的資料略述如下：

（一）各本脫文，己卯本存在例

（1）庚辰本脫文　己戚晉全抄甲乙六本共存例四條。

（2）戚本脫文　甲戌己庚全抄甲乙六本共存例四條。

（3）戚本脫文　己庚晉全抄甲乙六本共存例五條。

（4）戚本脫文　己庚晉甲乙五本共存例二條。

（5）戚本脫文　己庚全抄甲乙五本共存例四條。

（6）全抄本脫文　甲戌己庚戚晉甲乙七本共存例一條。

（7）全抄本脫文　己庚蒙戚晉甲乙七本共存例一條。

（8）全抄本脫文　己庚戚晉甲乙六本共存例二條。

（9）全抄本脫文　己庚戚甲乙五本共存例二條。

（10）程底本脫文　甲戌己庚戚晉全抄六本共存例一條。

（11）程底本脫文　甲戌己庚戚全抄五本共存例一條。

以上諸脂本脫去，己卯本存有的文字共計廿七條。

（二）數本並脫，己卯本存在例

（1）庚戚二本並脫　己全抄甲乙四本共存例一條。

（2）蒙戚二本並脫　己晉全抄甲乙五本共存例一條。

（3）戚全抄二本並脫　己庚甲乙四本共存例四條。

以上三條為脂本間並脫，呈現二本來源出自一系的證據，尤其第一點，證實庚戚二本第卅四回關係甚為密切。而己卯獨存，庚辰脫文的共有五條，證實己卯本早於庚辰本。

己卯、庚辰本上這些異文，既非抄者所妄改，也非依據庚辰底本校改，因此這個版本史上的疑團，不是我們根據片段的引文所能妄加推測的，如果我們能夠找到這些異文的根源，恐怕更足以評斷證明馮氏的研究成果。

四、硃筆改文

至於硃筆改文又分三類：

（一）「據庚辰本的硃筆校字」

馮氏認爲一類是據庚辰本的硃筆校字，可是從他所舉的例子，我們再加以比較，則情況如下：

1. 二　1　由〔近〕（遠）及〔遠〕（近）。　案：原同全抄，改後與甲戌、庚、戚並同。以上中括號〔　〕內的文字是己卯本上原以硃筆刪去的文字，小括號（　）內是己卯本上的硃筆旁校字，每條首標條次、回次、頁次，以下一律倣此。

2. 二　1　死〔后〕（板）拮據。　案：原同全抄；甲戌、戚本作「板」；庚辰本誤作「反」，與「死板」義不合。

3. 二　5　脂〔玉〕（正）濃。　馮氏原按：「此句是第一回中文字，因己卯本裝錯，故仍己卯本舊頁碼以便查對。原同全抄，改後與甲戌、戚、庚辰、程本並同。

4. 二　7　（封）家人〔各各〕（個個都）驚慌。　「封」、「各各」甲戌、戚本並同；全抄無「封」，餘同；改文惟庚辰同；程本有「封」字，「各各」作「個個」。

5. 二　9　將歷年〔作〕（做）官積下（的些）資本。　原同全抄，改後與甲戌、戚、庚辰並同。

6. 二　9　今已升至〔蘭〕（藍）台寺大〔夫〕（人）。　原同全抄、甲戌、戚本，改後與庚並同。

7. 二　13　花園子裏（面）樹木山（水）〔石〕也都……　全抄甲戌並同改文；戚本「也」作「此」，程本無「子」，餘同改文；庚本「水」字旁加，餘同改文。

8. 二　14　誰知（這樣）鐘鳴鼎食之家。　原同全抄，改後與甲戌、庚辰同。

9. 二　17　遂爲（甘露爲）和風〔治〕（沛）然……　全抄「治」作「治」外，原與己卯同。改後除「治」字甲戌、戚本作「洽」外，餘同；和庚辰本則全然相同。

10. 二　18　奇優名〔妓〕（娼）　原同全抄，改後與甲戌、戚本同，庚辰本「娼」作「倡」字。

11. 二　18　王謝二族（顧虎頭）陳後主　原同全抄，改後與甲戌、庚、戚同。

12. 二　20　求姐妹去（討討情）討饒你豈不（葦）（愧）些。　原同全抄；改後全同庚辰，甲戌「討討」作「討」，戚本作「說」，餘同改文。又馮案：「己本在『不』字旁尚有旁添一『害』字，後又用硃筆勾去。」

13. 二　20　便果覺不疼（了）遂得了〔秘訣〕（密法）　全抄「覺不」作「不覺」，「秘」作「密」，餘和己卯原同。改後全同庚辰，甲戌「密法」作「秘方」，戚本作「秘法」，餘同改文。

14. 二　20　我就辭了館（出來），如今在巡鹽（御史）林家〔坐〕（做）了館原同全抄；改後全同庚辰，「做了館」甲戌作「坐館了」。

15. 二　21　度其母必不凡方〔生此〕（得其）女原同全抄，改後全同甲戌、庚、戚。

16. 二　22　這政公已有〔了一個〕銜玉之兒　甲戌、戚本原同；全抄無「了」，餘同。改後和庚辰同。

17. 二　22　竟是（個）男人萬不及一的〔一個人〕　改後與諸本全同。

18. 三　3　即忙〔請〕入（廂）〔相〕（會）見　原同全抄。改後全同庚辰，甲戌、戚本「廂」作「相」，餘同。

19. 三　3　並拉行〔理〕（李）的車輛（久）候（了）〔著黛玉〕　全抄除「理」作「李」外，餘和己卯原同。改後全同甲戌、庚辰。戚本無「了」，餘同。

20. 三　4　只有（東西）兩角門……黛玉想〔到〕（道）這（必）是　全抄除「到」作「道」外，原同。改後全同庚辰，但是「必是」二字庚辰旁加；甲戌本、戚本無「必」字，又甲戌本「道」作「到」，餘同改後文字。

21. 三　5　大理石的大插屏〔轉過插屏〕小小（的）三間（內）廳　原同甲戌、戚本、全抄（甲戌有「內」，全抄無第一個「的」，「過」下有「了」），改後除多一「內」字外，餘同庚辰。

22. 三　6　獨有你母〔親〕今日一〔但〕（旦）（先）捨我而去（了），連面（也）不能（一）見　全抄無「有」，「但」作「旦」，有「先」字，餘同己卯未改前文字。庚辰無「了」字，餘同改後文字；甲戌「獨」作「惟」，無「親」「而」「也」，有「了」「一」諸字。

23. 三　8　一雙丹鳳（三角）眼，兩彎柳葉（掉梢）眉　原同全抄，改後與甲戌、庚、戚同。

24. 三　9　問妹妹幾歲了〔黛玉答道十三歲了，又問道〕可也上過學，現吃什麼藥，〔黛玉一一回答，又說道〕在這裏不要想家，想（要）什麼吃的　原同全抄。改後全同庚辰、甲戌、戚本、脂列、程本文字（脂列無「週」「要」，程本、戚本無「想」字，又程本「不要」作「別」）。

25. 三　18　這個寶玉〔怎生〕（不知是怎麼）個儱侗人物　原同全抄。甲戌、庚、戚除「麼」作「生」外，餘同己卯改文。（庚辰「生」字原作「麼」，旁改；戚本無「是」字。）

26. 三　20　兩灣〔似〕（半）盛〔非盛罥烟〕（鵝）眉，一（對多情杏眼）〔雙似笑非笑含露目〕，態生兩靨之愁　馮註：「對多情杏眼」五字是硃筆旁添，「笑非笑含露」五字是墨筆旁添。　案：前兩處未改前文字同於甲戌、戚、全抄（甲戌「罥」作「籠」），第三處甲戌作「一雙似喜非喜含情目」；全抄改後同於甲戌，原作「一雙似目態生愁之俊眼」；戚本作「一雙俊目」，己卯改後同於庚辰。

以上是馮氏列舉的「己卯、庚辰第二、三回部分改字對照表」內的廿六例，我們再和諸本校刊。第二十、廿一、廿二等例，和諸抄本、刻本並有不同；第二、十等例，並不是用庚辰本校改，但是卻和甲戌、戚本相同，因此兩類共有五條和馮氏的舉證目的完全背道而馳。另外如第一、三、五、六、七、八、十一、十五、十七、十九、廿三、廿四條，總共十二條，如以諸本校改，也可達到相同的結果，並不限於庚辰本。只有第四、九、十二、十三、十四、十六、十八、廿五、廿六條，部分同於諸本，卻全同於庚辰。根據以上的比勘結果，馮氏對於這一類改文的說法仍然有待重據原本查對筆跡的必要。

（二）拙笨粗筆觸的改文

另外還有一類拙笨粗筆觸的改文，馮氏認爲是在嘉慶初年——程甲、乙本流行以後，根據程本校改的，我們如果加以檢查。其情況可得如下：

1. 八　7　黛玉已搖搖（擺擺）的走了進來　馮註：「己卯本上硃筆旁添的『擺擺』兩字，在庚辰本上就沒有，可見庚辰本抄錄在前，己卯本旁添在後。又此二字最早見于程甲本正文，可見己卯本上旁添文字確從程本校錄，以下各例句情況均同，不再說明。」案此段文字原同甲戌、庚辰；全抄、程本則有「擺擺」二字。

2. 九　6　訏誶〔謠議〕（謠諄）原同庚辰；　全抄、程本同於改後文字。

3. 卅三　10　我養了這不管的孽障（我）已不孝（平日教訓）教訓他一

番　原同庚辰、戚本，改文近於全抄、程本文字，全抄改文、程甲、程乙本作：「平昔教訓他一番」。

4. 卅三　11　你的兒子（自然你要打就打）我也不該管　原同庚辰、戚本，全抄；改文近於全抄本的改文和程本。

5. 卅三　13　賈政（直挺挺跪著）苦苦叩（頭）來認罪　馮註：「庚辰本『叩』字下抄漏了一個『頭』字。故後人又把『來』字臆改爲『求』字，以使文句勉強可通。」案：此馮氏說法錯誤，己卯、庚辰原將『求』誤作『來』。餘同全抄正文。又改後同於程本，第一段與全抄改文同。

6. 卅三　14　賈母含淚（說道兒子不好原是要管的，不該打到這個分兒），你不出去　原同庚辰，全抄「淚」下有「說道」，戚本有「道」字。改後文字同於全抄改文和程本。

7. 卅四　5　別胡思亂想的就好了（要想什麼吃的頑的，悄悄的往我那裏去取了）不必驚動老太太。　馮註：「按已、庚原文『不必驚動』云云，是指上文寶釵送藥來，襲人說改口要寶玉親自來謝等情，如此一來，則老太太會知道，故寶釵說『不必驚動』，程本不明原文之意，妄增此一大段文字，亦是程本妄改之一例。」按此條實爲過錄時跳行誤抄，馮氏不明，強加解說，已具本節論述。全抄、程本存。

8. 卅四　18　邢焙茗也是私心窺度，〔一半〕（並未）據實，（大家都是一半猜度，一半據實）竟認準是他說的。　原同庚、戚。改文全同程甲，全抄正文僅「猜度」作「裁奪」，餘同。

9. 六一　1　投鼠忌器寶玉〔情〕（瞞）贓，判冤決獄平兒（情）（行）權　馮註：「此回目各脂本皆作『情贓』『情權』，從程甲本始，才作『瞞贓』『行權』，己卯本旁改『瞞』、『行』兩字，顯係從程甲本來。」案脂列本作「認贓」「行權」。

10. 六六　13　料那賈璉必無法可處，（就是爭辯起來）自己豈不無趣（味）。　原同庚、戚，改後同於全抄旁加與程本。

以上十例中，第二、二、五、七、八共五例，其改文既同於程本，也同於抄本，因此不用程本而據全抄本也可達到相同的結果。第六、九、十例則和程本完全相同，如馮氏的推測。可是第三、四例卻和馮氏的說法略有衝突。

　　己卯本上的改文已如上述，馮氏雖分析有一部份據庚辰本或程本校改，卻也未必盡如馮氏之說，因此這種改文尚待詳細的調查研究，才可作出客觀

的判斷。尤其這個抄本既經根據程甲。程乙補抄過六十四、六十七回，也就有可能校改過他回中的文字。如果能夠分別清楚，那麼就更能看出己卯和庚辰兩個抄本之間的問題了。

五、己卯、庚辰本的異文比較

事實上，馮氏分析改文之後，又研究「從己卯到庚辰石頭記原文的增刪改動情況」，「也即是『庚辰秋定』的具體情況」，大致可以分爲三類：

（一）庚辰本對己卯本的增文，其例如：

1. 一　23　保不定日後作強梁　原同全抄；庚辰、甲戌、戚本「保」上有「訓有方」三字，己卯本爲硃筆旁添。案：以上用庚辰本回頁。

2. 二　39　遂爲和風　原同全抄；庚辰、甲戌、戚本「遂」字下有「爲甘露」。

3. 二　40　王謝二族陳後主　原同全抄；庚辰、甲戌、戚本「族」字下有「顧虎頭」。

4. 三　49　忽遇見雨村，雨村自是歡喜　原同全抄。庚辰、甲戌、戚本在「見雨村」下有「故忙道喜，二人見了禮，張如圭便將此信告訴雨村」共二十字，以鄰行間有「雨村」而跳脫一行。馮氏原註云：「此句似己卯本原有脫文，經庚辰本訂正增補。現己卯本上此行硃筆旁加文字，筆跡似陶洙的字，有可能是陶洙據庚辰本補錄上去的，此行文字原在己卯本上可能爲夾條。」

5. 三　60　邢夫人送至儀門前，眼看著車去了方回來。　原同全抄。庚辰「前」字下多出：「又囑附了眾人幾句」，甲戌無「了」，戚無「眾人」，餘同庚辰。

6. 五　97　如今且說林黛玉　原同全抄。庚辰在此句上多出：「第四回中既將薛家母子在榮府內寄居等事略已表明，此回則暫不能寫矣。」甲戌「第四回中既將」作「卻說」，餘同。戚本「榮」下有「國」字。案此爲第四、五回分回的不同，已詳述於庚辰本「正文研究」一節。又馮氏原註：「己卯本上此行硃筆增文，筆跡近陶洙，可能是陶洙據庚辰本過錄上去的，原文在己卯本上可能是夾條。」

7. 五　100　一邊擺著飛燕立著舞過的金盤　原同全抄。庚辰、戚本「一」

字上多出「案上設著武則天當日鏡室中設的寶鏡」，甲戌「的」作「著」，餘同。馮註：「己卯本上此行硃筆增文字跡亦近陶洙，可能是陶洙據庚辰本過錄上去的，原文在己卯本上可能為夾條。」

8. 九　210　繡帳鴛衾　原同全抄。庚辰、甲戌、戚本「繡」字上有「再休題」三字。

9. 九　210　這還在這裏念什麼書，李貴勸道。　原同全抄、戚本。庚辰本以「還調唆他們打我們」下，因鄰行出現「茗烟」二字而誤脫「見人欺負我他豈有不為我的他們反打夥兒打了茗烟」共廿二字，故在「書」字下臆加「茗烟他也是為有人欺負我的，不如散了罷。」十七字，文義反而不能貫串。

10. 十　229　那群混賬狐朋狗友的，調三惑四，那些個　全抄作「那狐朋狗友拉事（「扯是」二字之誤）搬非，調三唆四，那些人」。庚辰「調三惑四」上有「扯是搬非」，下有「的」；戚本「的」字下更有「是」。

以上共計十例，有九例是己卯同於全抄的文字，一例則為近似；僅有第九例和戚本同。可是庚辰本除獨異諸本的第九例外，其他九例和甲戌本現存的七例非相同即近似，和戚本的情況也是相同。那麼，自這一調查的結果看來，第九例是庚辰本的誤脫上一段文字，而臆增下一段的文字。可是這些臆增的文字在庚辰本已成正文，可見庚辰本又非直接來自怡府的己卯本，其底本必有這段旁加字。再從另一方面來看，其他九條馮氏認為是「庚秋定本」對「己卯冬定本」的增文，因此怡府借來庚辰原本時，必校錄在現存的怡府己卯本上，可是除了第一條己卯本上有硃筆旁添字外，第四、六、七條的硃筆已為馮氏否定，因此他也花了三條註文加以說明，認為可能寫夾條，其餘第二、三、五、八、十（當然第九條的情形馮氏也是認為相同的）共五條，馮氏也認為是已佚的附條。這種情形可能嗎？何以附條竟然脫去十、九，百不存一，未免不合情理。如果他考慮到四閱評本中，何以戚本同於庚辰；己卯同於全抄，便會猛然翻省，更何況「甲戌抄閱再評」本也是同於庚辰，則其破綻也就一一呈現在眼前了。因為戚本同於庚辰，還可說是戚本抄自「庚辰原本」，而非怡府的己卯本；可是從甲戌到己卯原本，以至於怡府的己卯本，既將那些文字刪棄了，何以到了較後的庚辰原本又重加回去，或怡府的己卯本已將那些文字刪掉了，為什麼又要用硃筆旁改或以夾條附加，反而過錄成現存的庚辰本？這是不容易解釋的。那麼，遲至乾隆五十年後過錄的全抄本，為什麼又和己卯本的文字如此的密切，

既無夾條，也沒把硃筆改文抄入正文裏頭，（案：全抄本「祥」字寫法特異，「曉」字則常以「早」、「知」、「晚」等字代替。）卻和己卯本這麼多相同，卻異於庚辰本的正文，難道說全抄這一部分直接來自帶有雙行批的己卯原本嗎？因此馮氏之說仍然處處充滿矛盾。

（二）庚辰本對己卯本的改文，其例如：

1. 一　14　忽見隔壁葫蘆廟內寄居的一個窮儒走了出來，這人姓賈名化，字時飛，別號雨村者，原係胡州人氏。　全抄近似。庚辰、甲戌、戚本大抵相同，並在「雨村者」下多出「走了出來這賈雨村」八字。

2. 二　40　子興道：「依你說：『成則公侯敗則賊』了。」　全抄、戚本同；庚辰、甲戌「公」作「王」。

3. 二　42　二小姐乃赦老爺之女，政老爺養爲己女，名迎春。　全抄同。庚辰、甲戌、戚本近似，並作：「二小姐乃政（甲戌、戚本作赦）老爺前妻所出，名迎春。

4. 五　101　寶玉聽了是個女子聲音，正待尋覓，早見那邊走出一個人來。全抄「子」下有「的」，餘同。庚辰、甲戌、戚本「是」字下無「個」，「正待尋覓」作「歌音未息」，餘同。

5. 五　103　乃放春山遣香洞太虛幻境，　全抄同。庚辰、甲戌、戚本「還」並作「遣」；又庚辰「山」原同，後旁改爲「巇」，戚本無「幻境」。

6. 五　123　夢同誰訴離愁恨，千古情人獨我知　全抄同。甲戌本無。庚辰作：「一場幽夢同誰近，千古情人獨我痴」，戚本「場」作「枕」，「近」作「訴」，餘同庚辰。

7. 卅六　826　那文官更不比武官了，他念兩句書，汙在心裏。　全抄「官」作「將」，無「汙」字，餘同己卯。庚辰「不」下有「可」，「汙」作「橫」；戚本無「可」，「汙」作「窩」，餘同己卯。

以上七例，我們統計調查的結果，幾乎可以確定己卯和全抄除了偶有個別字的差異之外，完全同屬一系。庚辰、甲戌、戚本在文字上則較爲接近（甲戌第六條除外，第七條無法查對），而遠離己卯、全抄（庚辰本第五條「山」臆改爲「巇」除外）。這一現象和「庚辰本對己卯本的增文舉例」的統計情況也是一致的。那麼，除非承認全抄本這幾回直接來自一個前十一回帶有雙行小註批語的己卯本，而非怡府的己卯藏本，否則必須承認這些增改的文字在乾隆五十年代並未出現，苟眞如此，「庚辰秋定本」這一行題簽也就失去了它的

價值和眞實性了。再從較後的戚本來看，其和庚辰本對應是可以解釋同屬四閱評本的流裔；可是對於早期再評的甲戌本則不容易說解，除非承認庚辰原本是以己卯原本作底本經過甲戌本校勘後的過錄，然而這一種推想仍是困難重重，也不合版本的進化原則。

（三）庚辰本對己卯本的刪文舉例：

1. 四　78　望大老爺拘拿凶犯〔剪惡除凶〕，以救孤寡。　全抄、甲戌、戚本同。馮註云：「在己卯本上『剪惡除凶』四字有硃筆刪號，庚辰本即刪去此四字。」

2. 四　85　如何偏只看准了這英菊（了）〔這英菊受了〕拐子的這幾年折磨　馮註云：「己卯本上英菊勾改爲菊英，並旁增一『了』字，刪去『這英菊受了』五字，庚本即依刪改的文句抄，但刪去五字後上下似不接。」案全抄、甲戌、戚本「菊」並作「蓮」，文字近於己卯。

3. 四　86　令軍民人等只管來看，〔老爺就說〕乩仙批了，死者馮淵與薛蟠　全抄、甲戌、戚本同。庚辰四字刪去。

4. 五　110　更見仙〔花〕（桃）馥郁，異草芬芳，眞〔是〕好〔一〕個所在，〔寶玉正在觀之不盡，忽〕（又）聽警幻笑〔呼〕道：　全抄「仙」作「鮮」，無「笑」字，餘同己卯未改前文字。庚辰、甲戌無「一」，又庚辰「花」作「桃」，餘和戚本等並同改後文字。

以上前三例和第四例完全不同，如果我們承認增文、改文中的推測，則又和刪文的情形完全抵觸。就此看來，庚辰、己卯二本間的傳承過渡恐非如此的簡單，也非這幾個增文、改文、刪文等範例所能彌括，並且也不是馮氏設想的那麼單純，其中仍然存有很多的矛盾。因此儘管馮氏論證灼灼，可是這些疑點如果不能解決，就會動搖其辛苦建立的成果。

陸、結　論

關於己卯本是否庚辰本的底本，馮其庸先生曾從六點問題去作此較，其中行款、回目、評語、避諱諸問題，我們已經引述於上。另外在「抄本的特徵」上也說：

「由于己卯和庚辰兩本都是手抄本，庚辰是據己卯抄的，因此己卯本由於抄寫的關係而形成的一些特徵，又由於庚辰本的抄手水平不

太高，但又比較認眞，他們比較忠實地照底本摹寫，因此這些特徵，也反映到了庚辰本裏，現在卻成爲我們考證這兩本的淵源關係的有力證據，這些證據是：

1. 己卯本第十九回第三面第二行在『小書房名』這一句的「名」字下空了五個字的位置，然後又接寫『內曾掛著一軸美人，極畫的得神，今日這般熱鬧，想那裏自然』，然後在下面又一直空到這行末，形成一條大空白，然後又轉行接抄。形成這兩處空白的原因，前一處可能原想給這個小書房起名的，後來終於未起，故形成了空白；後一個空白看來也不像是由於抄錯，因爲如果是抄錯了，只須點掉一個『裏』字，再在『自然』兩字的上面添上『美人也』三個字就成了，根本用不著空出幾乎是一行來，看來空這一行是另有原因的。有趣的是這兩處空白，照樣保留在庚辰本的相同的位置上，稍稍不同的是庚辰本把『名』字點去後，又輕輕地加了一豎，表示上下文的緊接，在另一處把『自然』兩字點去後，也加了一長豎，以表示上下文的緊接，儘管這樣，這兩個空白依然存在（見庚辰本405頁），形成了兩書共有的特殊標記。

2. 還是這一回的末尾，寶玉與黛玉講故事，原文說：『寶玉見問，便忍著笑，順口謅道』，在『道』字下就一直空到底，然後轉行低一格再寫『揚州有一座黛山』云云，一直到『寶玉又謅道』以下又一直空到底，然後再轉行頂格寫『林子洞裏原來有群耗子精』，這裡又是兩處空白。我們細檢庚辰本，與己卯本又是一模一樣（見庚辰本431—432頁）。

3. 第二十回末尾，在己卯本上本回的第八面第二行的批語下，即在『金閨繡閣中生色方是』這句批語的下面空了二個字，接著又空了一整行（按此頁按行數算並未空一行，但此頁頭兩行都是正文下的雙行小字，因字體小，兩行實際上只能算一行，故書頁上整整空出了一行），今檢查庚辰本，發現庚辰本上所留的空白，與己卯本上一模一樣（見庚辰本444頁）。

4. 己卯本第六十三回在『眾人嫌拗口，仍番漢名，就喚玻璃』下，又一直空到底，形成了一長條空白，我們檢查庚辰本，庚辰本同樣在『玻璃』下面，留下了整整一長條空白（見庚辰本1510頁末行），

與己卯本完全是一個格局。

5. 己卯本在十七、十八回前面半頁的空白紙上分六行寫著：『此回宜分二回方妥』，『寶玉係諸艷之貫，故大觀園對額必得玉兄題跋，且暫題燈匾聯上，再請賜題，此千妥萬當之章法』，『詩曰：豪華雖足羨，離別卻難堪，博得虛名在，誰人共苦甘』，『好詩，全是諷刺』。『近之諺云：又要馬兒好，又要馬兒不吃草，真罵盡無厭貪痴之輩』。庚辰本在十七、十八回的前半面空白頁上，也同樣按己卯本的原格式寫著這六行字，不僅分行、起迄完全一樣，連其中的錯字，如『諸艷之貫』把『冠』誤寫為『貫』，『博得虛名在』的『博』字誤寫成『愽』等等，也完全一樣。

6. 在己卯本第五十六回（見新發現的殘抄本，原件藏革命歷史博物館）末尾『只見王夫人遣人來叫寶玉，不知有何話說』這句的右下側，寫著『此下緊接慧紫鵑試忙玉』一行小字，這行小字並非石頭記的文字，是本回抄寫者指示下回接抄的人的，與原文無關，與庚辰本的抄寫者更無關（庚辰本這兩回的抄者是一個人），但是在庚辰本的同一位置。居然把這一行小字也照錄了下來。

7. 抄寫上的錯誤。己卯和庚辰兩個本子都是抄本，因此都會出現一些抄寫上的錯誤。其中有些錯誤，是前後因襲的，己卯本錯在前，庚辰本照錯在後，錯得一模一樣。這種例子前面已幾次提到，不再重複。這裏再補充一例，己卯本第二十回開頭正文第三行下有一大段雙行小字批語，這段批語的末尾幾句，己卯本是這樣的：『寶玉之情痴，十六乎，假乎，看官細評』。這個「十六乎」是實在講不通的，我們推想在己卯本的原底本上，實際上是一個草寫的『真』字，當時這個怡府本的抄者不認得這個草書的『真』字，竟把它錯成『十六』兩個字了，後來又有人用粗拙的筆改為『真』字，但仔細看原底子，『十六』兩字還是清清楚楚可以辨認出來。現在這個『十六乎』居然一模一樣地保存在庚辰本裏（見437頁），這不僅說明庚辰本是照己卯本抄的，而且庚辰本過錄己卯本時，己卯本還沒有把這個錯誤像現在看到的那樣改正過來，所以就照樣抄錯了。另舉己卯本並不錯，是庚辰本抄錯的，但這個錯仍然與己卯本有關的一例。己卯本十七、十八回末尾元春點戲一段，在正文『第四齣離魂』句下，

有雙行小字批，抄寫的格式是：『伏黛玉死』然後轉行與這一行並列寫『牡丹亭中』，這段批語即到此結束。然後在『伏黛玉死』的『死』字下面，緊接寫另一條批語：『所點之戲劇伏四事，乃』，然後再轉行緊接上一段批『牡丹亭中』的『中』字下面，接寫『通部書之大過節，大關鍵』。在己卯本裏『伏黛玉死』云云和『所點之戲』云云，這完全是各為起迄的兩段批語，在兩段分界處還畫了一個圈圈以示區別。但庚辰本的抄者沒有注意這個符號，也沒有看出這是兩段不同的批，竟從形式上依直行一逕抄了下來，變成了這樣一段離奇古怪的文字：『伏黛玉死，所點之戲劇伏四事，乃牡丹亭中通部書之大過節，大關鍵』。讀庚辰本的這段文字是無論如何讀不通的，一查己卯本，問題就十分清楚，連庚辰本所以抄錯的原因也一目了然了。這一特殊的錯誤，也有力地說明庚辰本確是據己卯本抄的。」〔註18〕

在討論「庚辰、己卯兩本有部分書頁筆跡相同的問題」時又說：

這個問題有的先生已經提出過，這次我將兩本進行了仔細的核對，我發現兩本確有部分的書頁抄手的筆跡是十分相似的，並且佔的比重不算太少。現在為了供大家研究，我選擇一些例子在下面：第一例是兩本第十回的首半面，兩本字跡的風格、架勢完全一致，有些字，如『細窮源』的『窮』字，『弓』字的彎勾特別大。如金榮的『榮』字，下面的『木』字不照通常的寫法作一橫一豎一撇一捺，它把撇捺寫成了兩個相向的點，這些書寫上的特徵，兩本也完全一樣。第二例是第十一回至二十回的總目，這個總目不僅都只有八回的回目，而且書寫的格式完全一樣，其中有些字的特殊寫法，兩本也完全一樣，如王熙鳳的『熙』字，第一筆一小豎寫成了一小撇；秦可卿的『卿』字中間多了一點；協理的「協」字兩本都作『忄』旁，揚州城的『揚』字，兩本都作『木』旁。第三例是第二十回 443 頁的一長段雙行批語，這段批語，除書寫的風格兩本完全一樣外，有些字的特別寫法也完全一樣，如『幼』字，右半不作『力』而作『刀』；善惡的『惡』字，上半寫『西』字，下面再加『心』字；艷麗的『麗』字，上半是『严』字頭，下半是『鹿』字；正該的『該』字，半邊的『玄』寫法特殊等等，這些特殊的習慣寫法，如果不是一個人，

〔註18〕同註2，第8～11頁。

是很難如此相同的。當然這裏所舉的三例，前兩例是同一人的筆跡，後一例又是另一人的筆跡了。我初步檢查，庚辰本的抄手，一共大概有五至七人左右，其中唯獨這兩個人的筆跡與己卯本的抄手相同，吳世昌先生說庚辰本與己卯本的『字跡完全相同』，這是不符合實際情況的。

以上，我們列舉了六個方面的情況來說明庚辰本是據己卯本過錄的。在第四條下，我們又列舉七點抄寫上的特殊的共同情況，來證實兩本的淵源關係。至此，我想問題是夠清楚的了。這個問題本身，並不是什麼深奧的理論問題，也不是什麼『專門』的問題，即使沒有接觸過版本問題的先生，看了這些圖片，如果有可能進一步去查對原件的話，是不難明白的。重要的是這些兩本共同的特徵，並不是集中在哪一個十回，而是分布在全書，直到第七十八回，還保留了一個避諱的『祥』的特徵，這更說明了庚辰本並不是用己卯本的哪一個十回抄來作爲拼湊的一部分的，而是從頭至尾據己卯本過錄的。情況既然如此，那末，吳世昌先生所說的庚辰本是由四個不同的底本拼抄起來的說法，自然就不能成立了。〔註19〕

根據以上六點，馮氏作了如此的結論：「己卯本是庚辰本的底本」。事實上，以其列舉的書影、字形和部分的筆法，僅能說是近似，不能認爲同出一人之手，如「走走、分分」等寫法，則或有異。另外如己卯本上「閑」字，到了庚辰本上怎麼會錯成「鬧」字，如果說是同一人抄寫，豈有連自己抄寫的字跡也不認識，這是不能讓人心服的。

馮氏的論點我們固然不敢輕易否定，但是從我們在前面舉證的正文中，可以發現庚辰、己卯二本間的正文、改文仍有一部份的差異，並且這些差異毫無適當的理由可以解釋。所以如果不能圓滿解決這個疑問，不如說己卯、庚辰二本的抄手都較忠實抄錄他們自己的原稿，而其原稿，僅僅是從己卯底本上改動的庚辰本，所以留下了如此近似的痕跡。

〔註19〕同前，第12～13頁。

第三章　庚辰本研究

壹、概　況

　　「脂硯齋重評石頭記」鈔本，以其第五冊、第七冊及第六冊第八冊的總回目頁分題「庚辰秋月定本」、「庚辰秋定本」的字樣，因被簡稱作「庚辰本」。吳世昌先生「紅樓夢探源」稱「Version3」，簡稱「V_3」。民國廿二年出現於北平，後歸燕京大學，今藏北京大學圖書館，又稱「脂京本」，民國四十四年，文學古籍刊行社用硃墨兩色套版縮印發行，所缺第六十四、六十七回以己卯本的同回數補足，民國四十八年臺北文淵出版社、民國六十五年臺北聯亞出版社，並據此本翻印。民國六十六年八月，中華書局重新影印出版，所缺六十四、六十七兩回改用蒙古王府本補入。民國六十八年，臺灣廣文書局又據文學古籍刊行社本；宏業書局則據中華書局本分別影印，惜未套色，致使正文、批語夾雜不清，大損其再版之價值。

　　至於針對庚辰本研究較爲重要的篇章有：

1. 胡　適　「跋乾隆庚辰本、脂硯齋重評石頭記」。
2. 吳世昌　「論脂硯齋重評石頭記（七十八回本）的構成、年代和評語」。
3. 馮其庸　「論庚辰本」。

　　此本據說原爲端方家物，後賣到北平琉璃廠書肆中，爲徐氏購藏〔註1〕。吳世昌先生以爲在端方收藏之前，此書尚經李秉衡收藏過，但是缺乏有力證據。現在此書第五十一回第六頁上半頁有一段這樣的文字（參見書影九）：

〔註1〕吳世昌，「論脂硯齋重評石頭記（七十八回本）的構成、年代和評語」，「資料」第 74 頁。

麝月聽說，回手便把寶玉披著起夜的一件貂鼠下（『鼠下』二字旁加）頦子襟煖襖（『襟煖襖』三字點改作『訥爾庫』）披上，下去向盆内洗手。」

這裏「一件貂頦子襟煖襖」被改作「貂鼠下頦子納爾庫」，透露出一些消息，說明「訥爾庫」三個字來自旗語的漢字譯音（Nereku），意義是衣服類中的斗蓬，即雨雪間穿戴俱有襟袖的皮衣或上衣。完全與此處的文意密合，證明這書曾經滯留在一位旗人的手中，而且毫無根據的改動了一些文字，才留下這蛛絲馬跡。

一、行款板式

庚辰本分裝八冊，每冊十回，封面並有分冊的十回「總目」。其中第二、七兩冊僅有八回總目，第八冊有九回總目。缺第六十四、六十七兩回。每回首行頂格寫「脂硯齋重評石頭記卷之×」，第二行頂格寫第×回，第三行低三格或二格寫回目。每面十行，行廿五至三十字不等。和原每面十二行，每行二十字左右的底本，款式相距更遠，此已詳具甲戌本壹節中第二點「行款板式」。

但是，庚辰本據以過錄的底本行款、格式又如何呢？我們從庚辰本上幾條特有的脫文約略可以推知，今先分述如下：

（一）庚辰本回抄上行重文

1. 第七十一回一七三四頁（據中華書局影印「脂硯齋重評石頭記」回頁，下同。）（參見書影十）

「這費婆子原是邢夫人的陪房起先也曾興過時只因賈母近來不大作興邢夫人『的陪房起先也曾興過時只因賈母近來不大作興邢夫人』所以連這邊的人也減了威勢凡賈政這邊有些體面的人那邊各各皆虎視耽耽……」「的陪房」以下二十三字，因鄰行有「邢夫人」三個同樣的文字，抄書人沒有細心，就回跳重抄了。現在我們在引文裏用『』標明重抄的字，這類重抄的字，有些又被後來收藏的讀者發現，以為文義不通，用筆將它點去，我們在字旁用「。」一一標明。以下各例皆同。

2. 第七十七回 1908 頁

「……寶玉道怎麼人人的不是太太都知道單不道單不挑出的和麝月

　　秋紋來襲人听了這話心『怎麼人人的不是的不是太太都知道』內一
　　動低頭半日無可回答……」

庚本以鄰行間有「怎麼人人的不是太太都知道」而回抄一行，夾距三十三字，
如果扣除重文「道單不」三字，則為三十字。而這段文字戚本、全抄本、程
甲本、程乙本作「寶玉道怎麼人人的不是太太都知道單不挑出你和麝月秋紋
來襲人听了這話心內一動低頭半日無可回答」，庚本因重「道單不」三字。將
附近文字點改作「單不說又單不挑出你和麝月秋紋來襲人听了這話心內一動
說可是怎麼人人的不是太太都知道呢低頭半日無可回答」，以致文義通順。

　　3. 第七十八回 1932 頁

　　「……我們又不好去搜檢了恐我們疑他所以多了這個心自己迴避了
　　也是應該避嫌疑的王夫人听了這話不錯『是以多了這個心自己迴避
　　了』他自己遂低頭想了一想便命人請了寶釵來……」

庚本誤回抄鄰行「是以多了這個心自己迴避了」十二字，夾距二十九字。

　　4. 第八十回 1998 頁（參見書影十一）

　　「這廟裏已是昨日預備停妥的寶玉天性怯不敢猙獰神鬼之像這天齊
　　廟本係前朝所修極其宏壯『寶玉天性怯不敢』今年深歲久又極其荒
　　涼裏面泥胎塑像皆極其兇惡……」

庚本誤回抄前行鄰近的「寶玉天性怯不敢」七字，夾距二十七字。

（二）庚辰本跳抄下行重文

　　1. 第七十一回 1744 頁

　　「……若和他說話不是歇話就是瘋話喜鸞『寞我來』因笑道二哥哥
　　你別這樣說等這裏妹妹們果然都出了閣橫豎老太太太太也寂寞我來
　　和你作伴兒……」

庚本跳抄下行，重「寞我來」三字，夾距三十五字。

　　2. 第七十一回 1742 頁

　　「……李紈道鳳丫頭仗著鬼聰明兒還離腳踪兒『的雖然』是不能的
　　了鴛鴦道罷喲還提鳳丫頭虎丫頭呢他也可憐見兒的雖然這幾年沒有
　　在老太太太太跟前……」

庚本重抄下行「的雖然」三字，夾距二十八字。

　　3. 第七十七回 1905 頁（參見書影十二）

　　「幸而那丫頭短命死了不然進來了你們又連夥聚黨糟『他外頭自尋

個』害這圈子的你連乾娘都欺倒了豈止別人因喝命喚他乾娘來領去
就賞他外頭自尋個女壻去罷……」

庚本「糟」誤作「遭」,「自」誤作「是」,且又跳行抄重「他外頭自尋個」六字,夾距三十五字。

4. 第七十九回 1976 頁

「……聞得這夏家小姐十分俊俏也略通文翰『寶玉思及當時姊妹們』
恨不得就過去一見纔好再過些時又聞得迎春出了閣寶玉思及當時姊
妹們一處耳鬢絲磨從今一別縱得相逢也必不似先前那等親密了…」

庚本以「寶玉」誤抄下行「寶玉思及當時姊妹們」九字,夾距三十一字。

以上重文分布在第七十一回至八十回最後一冊,計有八條,可以想見這一冊的抄手程度較差。在這八條重文中,可分為兩類:一類是回抄上行已經抄過的文字,有四條,其中第七十一回「的陪房」和七十七回「怎麼人人」兩條,已經後人改動;第七十八回「是以多了」和八十回「寶玉天性」二條,還完整地保存著抄重的文字。在改動的二條文字裏,「的陪房」一條重文已經全部點去,「怎麼人人」一條卻改得似通非通,墨色筆跡也和原抄不相類似,像這種改動,可說只是臆改,不見得有所依據。另一類是因跳抄下行文字而犯重,除了上列第四例「寶玉思及」一條保留原樣,其餘三條也經人點改過,但又與脂本、程本的文字不相對應,頗能證明庚辰本除了原抄手自己的改文外,盡屬臆改,不像馮其庸先生「論庚辰本」一書所主張的「有根有據」。〔註2〕而且,我們從未經改動的三條文字來看,或者所根據的底本已經這樣,以致於抄胥不但不曾發現,也沒有抄完整整的一行。

另外,我們就回抄或跳抄的字距來看。有七條行款竟然都在二十七字到三十五字之間,可以確定是由一個三十字左右的底本過錄時造成,但是「的陪房」這一條,卻因「邢夫人」三字回抄整整一行廿三個字,好像是從一個二十字左右的底本過錄來的。這種現象最好的解釋是:庚辰本所用的底本也是來自一個二十字的底本。也就是說,庚辰本的遠祖源自一個二十字行款的底本,從上面論述到其底本已經發生重文的例子,應該足以支持這種假設也有發生的可能,而且也與脫文例中的情形完全對應。〔註3〕所以,不論「庚辰本」是否直接源自怡府的己卯本過錄,從庚辰本重文、脫文的例子看來,其

〔註2〕 馮其庸,「論庚辰本」,第52～59頁。
〔註3〕 參見本章「正文研究」第二小節「無意識脫文」論述。

底本可以確定是一部近於三十字的行款，遠祖則是行款二十字的底本，與甲戌原本應該是一致的。

二、「脂硯齋凡四閱評過」（參見書影十三）

庚辰本每冊回前總回目頁題有「脂硯齋凡四閱評過」一行字（見書影十一），對於這行標題吳世昌先生曾經加以解說：

> 「全書每一冊上石頭記題下『脂硯齋凡四閱評過』這條小字簽注，也是從另一個不相干的底本上抄襲來硬加上的。因爲，第一，如果此條爲正文底本所原有，則既稱『四閱評過』，何以第一冊中的前十回，第二冊中的第十一回，全無評註？這十一回，分明是從一個連『一次』也沒有『評過』的白文本鈔來的，怎能充作『四閱評本』？第二，全書各回的首頁在回目右上方均有書題：『脂硯齋重評「石頭記」（著重點原有——引者）卷之……』，可見此書原名爲『重評』本，不是『四閱評』本。『重』只泛指『重複』，不必限於『再評』或『四評』。第三，若以書中可考的評語而論，則又不止『四閱評過』而已。除甲戌以前和甲戌『再筆』的兩閱評語而外，尚有『己卯』、『壬午』、『乙酉』、『丁亥』這些年份，又有『乾隆二十一年（丙子，一七五六）五月初七日對清』的日期。可見脂硯齋至少『評』『閱』了六次，校對（可能又評閱）了一次。把它僅僅稱爲『四閱評過』的本子，也是不對的。總之，這些藏主或書賈加上去的簽條名稱，和『有正本』的書題上所標的『國初鈔本』一樣，必須嚴予考察，再定取捨（如認『國初鈔本』爲可靠，則『紅樓夢』的著作年代將上推至順治年間），不應當無批判地人云亦云，造成研究工作上的混亂現象。」〔註4〕

但是馮其庸先生認爲「說它是從另一個底本上抄來的，這句話有它的合理成分」，卻反對從「另一個不相干的底本」「抄襲」和「硬加上的」，因此分析吳先生的三點理由和結論時說：

> 第一，吳世昌先生認爲庚辰本第一回至第十一回，『分明是從一個連「一次」也沒有『評過』的白文本鈔來的，怎能充作「四閱評本」？』

〔註4〕同註1，「資料」，第41～42頁。

事實是庚辰本從頭至尾，從第一回到第八十回（其中原缺的兩回當然不計在內），都是從己卯本抄來的，並沒有另外根據什麼『連「一次」也沒有評過的白文本』。全部八十回（內缺六十四、六十七兩回）是一個整體，它是脂硯齋凡四閱評過的本子，這是『嫡眞實事，非妄擬也』。怎能硬說它是『充作』『四閱評本』呢？第二，吳世昌先生認爲此書各回的首頁均題『脂硯齋重評「石頭記」卷之』，可見此書原名爲『重評』本，不是『四閱評』本。吳世昌先生的這個意見，不僅否定了庚辰本是『四閱評』本，實際上也同時否定了己卯本是『四閱評』本，因爲『脂硯齋重評「石頭記」卷之』這一行字，庚辰本是照己卯本過錄的，同時，按照吳世昌先生的意見，那末，可以稱爲『重評』本的，只能是甲戌年第二次評的那個本子，除此以外，都不能叫『重評』本，而應該叫三評本、四評本、五評本、六評本……。殊不知所謂『重評』，正如吳世昌先生自己說的這段話說得多麼正確啊！一個『重評』，實際上就包括了從再評到五評、六評甚至于更多的評。己卯和庚辰兩本在『重評「石頭記」』之外，又標明『四閱評過』，正說明了『重評』的具體次數，怎麼反倒以『重評』來否定『四閱』呢？第三，吳世昌先生認爲以書中可考的評語而論，因書中有甲戌前、甲戌、丙子、己卯、壬午、乙酉、丁亥等紀年，『可見脂硯齋至少「評」「閱」了六次』，『把它僅僅稱爲「四閱評過」的本子，也是不對的』。『脂硯齋至少評閱了六次』，吳世昌先生這句話說得又是很對的，問題的關鍵在于『四閱評過』的這句話是寫在哪一年的評本上的。大家清楚，這句話最早見于己卯本上，後來又過錄到庚辰本上。爲了便于說明問題，我們把脂硯齋歷次的評列一個簡表：

次數	年　份	根　據
一	甲戌前	甲戌本第一回：「至脂硯齋甲戌抄閱再評，仍用『石頭記』」。
二	甲戌，乾隆十九年（1754）	同前。
	丙子，乾隆二十一年（1756）	庚辰本七十五回前：「乾隆二十一年五月初七日對清。」
三	丁丑，乾隆二十二年（1757）	靖本四十一回眉批：「尚記丁巳春日謝園送茶乎？展眼二十年矣！丁丑仲春，畸笏。」
四	己卯，乾隆二十四年（1759）	庚辰本有己卯年的評語共二十四條。

	庚辰，乾隆二十五年（1760）	庚辰本上有「庚辰秋月定本」的題字。
五	壬午，乾隆二十七年（1762）	庚辰本上有壬午的批語四十二條。
六	乙酉，乾隆三十年（1765）	庚辰本上有「乙酉冬」的批語一條。
七	丁亥，乾隆三十二年（1767）	庚辰本上有丁亥的批語二十七條。
八	戊子，乾隆三十三年（1768）	靖本十八回有「戊子孟夏」的批語一條。
九	辛卯，乾隆三十六年（1771）	靖本四十二回有「辛卯冬日」的批語一條。
十	甲午，乾隆三十九年（1774）	甲戌本第一回有「甲午八日（月）淚筆」的批語一條。

上表說明，『丙子』那年的『對清』只是『對清』正文，並沒有進行『閱評』（吳世昌先生說丙子年的『校對（可能是又評閱）了一次。』見前引），而是『丁丑仲春』又進行了『閱評』，這樣，到己卯那次的『閱評』恰好是第四次。那麼，『四閱評過』的話首先出現在己卯本上，不是合情合理嗎？前面已經說過，庚辰本是據己卯本過錄的，由於在這麼多的脂批中，沒有發現一條署庚辰年的批語，又由於從己卯開始有了各次評語的署年（己卯以前只有丁丑一條），而獨不見庚辰的批語，因此我們可以判斷庚辰這一年只是『定本』，而未加批。由此可知在庚辰本上仍過錄了『脂硯齋凡四閱評過』這一行字，是完全符合情理，切合事實的，怎麼能不加分析地把它武斷爲『藏主或書賈加上去的簽條名稱』呢？至于在庚辰本上有壬午、乙酉、丁亥的批，這怎麼能成爲否定『四閱評過』的根據呢？很明顯庚辰本上的硃批，是一個人的筆跡，雖然這些硃批的署年不同，但卻是一個人一手抄下來的。庚辰本的底本原是己卯年『四閱評過』的本子，這個本子上並沒有這些硃批，現在此書的藏者或抄者又在庚辰本上用硃筆過錄了另本上的己卯和己卯以下的三次脂批，形成了我們現在見到的庚辰本的樣子，這己卯以下的三次脂批，只能說明脂硯齋等人在己卯以後又批了三次；只能說明這個根據『四閱評』本抄下來的庚辰本，後來又增加了四閱以後的評語。它怎麼樣也不能成爲否定庚辰本原是四閱評本這個事實的根據。用四閱以後的三次評語來否定這個本子原是四閱評本，這是完全沒有道理的。而吳世昌先生卻用庚辰本抄定以後又繼續從別本過錄到這個抄本上來的己卯以及己卯以後的三次脂批，來否定己卯和庚辰是『四閱評過』的本子，這是既不顧歷史，也不講邏輯的

做法。如果還用這種邏輯和這種方法來討論這些「石頭記」的版本，難道能夠避免『造成研究工作上的混亂現象』嗎？歸根結蒂，我們認為己卯本和庚辰本上的『脂硯齋凡四閱評過』這一條題記，是『石頭記』成書和批評過程中留下的一條重要的歷史紀錄，它對我們深入研究『石頭記』的成書和脂硯齋的批評工作，具有很重要的意義。〔註5〕

根據馮先生的分析結果，「脂硯齋凡四閱評過」這行題字不但可以相信，而且從「至脂硯齋甲戌抄閱再評」，經「丁丑仲春」的三評，到「己卯年」恰好足足進行了第四次評閱，至於「庚辰秋」只是「定本」，所以這個本子上加題這行記載正足以作為這本書歷史上的重要文獻，不能輕易忽視。

三、「庚辰秋月定本」

吳世昌先生認為後四冊的題頁所署的這行字，也是「隨意加上，以昂其值于廟市的花招。雖其底本也許確是某年所定，但這些年份決不能認為即此現存鈔本的年份」〔註6〕可是馮其庸先生卻說：

「大家清楚，這『庚辰秋月定本』的題字，在現存的脂評本裏，只有我們稱之為庚辰本的這個抄本上有，除此以外，再也沒有別處有這樣的題字了（按：『己卯冬月定本』的題字，也只有己卯本有，情況與庚辰本一樣），人們之所以知道乾隆庚辰（廿五年）秋天脂硯齋與曹雪芹曾重定過一次『石頭記』，就是從這條題字知道的，除此以外，別無他途。既然吳世昌先生宣布這條題字是『花招』，是『隨意加上』去的，那麼，當然就是說它不可信了——難道『花招』還可信嗎？既然不可信，怎麼又一個勁的說它『是有根據的』，『完全可信』，『實在是很自然的情況』呢？莫非吳世昌先生又從別處得到了『庚辰秋月定本』的『有根據的』不是『花招』的文獻資料嗎？可是吳世昌先生並沒有公佈這項資料，事實上他所依據的，仍然是被他宣稱為『隨意加上』去的『花招』的這兩行題字。這樣，人們不禁要問，你一方面指斥它是『花招』，另方面又宣稱它『完全可信』，這豈不是讓人們去相信這個『花招』嗎？這豈不說明連你自己也很相信這個『花招』嗎？人們還不禁要問，你一方面指斥它是『隨意加上』去的，另方面又肯

〔註5〕同註2，第17～20頁。
〔註6〕同註1，第二小節註文，「資料」，第42頁。

定它『是有根據的』，這樣豈不等於是說『隨意加上』去的『花招』也是『有根據的』了嗎？吳世昌先生的這些自相矛盾的說法，實在令人有點眼花瞭亂。」〔註7〕

馮、吳二位先生的意見雖然大相逕庭，但卻具有一個共同的看法：

『庚辰秋月定本』這一行字，是反映底本的年代，而不是現在這個庚辰本的抄寫年代，現存的本子，是庚辰本的過錄本（並且是從己卯本上過錄下來的）。」〔註8〕

所以對於「庚辰秋月定本」的這行題字，馮氏認爲可以相信，他說：

『庚辰秋定本』這四行題字，我認爲是完全可信的。第一，前面已經提到過，己卯本根本不是什麼書商抄賣的商品，而是怡親王府的抄藏本。參加抄寫的共有九人，看來也不會是僱來的抄手，很可能是他的家裡人或與他關係親密的人。這些人用不著爲這個抄本隨意加上什麼東西，更用不著要什麼『花招』。第二，庚辰本現今已證明是完全照己卯本過錄的，凡己卯本上的一些重要特徵，庚辰本均忠實地照錄。因此，在當時只要有條件見到過這兩個本子的人，是不難發現這兩本的淵源關係的。按照吳世昌先生的設想，如果這些題字眞是書商的『花招』，那麼他也不過是想掩人耳目及聳人聽聞，爲什麼盡把這些與己卯本有血緣關係的『破綻』，公然地保留下來呢？爲什麼這四條題字偏從後半部的四十回題起而不開宗明義，在卷首大書特書這個『花招』以『昂其值』呢？這樣的作僞未免太謙遜和太拙劣了罷。第三，吳世昌先生所謂『以昂其值』於『廟市』的『花招』云云，確『是有根據的』。其根據就是乾隆辛亥（乾隆五十六年，1791年）程偉元爲『紅樓夢』（印程甲本）寫的『敘』。該『敘』說：『好事者每傳抄一部，置廟市中，昂其值得數十金，可謂不脛而走者矣。』程偉元說的是乾隆二十五年，其時曹雪芹還活著。吳世昌先生指出在庚辰本的第二十二回末頁上有一條與正文抄筆筆跡一樣的墨批：『此回未成而芹逝矣，嘆嘆！丁亥夏，畸笏叟。』由於這條墨批是與庚辰本的正文一起抄錄下來的，因此，可證此庚辰本的過錄時間，應在乾隆三十二年或以後。我們知道，老怡親王允祥是與

〔註7〕同註2，第23～24頁。
〔註8〕同上，第24頁。

曹雪芹的父親曹頫同輩的人，死于雍正八年（1730 年）。第二代怡
親王弘曉是與曹雪芹同輩的人，死于乾隆四十三年（1778 年），怡
親王府過錄己卯本的時間日前還不能確考，吳恩裕先生說：『估計弘
曉過錄己卯本的時間很可能是在二十五年的春夏之際。因爲到了二
十五年秋，就有了「庚辰秋月定本」了』。這種可能性不能說絕對沒
有，但我認爲極其難能。除非能證明怡親王弘曉與曹雪芹的關係或
與曹雪芹親友的關係深切如曹雪芹與脂硯齋一樣的關係，才能在曹
雪芹與脂硯齋在己卯冬（二十四年冬）剛剛定稿以後幾個月就能讓
怡府拿原本去過錄，如要等別人過錄後再借來轉錄，則更不可能在
幾個月後就做到。所以我認爲上述二十二回末頁丁亥年的墨批，很
有可能是己卯原本上的原批。按怡府過錄這個己卯本時，所有己卯
本上的硃筆眉批都未過錄，原因是可能等全部正文過錄完後，換用
硃筆再過錄眉批，但這一條墨批，恰好跨于眉批與正文之間，有十
一個字是在正文的地位，只有五個字從正文的地位伸展出去占眉批
的地位。根據現在見到的過錄庚辰本上的這條批語是墨批的情況來
判斷，這條批語在過錄的己卯本上（現過錄己卯本第二十一回至三
十回已缺，無從查核），和己卯原本當也是墨批而不是硃批（此頁上
的『暫記寶釵詩謎云』七字，情況也是如此），故當時怡府的抄寫者
把它作爲正文一筆墨畫抄下來了。因此到過錄庚辰本的抄寫者過錄
怡府本時，又同樣一人一筆墨書把它過錄了下來。如果情況眞是這
樣的話，那麼這就是說，怡府過錄己卯本的時間，也有可能是在丁
亥即乾隆三十二年以後。我又認爲庚辰本過錄己卯本的時間，是緊
接著怡府本抄成以後不太久，約一至二年（因怡府過錄己卯本的抄
者其中有兩人緊接著又參加了庚辰本的抄寫，故估計時間不會隔得
太久），現估定它在三十三、四年，按這個時候，正是『紅樓夢』一
方面被視爲『謗書』，一方面又不斷在曹雪芹和脂硯齋的友好之間傳
抄的時候。這個時候，下距『廟市』『數十金』爭購『紅樓夢』的乾
隆五十六年前後，相隔還有二十二、三年。吳世昌先生把二十多年
以後的『行情』提前使用，未免有點太不照顧歷史了吧。除非吳世
昌先生能證明庚辰本過錄的時間是在程甲本刊行的同時或稍前，否
則所謂『隨意加上以「昂其值」於「廟市」的花招』云云，豈不其

成了歷史的顛倒。由此可見，吳世昌先生用來否定『庚辰秋月定本』這行題字的眞實性的理由是完全站不住的。第四，己卯本現存三十個十回的總目頁，在第四冊即第三十一回到四十回的總目頁上，有『己卯冬月定本』這一行字。庚辰本在過錄己卯本時，在同一個總目頁上，刪去了這一行字。前面已經說過，庚辰本在過錄己卯本時，是相當忠實於己卯本的。連五十六回末那行與『石頭記』毫無關係的給抄書人的指示都一絲不苟地照抄下來了。可是現在卻居然把己卯本總目頁上表明『定本』的年份的那行字大膽的刪去了，這個行動不能不使人感到有點『不尋常』。不但如此，庚辰本還在後面的四個十回的總目頁上增添了『庚辰秋月定本』和「庚辰秋定本」的題字，這一行動，也同樣顯得『不尋常』。其實仔細想來。這一刪一增，非但不是不可理解，反倒爲我們說明了問題，它說明了當時抄書人的心目中已經十分清楚，他們根據的雖然是『己卯冬月定本』，但是他們抄出來的成品，卻不再是己卯本原式原樣，一字不差的重複，而是『庚辰秋月定本』了，既然抄成後的書已是『庚辰秋月定本』，那麼，那『己卯冬月定本』這行字自然就沒有必要再保留了。同樣，既然抄成的已是『庚辰秋月定本』，那麼，自不妨在總目頁上表明出來，因此又增加了『庚辰秋月定本』這一行字，如此看來，這一刪一增的兩行字，恰好是爲我們證明了據己卯本抄成後的『石頭記』，已然是「庚辰秋月定本」了。」〔註9〕

從以上馮氏對於「庚辰秋月定本」這行題字的析論，這行題字足以呈現底本的年代，應該可以成立，而且也透露出其底本的內容。可是若說現存怡府己卯本的正文和部分的改文，足以代表庚辰本，則不無商榷的餘地，這點已詳見己卯本一節的論述。在下一節，我們也將另有專論。

貳、批語研究

一、批語形式

庚辰本第一至第十一回除雜有二條回目後批及一條混入正文批語外，不

〔註 9〕 同上，第 24～27 頁。

見任何批語。此外有六十六回帶有批語的部分，可分爲硃批、墨批二種。

（一）墨筆批語

這些文字大抵與正文同時抄錄，筆跡也與各回正文近似，並和己卯本相對應。仔細研究，又可分爲三類：

（1）雙行夾批

根據統計其和己卯本對應的回數，除第十九回漏抄一條「畫」字外，餘716 條批語，與己卯本雙行批語的分布、位置、文句完全相同，僅有少數文字的正誤之異。另則己卯本所無的冊回也有 622 條這類的批語，共計 1338 條。

（2）回前總評

這類大抵寫在回前附頁上，對各回中某些故事加以解釋或評讚，共計第十七、八回四條，第廿一回三條，第廿四回一條，第廿七回一條，第廿八回二條，第廿九回二條，第卅回三條，第卅一回二條，第卅二回一條，第卅六、卅八、四十一、四十二、四十九、五十四回各一條，第四十六、四十八、七十五回各二條，卅七回三條，共計卅四條。

（3）回末評語

就是寫在正文後的空白地位的評語，分布在第廿回一條，第廿二回二條，第卅一回一條，共有四條。

（二）硃筆批語

這些批語是較後由一個人謄抄過錄過去，根據馮其庸先生研究，並非己卯、庚辰底本或怡府本所原有，因此這些批語的來源，至今未能確定。這些批語也可分爲三種：

（1）行間夾評

寫在行間正文某字句，或某段落旁，書中第十二至廿八回共十七回具有這類的批語。

（2）眉　批

因行間的空隙不夠，或因所批爲大段的文字，不宜加在行間，而寫于眉端，總攝下文各行。這類常附有年份和款識，其分布情形和行間夾評諸回完全對應。

（3）回末總批

此類異於回前、回末另頁的墨筆總批，因此都寫在回末正文後的空白地

位，如第十二回、第十三回〔註10〕、第十四回及第廿三回至廿五回。

二、批語特色

（一）批語有題記及年月款識者較一般脂本多

如雙行夾註批其句末署有「脂硯」、「脂研」、「脂硯齋」、「脂硯齋再筆」、「再筆」等，但是甲戌本或戚本等其他的脂本，卻一概不具任何署名，或僅存一二，不能和庚本的數量等列。然而在甲戌本中，以其中縫署有脂硯齋名，其家藏本固無簽署的必要。其他脂本則或來自甲戌本一系，而懶怠分辨也未可知。

若畸笏等批的簽署。亦因為與脂硯的批語分別而已。唯有對於年月的解釋難洽人意。趙岡先生曾說：

> 「只有原批上是有署名和年月。而新定本上被刪除，而不可能是原批本無署名和年月，而新定本給補加上去的。補加署名尚有可能，補加年月則絕無可能，因為那些批語是在不同的年份，不同的月份所寫的。」〔註11〕

對於這個問題，如果稍加比較庚辰本署名年月之批，在甲戌本裏一律為總批、眉批、夾批形式，因此僅能說是甲戌本過錄時，可能刪去底本上的年月，而庚辰本從他本彙錄時，則忠實保留這些富有歷史意義的文字，絕不可據此論定諸本的早晚。

（二）各回中脂評的分布極不均勻

如第一至十一回，除存有回目後批諸回外，餘回並為白文本，而且第十二回到廿八回的批語，遠較第廿九回到卅四回多出數倍，這是一種令人百思不解的現象，吳世昌先生根據第六十六回首頁下角，另一人的筆跡寫著一條指示「以後小字刪去」，認為「這也許是經濟的打算，因為抄這樣一部大書是很費錢的。」〔註12〕這也與事實不符（此係批語，詳後論述），因為既說「以

〔註10〕此回三條批語位於第二冊回目錄後頁下半頁，第十一回前，甲戌、靖本則居回目後評的位置，如果根據庚辰本的格式，應屬硃筆的回末總評。由於從他本過錄批語的時候，現存庚辰本的第十三回回末已無空間可以容納，因此移居目錄頁後，可見這些批語並非庚辰底本所原有的。

〔註11〕趙岡、陳鍾毅，「紅樓夢研究新編」（以下簡稱「新編」，臺北：聯經出版事業公司，民國 64 年 12 月初版）第 98 頁。

〔註12〕同註1，「資料」第 36 頁。

後」，則以前猶未刪削，不能據後果解釋前因，尤其現今所存的脂本，都具有這類一般現象。

三、批語和各脂本的比較

庚辰本、己卯本並題「四閱評本」，可見二者共同的批語部分，並承自「四閱評本」的系統，這些批語又盡屬墨色的雙行夾註批、回前總批、回末總批（不包括墨跡與眉、夾硃色的同人批語），可見己卯本佚失諸回的這類批語，在庚辰本中也可略窺一斑，並可歸劃爲「四閱評本」系統的部分。

參、回目研究

紅樓夢前八十回回目，諸抄本之間，差異極大，和程本又有不同。在這八十回裏，除了和甲戌本對應的十六回已經討論過，其他的可以分爲兩類，第一類是個別字的差異，但是不包括同義的異體字和各本之間的誤抄字。如第四十三回的「閑、閒」，四十七回的「禍、禍」，四十九回的「膻、羶」「琉、瑠」，四十五、五十回的「制、製」「奄、庵」，五十四回的「傚、效」「斑、班」，五十九回的「芸、雲」「叱、咤」，六十二回的「石、柘」，六十四回的「珮、佩」，七十三回的「愼、誤」「撿、揀」，七十六回的「莫、寞」，七十八回的「譔、撰」等，只是抄手水準的低下和習慣的不同而造成，與具有不同意義的差別字自然不能混爲一談。另外一類就是回目上作了極大的更動，牽涉到曹雪芹的「分出章同，撰成目錄」，今略述如下：

一、差異較小的回目

（1）第十一回　「慶壽辰寧府排家宴　見熙鳳賈瑞起淫心」
　　　諸本並同，脂列本「壽」作「生」，雖然不算錯字，但根據本回首句「話說是日賈敬的壽辰」，則是和正文不相對應的臆改字。

（2）第廿回　「王熙鳳正言彈妒意　林黛玉俏語謔嬌音」
　　　諸本並同，僅己酉本下聯作「林黛玉巧語學嬌音」，雖或可通，不如諸本的貼切。

（3）第廿三回　「西廂記妙詞通戲語　牡丹亭艷曲警芳心」
　　　諸本並同，僅脂列本「語」作「言」，意義雖同，恐爲過錄時的筆

誤。

（4）第廿四回　　「醉金剛輕財尚義俠　痴女兒遺帕惹相思」
諸本並同，脂列本「相」作「想」，全抄本回首作「染」，均誤字。

（5）第廿九回　　「享福人福深還禱福　痴情女情重愈斟情」
諸本大抵相同，僅庚辰本「痴」作「斟」，與正文所謂的「痴病」
不能對應，晉本「痴」作「多」，己酉本、程甲本、程乙本回首及
全抄本回目（案：八十四回前回目是後人抄補）並同，全抄本回首
原作「痴」，後來改筆作「多」，又「斟情」作「鍾情」，恐為臆改。
程本回目「斟」作「惜」。

（6）第卅一回　　「撕扇子作千金一笑　因麒麟伏白首雙星」
諸本並同，只有乙酉本「首」作「頭」，全抄本作「撕扇子公子追
歡笑，拾麒麟侍兒論陰陽」，似乎都是較後的改動。

（7）第卅六回　　「繡鴛鴦夢兆絳芸軒　識分定情語梨香院」
除己酉本「芸」作「雲」外，諸本大抵相同，又己卯本、庚辰本「悟」
作「語」，「香」作「花」。以正文而論，寶玉在梨香院內，才了悟
當日齡官畫薔的深意，則己、庚二本恐因形近譌誤。又「香」字脂
列本原作「花」，後改作「香」。全抄本「夢兆」作「驚兆」，下聯
原作「悟梨香院識分定情」，後乙改作「識分定情悟梨香院」，與程
本同。

（8）第卅七回　　「秋爽齋偶結海棠社　蘅蕪院夜擬菊花題」
諸本並同，只有脂列本、蒙府本「院」作異體「苑」，又晉本回首
「夜」作「長」，恐為誤字。

（9）第卅八回　　「林瀟湘魁奪菊花詩　薛蘅蕪諷和螃蟹咏」
諸本並同，脂列本「咏」作「韻」，戚本回目作「吟」。

（10）第四二回　　「衡蕪君蘭言解疑癖　瀟湘子雅謔補餘音」
蒙本、戚本、脂南本一系「癖」作「語」，「音」作「香」。

（11）第四六回　　「尷尬人難免尷尬事　鴛鴦女誓絕鴛鴦偶」
脂列本「絕」作「卻」。蒙本、戚本、脂南本一系「偶」作「侶」，
餘同，恐為二本抄誤或臆改字。

（12）第四七回　　「凱霸王調情遭苦打　冷郎君懼禍走他鄉」
諸本並同，庚辰本回首「遭」誤作「遭」，蒙府、戚本、脂南本「苦」

作「毒」。

（13）第五十回　「蘆雪庵爭聯即景詩　暖香塢雅製春燈謎」
諸本並同，庚辰本「雅」作「創」，脂列本「庵」作「廬」，全抄本作「庭」，恐皆誤抄。

（14）第五二回　「俏平兒情掩蝦鬚鐲　勇晴雯病補雀金裘」
諸本並同，只有晉本、甲本「金」作「毛」，乙本「雀毛裘」作「孔雀裘」。

（15）第五四回　「史太君破陳腐舊套　王熙鳳效戲彩斑衣」
諸本並同，晉本回目「效」誤作「莽」，又其回首「套」誤作「倉」，程本則爲誤襲。

（16）第五六回　「敏探春興利除宿弊　時寶釵小惠全大體」
諸本同，脂列本「敏」作「賈」，「薛」作「時」。蒙府本、戚本、脂本。全抄本「時」作「識」，晉本、程本「時」作「賢」，與全抄本回首旁改字同。

（17）第五七回　「慧紫鵑情辭試忙玉　慈姨媽愛語慰痴顰」
晉本、程本「忙」作「莽」，未符寶玉「無事忙」的隱義。全抄本改後同於晉本，其未改前除「媽」誤作「母」外，「莽」字與脂列本、蒙本、戚本、脂南本均作「寶」。又脂列本「慈」誤作「薛」。

（18）第五八回　「杏子陰假鳳泣虛凰　茜紗窗眞情揆痴理」
脂列本、蒙本、戚本、脂南本、晉本等「揆」作「撥」，程本回目同。又蒙本、戚本、脂南本「茜紗窗」作「茜紅紗」，字義略重。另外晉本回首「鳳」誤作「鸞」。

（19）第六十回　「茉莉粉替去薔薇硝　玫瑰露引出茯苓霜」
諸本同。庚辰本回首、蒙本、戚本、脂南本「出」作「來」。又徐本、胡本回目作「茉莉粉假替薔薇硝，茯苓霜私報玫瑰露」。「書錄」甲、乙本項未載，恐爲疏漏。胡本（乙本）回首作「茉莉粉暗替薔薇硝，茯苓霜明證玫瑰露」。

（20）第六一回　「投鼠忌器寶玉情贓　判冤決獄平兒行權」
己卯本、庚辰本、晉本「行」作「情」，脂列本「情」作「認」，「決」作「斷」，蒙本、戚本、脂南本「行權」作「徇私」，或以己卯本、

庚辰本、晉本爲最早，諸本或以「情」字重文而改動。

（21）第六六回　「情小妹恥情歸地府　冷二郎一冷入空門」
諸本同，唯脂列本、胡本回首、閣本回目、亞東本、王本的回首回目「一」並作「心」。

（22）第六七回　「餞土物顰卿思故里　訊家童鳳姐蓄陰謀」
戚本、脂南本、晉本同。脂列本「思」作「念」，餘同。全抄本作「見土儀顰卿思故里，聞秘事鳳姐訊家童」。程本、蒙本、己卯本、庚辰本同。案後系是基於前系而改動（詳見蒙府本第六十七回試論）。

（23）第六八回　「苦尤娘賺入大觀園　酸鳳姐大鬧寧國府」
諸本同，只有庚辰本回首「酸」誤作「俊」，蒙本、戚本、脂南本「大鬧」作「鬧翻」，又「苦尤娘」程乙本誤作「尤苦娘」。

（24）第六九回　「弄小巧用借劍殺人　覺大限吞生金自逝」
諸本同，徐本回首回目「吞生金」作「生吞金」，胡本回目同，恐爲程乙本譌誤。

（25）第七二回　「王熙鳳恃強羞說病　來旺婦倚勢霸成親」
諸本同，庚辰本回首「恃」誤作「特」，脂列本誤作「倚」，與下聯重文。

（26）第七三回　「癡丫頭誤拾繡春囊　懦小姐不問纍金鳳」
庚辰本回目「痴」誤作「瘋」又回目原將「慪」字作「慣」，後再改正。脂列本「春」作「香」。

（27）第七四回　「惑奸讒抄撿大觀園　矢孤介杜絕寧國府」
庚辰本回首「杜」誤作「柱」，後改正。又程本回目「矢孤介」作「矢孤人」，回首作「避嫌隙」。

（28）第七五回　「開夜宴異兆發悲音　賞中秋新詞得佳讖」
脂列本「兆」作「事」，「讖」作「兆」，恐爲臆改，全抄本回首「讖」誤作「識」。

（29）第七六回　「凸碧堂品笛感淒情　凹晶館聯詩悲寂寞」
諸本同，脂列本「情」作「涼」，戚本、程本作「清」。又晉本回首「淒」作「悽」。

二、差異較大的回目

（1）第九回　「戀風流情友入家塾　起嫌疑頑童鬧學堂」

諸本並同。己酉本「家塾」與「學堂」倒置，恐是臆改。晉本獨作「訓劣子李貴承申飭，嗔頑童茗烟鬧書房」，後爲程本所襲用。

（2）第十七、十八、十九三回原是合而爲一，已在前面的緒論裏詳細敘述。然而到了「庚辰秋定本」時，分出了一個沒有撰寫回目的第十九回，而第十七、十八回仍是一個聯體，怡府己卯本及現存的庚辰本就是這個原型的過錄。然而在庚辰秋定本後的不久，就已撰出第十九回的回目，作「情切切良宵花解語，意綿綿靜日玉生香」，晉本則又根據這個新本，在王夫人遣人備轎去接妙玉處分開，保留原第十七回的回目，並重新擬出第十八回的回目，作「皇恩重元妃省父母，天倫樂寶玉逞才藻」，程甲本承襲這型式，只是「逞」作「呈」，程乙本又在內容上對甲本作了部分的改動。脂列本也承襲這個新本，而在「寶玉聽說方退了出來」處分開兩回，但是第十八回並未撰寫回目。其後，蒙本、戚本、脂南本、全抄本又從脂列本的形式衍爲二系：一系是分擬「大觀園試才題對額，怡紅院迷路探曲折」和「慶元宵賈元春歸省，助情人林黛玉傳詩」，作爲第十七、十八兩回的回目，這一系以蒙本、戚本、脂南本爲中心。另外一系即爲全抄本，將兩回的回目各作「會芳園試才題對額，賈寶玉機敏動諸賓」和「林黛玉誤剪香囊袋，賈元春歸省慶元宵」，此外，己酉本又自成一系，其第十七回直敘到元春回家，石頭大發感慨爲止，並擬「大觀園試才題對額，榮國府奉旨賜歸寧」及「隔珠簾父女勉忠勤，搦湘管姊弟裁題詠」，作爲第十七、十八兩回的回目。根據以上分回的情況，約略可以看到曹雪芹分出章回、撰成目錄的一般苦心，也似乎可以看到諸本間分回抄錄的過程，如今試作簡表如下：

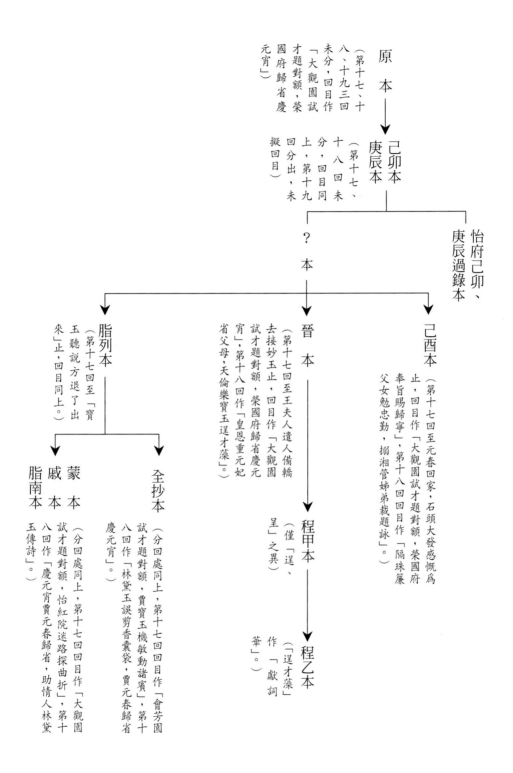

原　本

己卯本
庚辰本
（第十七、十八回未分，回目同上，第十九回分出，未擬回目）

己卯本（第十七、十八、十九三回未分，回目作「大觀園試才題對額，榮國府歸省慶元宵」）

怡府己卯、庚辰過錄本

？　本

脂列本（第十七回至「寶玉聽說方退了出來」止，回目同上。）

晉　本（第十七回至王夫人遣人備轎去接妙玉止，回目作「大觀園試才題對額，榮國府歸省慶元宵」，第十八回作「皇恩重元妃省父母，天倫樂寶玉逞才藻」。）

己酉本（第十七回至元春回家，石頭大發感慨爲止，回目作「大觀園試才題對額，榮國府奉旨賜歸寧」，第十八回作「隔珠簾父女勉忠勤，搧湘管姊弟裁詠」。）

脂南本（八回作「慶元宵賈元春歸省，助情人林黛玉傳詩」。）

戚　本（試才題對額，怡紅院迷路探曲折」，第十八回作「慶元宵賈元春歸省，助情人林黛玉傳詩」。）

蒙　本

全抄本（分回處同上，第十七回回目作「大觀園試才題對額，賈寶玉機敏動諸賓」，第十八回作「林黛玉誤剪香囊袋，賈元春歸省慶元宵」。）

程甲本（僅「逞、呈」之異）

程乙本（「逞才藻」作「獻詞華」。）

（「逞才藻」作「獻詞華」。）

（3）第卅回　「寶釵借扇機帶雙敲　椿齡劃薔痴及局外」

諸本同，只有晉本「齡」作「靈」，蒙府本「椿齡」作「齡官」。又全抄本回首聯語下另有一目，作「訊寶玉借扇生風，逐金釧因丹受氣」，這種七字聯語除本回外，亦見於第八十回，並且是全抄本所獨有，也是此本所具的特色。

（4）第卅九回　「村姥姥是信口開河　情哥哥偏尋根究底」

脂列本、晉本、程甲本同。己酉本「姥姥」作「嬤嬤」，與庚辰本回目同。又庚辰本「河」字經後人改作「合」。另外「村姥姥」、「情哥哥」蒙本、戚本、脂南本並作「村老嫗」、「痴情子」，程乙本則作「老村嫗作信口開河，小痴郎誤尋根究底」，然而徐本（乙本）回首同於甲本，又是程乙本的異植字版。全抄本作「村老嫗謊談承色笑，痴情子實意覓踪跡」，又自成一系。

（5）第四一回　「櫳翠庵茶品梅花雪　怡紅院劫遇母蝗蟲」

庚辰本、脂列本同。蒙本、戚本、脂南本作「賈寶玉品茶櫳翠庵，劉老嫗醉臥怡紅院」。晉本、程本除「老嫗」作「姥姥」外，餘同。然而庚辰本留下的一條疑似回目後評曾說：「此回櫳翠品茶，怡紅遇劫……」，則又證明或因蒙本、戚本一系改動回目，也使此條回目後評失去作用而刪去。

（6）第四九回　「琉璃世界白雪紅梅　脂粉香娃割腥啖羶」

諸本同。蒙本、戚本、脂南本作「白雪紅梅園林佳景，割腥啖羶閨閣野趣」。

（7）第六五回　「賈二舍偷娶尤二姨　尤三姐思嫁柳二郎」

諸本同。脂列本「二郎」作「三郎」，雖對得工整，然正文中每稱湘蓮為二弟（第六六回），則作「二」字為是。全抄本「二姨」作「二姐」。又蒙本、戚本、脂南本作「膏梁子懼內偷娶妾，淫奔女改行自擇夫」。

（8）第七九、八十回，脂列本合而為一，回目作「薛文龍悔娶河東獅，賈迎春誤嫁中山娘」。庚辰本二回已經分開，第七九回襲用原來回目，第八十回聯語則尚未擬定。以後諸本的分回並襲用這個原型和第七九回的回目，僅程本回目「龍」誤改作「起」，又晉本、程本

「獅」作「吼」，與全抄本改後的回目相同。

至於第八十回的回目則較爲複雜，全抄本回首原作「懦迎春腸迴九曲，姣香菱病入膏肓」，這種七字聯語獨在全抄本先後出現二次，極爲特別。又蒙本、戚本、脂南本則在「懦、姣」下分別增加「弱」、「怯」二字。晉本則又自成一系，作「美香菱屈受貪夫棒，醜道士胡謅妒婦方」。程本沿襲晉本的回目，僅將「醜」改作「王」，與全抄本改文同。己酉本作「夏金桂計用奪寵餌，王道士戲述療妒羹」，又自成一系。

肆、正文研究

庚辰本的正文和諸抄本存有很大的不同，與甲戌本對應的十六回裏，如凡例的刪卻、回目後批的混入正文、第一回「席地而坐」下刪去四百餘字的本文、沒有「至吳玉峯題曰紅樓夢」及「至脂硯齋甲戌抄閱再評仍用石頭記」等特殊意義的語句，這些現象已具論於甲戌本的正文裏了。其他的異文還可分成以下兩類：

一、有意增刪的異文

庚辰本他回中的正文，最特別的是第十七、十八回尚未分斷，第十九回雖已分出，回目則還未擬定，這種情形在現存的脂本中最具早期本子的特徵。（詳見本篇緒論部分）第七十九回雖已分出，加上回末的套語格式，仍然沒有回目，除脂列本外，也早於其他抄本的形式（此已具論於脂列本中）。第廿二回末只到惜春之謎，以下缺文，後半頁則暫記寶釵製謎，並有題記「此回未成而芹逝矣，嘆！嘆！丁亥夏畸笏叟。」（見書影十四）脂列本並無題記及寶釵之謎，在諸謎之下註明「此是元春之作」等語，而無庚辰本較繁的雙行批。這種情形，說明了在曹氏過世之前，此回的增刪並未完成定稿。脂列本則屬外圈人士的過錄，其過錄的時間很早，庚辰本則應爲內圈人士如畸笏等事後的追記。因此能夠暫記寶釵之謎，也能批出諸謎的隱義。到了戚本，則在惜春和寶釵謎後，各多出一段賈政的不祥預兆，完全和回目下聯所謂的「製燈謎賈政悲讖語」對應。可是晉本非但缺少惜春之謎，而且將寶玉之謎改隸黛玉，另撰寶玉、寶釵二謎，然後以極短的文字作結。因此戚本、晉本似乎各自在閉門造車中，補成二系不同的文字。其後全抄本、程本即採用晉本的

文字，附加戚本原寶釵謎後的「賈政悲讖語」。（以上並詳見晉本論述）第七十五回回前附頁批有「乾隆二十一年五月初七日對清，缺中秋詩，俟雪芹。」（見書影十五）原來這回曾經提到「賞中秋新詞得佳讖」，寶玉、蘭、環三人作詩，前兩處都有「看道是」「寫道是」等指示詩文的語氣，卻不見詩文，「缺中秋詩」即是指這幾個地方。奇怪的是從乾隆丙子廿一年以後，到了廿七年壬午除夕雪芹的亡逝，諸本並未補上詩文，只將這幾個地方的矛盾刪去，含糊混過而已。

除了以上幾處大家時常提到的異文外，我們還可發現以下幾處不受大家注意到的異文例子：

（1）第十七、十八回（全抄本第十八回第三頁下第一行）

「說不盡太平氣象，富貴風流」底下，庚辰本、己卯本原有一段文字：

> 「此時自己回想當初在大荒山中，青埂峯下，那等淒涼寂寞；若不虧癩僧跛道二人攜來到此，又安能得見這般世面。本欲作一篇燈月賦、省親頌，以誌今日之事，但又恐入了別書的俗套。按此時之景，即作一賦一讚也不能形容得盡其妙；即不作賦讚，其豪華富麗，觀者諸公亦想而知矣。所以倒是省了這工夫紙墨，且說正經的爲是。」

這段文字，戚本僅有兩處一、二字的異文，可是晉本卻作批語，而「此時自己回」五字作「此石頭記自敘」，程本、全抄本因而刪去。事實上這段文字原是正文，我們看庚辰本在這底下曾經留下這麼一條雙行批語說：「自此時以下，皆石頭之語，眞是千奇百怪之文。」另外又有一條眉批說：

> 「如此繁華盛極花團錦簇之文，忽用石兄自語截住，是何等筆力，令人安得不拍案叫絕，是閱歷來諸小說中有如此章法乎？」

則此段當爲正文，而非批語，而且這種文字應是「石頭記」取名之由，也是石頭記上原有的常用敘述方式，不時穿插石頭的對話，這在抄本上也時常可以看到，如第六回「你道這一家姓甚名誰？又與榮府有甚瓜葛？」下，甲戌本、戚本有

> 「諸公若嫌瑣碎粗鄙呢，則快擲下此書，另覓好書去醒目，若謂聊可破悶時，待蠢物逐細道來。」

再看第十八回（全抄本三頁下六行）在「港上一面匾燈，明現著「蓼汀花漵四字」下，庚本、戚本、全抄本有

> 「按此四字並『有鳳來儀』等處，皆係上回賈政偶然一試寶玉之課

藝才情耳，何今日認真用此區聯，況賈政世代詩書，來往諸客屏侍座陪者，悉皆才技之流，豈無一名手題撰，竟用小兒一戲之辭苟且唐塞，真似暴發新榮之家，濫使銀錢，一味抹油塗硃單，則大書『門前柳綠垂金鎖，後戶青山列錦屏』之類，則以為大雅可觀，豈石頭記中通部所表之寧榮賈府所為哉？據此論之，竟大相矛盾了。諸公不知，待蠢物將原委說明，大家方知。」

像這類石頭語氣的字句，愈到後期的本子，往往因書名已非「石頭記」，而被誤認為批語，刪削盡淨，或加以改動，如晉本、全抄本、程本等就是這種情況。

（2）第廿一回（全抄本第廿一回第四頁下第十三行）

「鳳姐笑道：『傻丫頭，他便有這些東西，那裏就叫偺們翻著了。』說著尋了樣子上去」下，庚辰本、戚本、程本有這麼一段文字：

「平兒指著鼻子恍著頭笑道：『這件事怎麼回謝我呢？』喜的個賈璉身癢難撓，跑上來摟著，心肝腸肉，亂叫亂謝，平兒仍拿了頭髮笑道：『這是我一生的把柄了，好就好，不好就抖出這事來。』賈璉笑道：『你只好生收著罷，千萬別叫他知道。』口裏說著，瞅他不防，便搶了過來笑道：『你拿著終是禍患，不如我燒了他完事了。』一面說著，一面便攮於靴掖內。平兒咬牙道：『沒良心的東西，過了河就拆橋，明兒還想我替你撒謊！』賈璉見他嬌俏動情，便摟著求歡，被平兒奪手跑了，急的賈璉彎著腰恨道：『死促狹小淫婦！一定浪上人的火來，他又跑了。』平兒在窗外笑道：『我浪我的，誰叫你動火了！難道圖你受用，一回叫他知道了，又不待見我。』」

可是全抄本卻整段刪去。

（3）第三十三回（全抄本第一行開頭）

「卻說寶玉茫然不知何往」之前，庚辰本、戚本、程本都有一段文字：

「王夫人喚他母親上來，拿幾件簪環，當面賞與；又吩咐請幾眾僧人，念經超度。他母親磕頭謝了出去。原來寶玉會過雨村回來，聽見了，便知金釧兒含羞賭氣自盡，心中早又五內摧傷；進來被王夫人數落教訓，也無可回說。見寶釵進來，方得便出來。」

可是全抄本卻沒有這些文字，即如第三十二回末尾也略有不同，是增刪過程中分回的不同，抑或全抄本整理過程的刪去呢？在沒有確切的證據下，我們

也不敢隨便置喙。

（4）第三十七回（全抄本第一頁上一行）

全抄本以「卻說寶玉」諸字爲開頭，旁有楊繼振的硃批說：「此處舊有一紙附粘，今逸去，又雲記。」庚辰木、戚本則作「單表寶玉」，其上並多出

> 「這年賈政又點了學差，擇于八月二十日起身，是日，拜過宗祠及賈母諸事，寶玉諸弟子等送至洒淚亭，卻說賈政出門去後，外面諸事不能多記。」

到了後期的程本則作

> 「話説史湘雲回家後，寶玉等仍不過在園中嬉遊吟咏不題。且説賈政自元妃歸省之後，居官更加勤慎，以期仰答皇恩。皇上見他人品端方，風聲清肅，雖非科第出身，卻是書香世代，因特將他點了學差，也無非是選拔眞才之意。這賈政只得奉了旨，擇于八月二十日起身，是日，拜別過宗祠及賈母，慢起身而去。寶玉等如何送行，以及賈政出差，外面諸事，不及細述。」

我們知道，賈政在早期迷失而不及改動的第六十四回中，寫到敬老亡逝的時候，曾經出場多次，其點上學差是五度增刪中較後的安排，而第三十七回庚辰本多出的一段文字，完全爲著照應到第七十、七十一回及寶玉結社等文字。（詳見蒙府本第六十四回論述）

（5）第四十一回（庚辰本第九三八頁）

茄子的作法，庚辰本是如此寫的：

> 「鳳姐兒笑道：這也不難，你把纔下來的茄子把皮劖了，只要淨肉，切成碎釘子，用雞油炸了，再用雞脯子肉並香菌、新笋、蘑菇、五香腐乾、各色乾果子，俱切成釘子，用雞湯煨乾，將香油一收，外加糟油一拌，盛在磁罐子裏封嚴，要吃時，拿出來用炒的鵝爪一拌就是。」

程本僅有個別字的差異，可是戚本則幾乎完全不同，

> 「鳳姐笑道：這也不難，你把四五月裏的新茄包兒摘下來，把皮和穰子去盡，只要淨肉，切成頭髮細的絲兒晒乾了，拏一隻肥母雞靠出老湯來，把這茄子絲上蒸籠蒸的雞湯入了味，再拏出來晒乾，九蒸九晒，必定晒脆了，盛在磁罐子裏封嚴了。要吃時，拿出一碟子來，用炒的雞爪子一拌就是了。」

可見程本所採用的底本是近於庚辰一系。

（6）第四十一回（庚辰本第九五三頁回末）

庚辰本至「他姊妹方復進園來」分回，第四十二回則重復原句，作為回首的常用格式。可是戚本則到「眾人都不理會也就罷了」，加上「下回分解」的結束用語，而把「賈母醒了，就在稻香村擺晚飯，賈母因覺懶懶的，也沒吃飯，便坐了竹椅小轎回至房中歇息，命鳳姐等去吃飯，他姊妹方進園來。」這段文字加上「話說」二字，作為第四十二回的起頭，而程本則沿襲庚辰本的格式。此分回長短的不同到底是戚本的臆改，還是五度增刪的過程中底本有不同呢，在沒有絕對的證據之前，只能存而不論。

（7）第四十三回（庚辰本第九八六頁）

庚辰本在「賈母忙說這狠公道，就是這樣，賴大的母親」底下，多出戚本八十餘字。

　　「忙站起來笑說道：這可反了，我替二位太太生氣，在那邊是兒女
　　媳婦，在這邊是內姪女兒，到不向著婆婆姑娘，到向著別人，這兒
　　子媳婦成了陌路人，內姪女兒竟成了個外姪女兒了，說的賈母與眾
　　人都大笑起來了，賴大之母……」

戚本沒有這段文字，晉本和程本卻如同庚辰本的形式，應是戚本刪去的罷！

（8）第五十一回（全抄本第六頁下）

庚辰本在「賈母道：正是這話了，上次我要說這話，我見你們的大事太多了，如今又添出這些事來。」這段文字之後，加上「要知端的」作為回末的結束，全抄原本相同，僅多出「下回分解」四字，後和程本將上述引用的文字，移入第五十二回的開頭，僅存「下回分解」的回末套語，可見全抄本、程本雖和庚辰本同屬一系，也微有不同。然而戚本分回處就大不相同了，卻直到庚辰本第五十二回「賈母笑道：眾人都死了，單剩偺們兩個老妖精，有什麼意思，說的眾人都笑了。」才加上「且聽下回分解」作為第五十一回的結束，並用「話說眾人各自散後，寶釵姊妹等同賈母吃畢飯，寶玉因記掛著晴雯」作為第五十二回的起頭文字，可見這兩回的分斷，現存的版本中，至少分成兩系，到底是五度增刪造成的結果，還是戚本的臆改呢？至今仍然是個謎。

（9）第五十三回（全抄本第五頁下第十四行）

庚辰本、戚本在「一色皆是紫檀透雕，嵌著大紅紗透繡花卉並草字詩詞

的纓絡」下，較全抄本、程本多出一段對於纓絡的說明，今援引如下：

> 「原來這瓔珞的也是個姑蘇女子，名喚慧娘。因他亦是書香宦門之
> 家，他原精于書畫，不過偶然繡一兩件針線作耍，並非市賣之物。
> 凡這屏上所繡之花卉，皆倣的是唐宋元明各名家的折枝花卉；故其
> 格式配色皆從雅本來，非一味濃艷匠工可比。每一枝花側，皆用古
> 人題此方之舊句，或詩詞歌賦不一，皆用黑絨繡出草字來；且字跡
> 勾踢、轉折、輕重、連斷皆與筆草無異，亦不比市繡字跡板強可恨。
> 他不仗此技獲利，所以天下雖知，得者甚少，凡世宦富貴之家，無
> 此物者甚多。當今便稱爲慧繡。竟有世俗射利者，近日倣其針迹，
> 愚人獲利。偏這慧娘命夭，十八歲便死了，如今竟不能再得一件的
> 了。凡所有之家，縱有一兩件，皆珍藏不用。有那一干翰林文魔先
> 生們，因深惜慧繡之佳，便說這『繡』字不能盡其妙，這樣筆跡說
> 一『繡』字反似乎唐突了。便大家商議了，將『繡』字便隱去，換
> 了一個『紋』字，所以如今都稱爲『慧紋』。若有一件眞慧紋之物，
> 價則無限。賈府之榮，也只有兩三件。上年將那兩件已進了上；目
> 下只剩這一付瓔珞，一共十六扇，賈母愛如珍寶，不入在請客各色
> 陳設之內，只留在自己這邊，高興擺酒時賞玩。」

此段文字可能是全抄本的刪去，而程本所用的底本則近於這一系統的。

（10）第五十四回回末

庚辰本、戚本、全抄本在「只說賈母留下解悶」之下原有：

> 「所以倒是家下人家來請，賈母可以自便之處，方高興去逛逛。閒
> 言不提，且說」

可是全抄本後來刪去，和程本相同，並在「元宵已過」下旁加「鳳姐忽然小
月了，合家驚慌。要知端底」，反與第五十五回原來的文字「話說剛將年事忙
過，鳳姐兒便小月了」，不能接頭。庚辰本、戚本更在這段上面多出：

> 元宵已過，只因當今以孝治天下，目下宮中有一位太妃欠安。故各
> 嬪妃皆爲之減膳謝妝，不獨不能省親，亦且將宴樂俱免。故榮府今
> 歲元宵，亦無燈謎之集。

這也有些矛盾，似爲配合第五十八回「誰知上面所表的那位老太妃已死」這
段文字的補敘，形成「顧下不顧上」的樣子。固然我們也可以說成後來本子
的刪卻，但是從紅樓夢一書留下的內證矛盾，雖無燈謎之集，放炮燁、花燈

及流水席等熱鬧的場面，還是充斥於五十三、四回中，因此張愛玲女士就寶玉、黛玉年歲而加以推測說：

> 「老太妃死，是代替元妃。第十八回元宵省親，臨別元妃說：『倘明歲天恩仍許歸省，萬不可如此奢華靡費了。』批註是『不再之讖』。舊稿當是這年年底元妃染病，不擬省親，次年開春逝世。直到五十幾回方是次年。第四十五回還是同一年。多出的一年在第五十八回後，即元妃死距逐晴雯有兩年半」。〔註13〕

所以「太妃」或「老太妃」的欠安及亡故，是較後的增刪，這點應該可以確定。

（11）第六十三回（全抄本第二頁下第八行）

賞花時一曲，己卯本、庚辰本、戚本並存，全抄本、程本僅存「翠鳳翎毛紮箒叉，閑踏天門掃落花」兩句。

同回（全抄本第四頁下最後一行）。在「親自掌了到攏翠庵，只隔門縫兒投進去，便同來了」之下，己卯本、庚辰本、戚本等並多出芳官改粧、易名，兼及匈奴事，共七百九十字左右。

在同回（全抄本第五頁上半第三行），己卯本，庚辰本、戚本又多出眾人取笑芳官為野驢子，因而由耶律雄奴改名溫都里納，又叫玻璃，共約一百七十字。

同回（全抄本第五頁上半第五行），己卯本、庚辰本、戚本又多出寶玉和偕鴛、佩鳳等一段頑話，共八十字左右。

全抄本、程本和己卯本、庚辰本、戚本相互比較的結果，在正文方面既少了以上四段，很明顯是後來的刪去，晉本無法考知，可能如同後系。據諸本的批語看來，全抄本、程本也已刪棄了批語，可是全抄本混入了一條疑似的脂批，在「或水或陸」下，多出「三兩二錢銀子，如何得這些東西？」一句，卻不見於諸脂本上。似此情形，是為早本遺迹，還是後期本子上的東西，我們也無法肯定，只能說明全抄本這回所用的底本異於現存的脂本，非屬一系，而程本可能自全抄本一系衍化而成。

（12）第七十五回（全抄本第三頁最後一行）

庚辰本，戚本、晉本有一段文字

> 「我們這行人，師父教的，不論遠近厚薄，只看一時有錢勢就親敬。

〔註13〕張愛玲，「初評紅樓夢——論全抄本」，「紅樓夢魘」第 94 頁。

『便是活佛神仙，一時沒了錢勢了。不好去理他。況且我們又年輕，又居這個行次，求舅太爺體恕些，我們就過去了。說著，便舉著酒俯膝跪下。那邢大舅心內雖軟了，只還故作怒意不理。眾人又勸道：這孩子是實情說話。（老舅是久慣憐香惜玉的，如何今日反這樣起來？若不吃這酒，他兩個怎樣起來。邢大舅已掌不住了，便說道：若不是眾位說，我再不理。說著，方接過來一氣喝乾。又斟了一碗來。這邢大舅便酒勾往事，醉露眞情起來，乃拍案對賈珍歎道：怨不得他們視錢如命。多少世宦大家出身的，若提起錢勢二字，連骨肉都認不得了。老賢甥，昨日我和你那邊的令伯母賭氣。你可知道否？賈珍道：不曾聽見。邢大舅歎道：就爲錢這件混帳東西。利害利害！賈珍深知他與邢夫人不睦，每遭邢夫人棄惡，扳出怨言，因勸道：老舅，你也太散漫些。若只管花去，有多少給老舅花的。邢大舅道：老賢甥，你不知我那家底裏。我母親去世時，我尚小，世事不知。他姊妹三個人，只有你令伯母年長出閣，一分家私都是他把持帶來。如今二家姐雖也出閣，他家也甚艱窘。三家姐尚在家裏，一應用度，都是這裏陪房王善保家掌管。我便來要錢，也非要的是你賈府的，我邢家家私也就彀我花了。無奈竟不得到手），所以有冤無處訴。』賈珍見他酒後叨叨……」

全抄本沒有（ ）裏的文字，『』內原有的文字也被抹去，旁改作：

「你老人家不信，回來大大的下一注，贏了，白瞧瞧我們兩個是什麼光景兒!說的眾人都笑了。這傻大舅掌不住也笑了，一面伸手接過酒來，一面說道：我要不看著你們兩個素日怪可憐見的，我這一腳，把你們的小蛋黃子踢出來。說著，把腿一抬。兩個孩子趁勢兒爬起來，越發撒嬌撒痴，拿著灑花絹子，托了傻大舅的手，把那鍾滴灌在傻大舅嘴裡。傻大舅哈哈的笑著，一揚脖兒，把一鍾酒都乾了，因擰了那孩子的臉一下兒，笑說道：我這會子看著又怪心疼的了，說著，忽然想起舊事來，乃拍案對賈珍說道：昨日我和令伯母嘔氣，你可知道麼？賈珍道：沒有聽見。傻大舅嘆道：就爲錢這件東西，老賢甥，你不知我邢家的底裏。我們老太太去世時，我還小呢，世事不知。他姐妹三個人，只有你令伯母居長。他出閣時，把家私都帶過來了。如今你二姨兒也出門了，他家裏也很艱窘。你三姨兒尚

在家裏。一應用度，都是這裏陪房王善保家的掌管。我就是來要幾個錢，也並不是要賣府裏的家私。我邢家的家私也就彀我花了，無奈竟不得到手，你們就欺負我沒錢。」

近於程本，可見程本進化的過程中，所據的底本也曾參考過全抄本一系，否則難得如此的巧合。

（13）第七十七回（全抄本第四頁上半第十四行）

庚辰本、戚本有一段文字：

「那時晴雯纔得十歲，尚未留頭。因常跟賴嬤嬤進來，賈母見他生得伶俐標致，十分喜愛，故此賴嬤嬤就孝敬了（賈母使喚，後來所以到了寶玉房裏。這晴雯進來時已不記得家鄉父母，只知有個姑舅哥哥，專能庖宰，也淪落在外，故又求了賴家）『的收買進來吃工食。賴家的見晴雯雖到賈母跟前，千伶百俐，嘴尖性大，卻倒還不忘舊，故又將他姑舅哥哥收買進來，把家裏一個女孩子配了他。成了房後，誰知他姑舅哥哥一朝身安泰，就忘卻當年流落時，任意吃死酒，家小也不顧。偏又娶了個多情美色之妻，見他不顧身命，不知風月，一味吃死酒，便不免有蒹葭倚玉之歎，紅顏寂寞之悲。又見他器量寬宏，並無嫉衾妬枕之意；這媳婦遂恣情縱慾，滿宅內便延攬英雄，收納材俊，上上下下，竟有一半是他考試過的。若問他夫妻姓甚名誰，上回賈璉所接見的多渾蟲燈姑娘兒的便是了。目今晴雯只有這一門親戚，所以出來就在他家。此時多渾蟲外頭去了，那燈姑娘吃了晚飯』，去串門子……」

全抄本沒有（　）內的文字，並抹去『』內原有的一段文字，旁改作：

「……賈母，過了幾年，賴大又把貴兒也收買進來，給他娶了一房媳婦。誰知貴兒一味膽小老實，那媳婦卻伶俐，又兼有幾分姿色，看著貴兒無能爲，便每日家打扮的妖妖調調，兩隻眼兒水汪汪的，招惹的賴大家人如蠅逐臭，漸漸做出些風流勾當來。那時晴雯已在寶玉屋裏，他便央及了晴雯，轉求鳳姐，合賴大家的要過來。目今兩口兒就在園子後衙門外居住，伺候園中買辦雜差。這晴雯一時被攆出來，住在他家。那媳婦那裏有心腸照管，吃了飯便自……」

以作爲抹去後的接續，可見全抄本和程本所用的底本系統，在某些回裏呈現著十分密切的關係。至於有些改文和抹去後的文字異於庚辰本、戚本，而近

於程本的問題，只好留待全抄本和程本的論述中再談，這裏討論到的僅限於庚辰本和諸本在正文中的大段異文而已。

二、無意識的脫文

除了以上我們談到過各板本間有意增刪的異文外，在剩餘的諸回中，還存著一種我們認為具有特殊意義的「無意識脫文」，往往使我們可以推定諸本的早晚、存眞率、行款的變革以及過錄的次數，更可藉此探討諸本間的源流系統和關係。因此，我們不得不將前八十回中，除了諸板本與甲戌本對應的十六回和庚辰本原缺的第六十四、六十七回，已分別派入甲戌本和蒙府本的「正文研究」裏討論之外，我們也將諸本他回裏的脫文全部在此一起臚列，合併討論，今分類述論如下：

（一）庚辰本脫文諸本共存例

1. 庚辰本脫文，己卯、戚、晉、全抄、程甲、程乙六本共存例：

（1）第三十四回七六八頁（據中華書局影印「脂硯齋重評石頭記」回頁，下同。）

> 「襲人因說出薛蟠來見寶『玉攔他的話早已明白自己說話造次了恐寶釵沒意思聽寶』釵如此說更覺羞愧無言」

庚辰本以「寶」字重出，跳脫二十四個字。現在我們根據他本校補，並用『』標明，下皆做此。

（2）第六十二回 1456 頁

> 「……連媽和我也禁著些大家別走總有了『事就賴不著這邊的人了寶玉笑道原來姐姐也知道我們那邊近日丟了』東西寶釵笑道你只知道玫瑰露和茯苓霜兩件乃因人而及物若非因人你連這兩件還不知道呢殊不知還有幾件比這兩件大的呢（大家別走了總有事就賴不著這邊的人了寶玉笑道原來姐姐也知道我）若已後叼蹬不出來是大家的造化……」

庚辰本在「了」字後脫二十九字，卻移補在兩行之後，形成語氣上的不順。在上例中，我們用（ ）標明庚辰本移補的位置。

（3）第六十二回 1477 頁（參見書影十六）

> 「……荳官見他要過來怎容他起來便忙連身將他壓倒回頭笑『著央

告蕊官等你們來幫著我擰他這謅嘴兩個人滾在草地下眾人拍手笑』說了不得了那是一窪子水可惜污了他的新裙子了……」

庚辰本以「笑」字重出，脫漏三十字。

（4）第六十五回 1591 頁

「……尤二姐笑道原來如此但我聽見你們家裏還有一位寡婦奶奶『和幾位姑娘他這樣利害這些人如何依得興兒拍手笑道原來奶奶』不知道我們家這位寡婦奶奶他的渾名叫作大菩薩……」

庚辰本以「奶奶」重出，跳脫二十七字。

2. 庚辰本脫文，戚、晉、全抄、程甲、程乙五本共存例：

（1）第五十四回 1272 頁

「……伺候小廝們忙至戲房將班中所有的大人一概帶出只留下小孩子們『一時梨香院的教習帶了文官等十二個人從遊廊角門出來婆子們』抱著幾個軟包因不及抬箱估料著賈母愛聽的是三五齣戲的綵衣包了來……」

庚辰本以「子們」重出，跳脫二十七字。

（2）第五十八回 1382 頁（參見書影十七）

「……襲人道你就嚐一口『何妨晴雯笑道你瞧我嚐說著便喝了一口芳官見如此自己也便嚐了一口』說好了遞與寶玉……」

庚辰本以「一口」重出，而跳脫三十字。

（3）第七十一回 1727 頁

「……到了這裏只有兩個婆子『分菜果吃因問那一位奶奶在這裏東府奶奶立等一位奶奶有話吩咐這兩個婆子』只顧分菜果又聽見是東府裏的奶奶不大在心上……」

庚辰本以「兩個婆子」重出，跳脫三十三字。

（4）第七十三回 1786 頁

「姑娘就該問老奶奶一聲只是臉軟怕人惱如今沒有著落的明兒要都帶時獨偺不帶是何意思呢迎春道何用問自然是他拏去暫借一肩了我只說『他悄悄的拏了去不過一日半晌仍舊悄悄的送來就完了誰想知他就』忘了今日偏鬧出事來問他想也無益……」

庚辰本以「就」「說」字形接近而跳脫：十八字。

（5）第七十三回 1719 頁

「探春笑道這倒不然我和姐姐一樣『姐姐的事和我的也是一般他說
姐姐就是說我我那邊的人有怨我的姐姐』聽見也即同怨姐姐是一
理……」

庚辰本以「姐姐」重出，跳脫三十字，造成文句的不通，再經後人旁加
「一樣」兩字，彌補缺陷。

（6）第八十回 1991 頁

「……一面又哭喊說這半個多月把我的寶蟾『霸佔了去不容他進我
的屋子惟有香菱跟著我睡我要拷打寶蟾』你又護到頭裏你這會子又
賭氣打他去……」

庚辰本以「寶蟾」重出，跳脫二十六字。

（7）第八十回 1996 頁

「……金桂不發作性氣有時歡喜便『糾眾人來鬪紙牌擲骰子作樂又
生平最喜啃骨頭每日務要』殺雞將肉賞人吃……」

庚辰本脫二十四字。

3. 庚辰本脫文，戚、晉、程甲、程乙四本共存例（全抄本佚失）

（1）第四十三回 992 頁

「……說著一經出來又至王夫人跟前『說了一回話因王夫人進了佛
堂把彩雲一分也還了他見鳳姐不在跟前』一時把周趙二人的也還了
他兩個還不敢收……」

庚辰本以「跟前」重出，跳脫二十九字。又全抄本第五冊原佚，後經楊
氏據程甲本抄補，我們不能拿它作為考訂脫文的證據，所以不予計算，而註
明是「佚失」，下同。

4. 庚辰本脫文，戚、全抄、程甲、程乙四本共存例

（1）第二十三回 515 頁

「……命寶玉仍隨進去『讀書賈政王夫人接了這諭待夏忠去後便來
回明賈母遣人進去』各處收拾打掃安設簾幔牀帳……」

庚辰本以「進去」二字重出，跳脫：十六字。

（2）第二十四回 537 頁

「……你只說舅舅見你一遭兒就派你一遭兒不是『你小人兒家狠不
知好歹也到底立個主意賺幾個錢弄得穿是穿的吃是』吃的我看著也
喜歡……」

庚辰本以「是」字重出，跳脫二十九字。

（3）第五十一回 1195 頁

「……寶玉問頭上熱不熱晴雯嗽了兩聲說『道不相干那裏這麼嬌嫩起來說』著只聽外間房中十錦隔上的自鳴鐘噹噹打了兩聲……」

庚辰本以「說」字重出，跳脫十三字。

（4）第五十六回 1330 頁

「寶玉又咤意道除了怡紅院也更還有這麼一個院落忽上了臺磯進入屋內只見榻上『有一個人臥著那邊有幾個女孩兒做針線也有嘻笑頑耍的只見榻上』那個少年嘆了一聲……」

庚辰本以「只見榻上」重出，跳脫二十八字。

（5）第五十七回 1361 頁

「……不然到是一門好親前兒我說定了『邢女兒老太太還取笑說我原要說他的人誰知他的人沒到手到被他說了』我們的一個去了雖是頑話回想來到也有些意思……」

庚辰本以「了」字重出，跳脫三十字。

（6）第五十八回 1382 頁

「……又不信如今帶累我們受氣你可信了我們到『的地方兒有你到的一半兒還有一半到不去的呢何況又跑到我們到』不去的地方還不算又去伸手動嘴的了……」

庚辰本以「我們到」重出，跳脫二十八字。

（7）第七十一回 1742 頁

「……李紈忙起身聽了就叫人把各處的頭兒喚了一個來令他們『傳與諸人知道不在話下這裡尤氏笑道老太太也太想的到實在我們』年輕力壯的人細上十個也趕不上……」

庚辰本以「們」字重出，跳脫二十八字。

（8）第七十二回 1758 頁

「……一語未了只見旺兒媳婦走進來鳳姐便問可成了沒有『旺兒媳婦道竟不中用我說須得奶奶作主就成了』賈璉連問又是什麼事……」

庚辰本以「成了」重出，跳脫二十字。

（9）第七十二回 1746 頁（參見書影十八）

「……鳳姐道你們只會裏頭要錢叫你們外頭算去就不能了說著叫

　　『平兒把我那兩個金項圈拿出去暫且押四百兩銀子平兒答應了去』
　　半日果然拿了一個錦盒子來……」

　　庚辰本以「平」「半」形似而脫二十七字，後以字義不通，經人點去「半日」二字，改作「平兒」。

　　（10）第七十三回 1793 頁

　　「……平兒忙陪笑道『姑娘怎麼今日說這話出來我們奶奶如何當得
　　起探春冷笑道』俗語說的物傷其類齒竭脣亡我自然有些驚心。」

　　庚辰本以「笑道」重出，跳脫二十五字。

　　（11）第七十四回 1828 頁

　　「……你們不看書不識幾個字所以都是些獃子看著明白人到說我年
　　輕糊塗尤氏道你是『狀元榜眼探花今古第一個才子我們是糊塗人不
　　如你明白何如惜春道』狀元榜眼探花難道就沒有糊塗的不成……」

　　庚辰本以「狀元」重出，跳脫二十九字。

　　（12）第七十九回 1977 頁

　　「……因他心中盼過門的日子比薛蟠還急十倍好容『易盼得一日娶
　　過了門他便十分慇懃小心伏侍原來這夏家』小姐今年才十七歲生得
　　亦頗有姿色，亦頗識得幾個字……」

　　庚辰本脫去廿四字後，造成文句的不通，而將「好容」二字點改作「誰知那夏」數字。

　　（13）第八十回 1998 頁

　　「……當下王一貼進來『寶玉正歪在炕上想睡李貴等正說著哥兒別
　　睡著了麻混著看見王一貼進來』都笑道來的好來的好……」

　　庚辰本以「王一貼進來」重出，跳脫三十一字。

5. 庚辰本脫文，戚、程甲、程乙三本共存例（全抄本佚失）

　　（1）第四十二回 971 頁（參見書影十九）

　　「……又要鋪紙又要看顏色又要剛說到『這裏眾人知道他是取笑惜
　　春便都笑問說還要』怎樣黛玉也自己掌不住笑道……」

　　庚辰本以「這」「怎」音近而跳脫十九字。

　　（2）第四十五回 1036 頁

　　「……鳳姐笑道別人不知道我是一定去的先說下我是沒有賀『禮的
　　也不知道放賞吃完了一走可別笑話賴大家的笑道奶奶說那裏話』奶

奶要賞我們三二萬銀子就有了⋯⋯」

庚辰本跳脫二十九字。

（3）第四十九回 1134 頁

「⋯⋯所差者大半是時刻月分而已連他們自己『也不能記清誰長誰
幼了連賈母王夫人及家中婆娘丫環』也不能細細分清不過是姊妹弟
兄四個字隨便亂叫⋯⋯」

庚辰本以「也不能」，跳脫二十三字。

（4）第五十回 1168 頁

「老祖宗年下的事也多一定是躲債來了『我趕忙問了那姑子果然不
錯我連忙把年例給了他們去了』如今來回老祖宗債主已去不用躲著
了⋯⋯」

庚辰本以「了」字重出，跳脫二十四字。

6. 庚辰、己卯、戚三本並脫，全抄、程甲。程乙三本共存例

（1）第三十四回 768 頁

「⋯⋯別胡思亂想的就好了『要想什麼吃的頑的悄悄的往我那裏去
取了』不必驚動老太太太太眾人倘或吹到老爺耳朵裏⋯⋯」

庚辰本、戚本以「了」字重出，脫去十八字。己卯本原脫，後經人旁加。

7. 庚辰、晉二本並脫，戚、全抄、程甲、程乙四本共存例

（1）第七十一回 1726 頁

「⋯⋯這幾日尤氏晚間也不回那府去白日間待客晚間『陪賈母頑笑
又幫著鳳姐料理出入大小器皿以及收放賞禮事務晚間』在園內李氏
房中歇宿⋯⋯」

庚辰本、晉本以「晚間」二字重出，跳脫二十八字。

8. 庚辰、程甲、程乙三本並脫，己卯、戚、全抄三本共存例

（1）第九回 210 頁

「⋯⋯瑞大爺反倒派我們的不是聽著大家罵我們還調唆他們打我們
茗烟『見人欺負我他豈有不爲我的他們反打夥兒打了茗烟』連秦鐘
的頭也打破了⋯⋯」

庚辰本、程甲本、程乙本以「茗烟」重出，跳脫二十二字。

9. 庚辰、程甲、程乙三本並脫，戚、全抄二本共存例

（1）第十一回 245 頁（參見書影二十）

「……況且聽得大夫說若是不治怕的是春天不好『如今才九月半還有四五個月的工夫什麼病治不好』呢俗們若是不能吃人參的人家這也難說了……」

庚辰本、程甲本、程乙本以「不好」重出，跳脫二十一字。

（2）第七十一回 1729 頁

「……尤氏聽了冷笑道這是兩個什麼人兩個『姑子並寶琴湘雲等聽了生怕尤氏生氣忙勸說沒有的事必是這一個』聽錯了兩個姑子笑推這丫頭道……」

庚辰本、程甲本、程乙本以「個」字重出，跳脫二十八字。

（3）第七十六回 1870 頁

「……大家都寂然而坐夜靜月明『且笛聲悲怨賈母年老帶酒之人聽此聲音不免有觸於心禁不住』墮下淚來眾人彼此都不禁淒涼寂寞之意半日方知賈母傷感纔忙轉身陪笑發語解釋……」

庚辰本、程甲本、程乙本並脫二十六字。

（二）戚本脫文諸本共存例

1. 戚本脫文，己卯、庚辰、晉、全抄、程甲、程乙六本共存例

（1）第十二回第九頁上半頁（據學生書局影印「國初鈔本原本紅樓夢」回頁，下同。）

「……想畢挈起風月鑑來向反面『一照只見一個骷髏立在裏面』所謂須知青塚骷髏骨就是紅樓掩面人是也作者好苦心思唬得賈瑞連忙掩了……」

戚本以脂批而脫去十二字正文。

（2）第六十五回第六頁下半頁

「……賈璉忙笑道何必又作如此景象俗們弟兄從前是如何樣來大哥『為我操心我今日粉身碎骨感激不盡大哥若多心我意何安從此以後還求大哥』如昔方好……」

戚本以「大哥」重出，跳脫三十二字。

（3）第六十八同第六頁下半頁

「……外頭從娘娘算起以及王公侯伯家多少人情客禮又有這些親友的調度『銀子上千錢上萬一日都從他一個手一個心一個口裏調度』那裏為這點小事去煩瑣他……」

戚本以「調度」重出，跳脫二十四字。

（4）第六十九回第十一頁上半頁（參見戚本前書影第廿八）

「……只半夜尤二姐腹疼不止『誰知竟將一個已成形的男胎打了下來于是血行不止』二姐就昏迷過去賈璉聞知大罵胡君榮……」

戚本以「不止」重出，跳脫二十二字。

（5）第七十回第十四頁上半頁

「……獨有寶玉的美人放不起來『寶玉說丫頭們不會放自己放了半天只起房高便落下來了』急得寶玉頭上出汗……」

戚本以「來」重出，跳脫二十四字。

2. **戚本脫文，己卯、庚辰、晉、程甲、程乙五本共存例**（下二例全抄本佚失）

（1）第六十一回第三頁下半頁

「……柳家的忙丟了手裏的活計便上來說道你少滿嘴裏混嗆你的娘纏下蛋呢通共留這幾個預備『菜上的澆頭姑娘們不要還不肯做上去呢預備』接急的你們吃了倘或一聲要起來沒有還了得……」

戚本以「預備」重出，跳脫十九字。

（2）第六十一回第十頁上半頁（參見戚本前書影廿九）

「這五兒心內又氣又受委屈竟無處可訴且本來怯弱有病這一夜『思茶無茶思水無水思睡無衾枕嗚嗚咽咽直哭了一夜』誰知合他母女不和的那些人巴不得一時攆出他們去惟恐次日有變……」

戚本以「一夜」重出，跳脫二十二字。

3. **戚本脫文，己卯、庚辰、全抄、程甲、程乙五本共存例**

（1）第十一回第十二頁上半頁

「……王夫人向賈母說『這個症候遇著這樣大節不添病就有好大的指望了賈母說』可是呢好個孩子要是有些原故可不叫人疼死……」

戚本以「賈母說」重出，跳脫二十四字。

（2）第六十二回第十頁下半頁

「……寶玉便說雅坐無趣須要行令才好眾人有的說行這個令『好那個又說行那個令好黛玉道依我說掣了筆硯將各色令』都寫了拈成鬮兒俗們抓出那個來就是那個……」

戚本以「令」字重出，跳脫二十四字。

（3）第七十回第六頁下半頁

「……請將賈母的安稟拆開念與賈母聽上面不過是請安的話說『六
月中准進京等語其餘家信事務之帖自有賈璉和王夫人開讀眾人聽
說』六月七月回京都喜之不盡……」

戚本以「說」字重出，跳脫三十字。

（4）第七十同第十三頁下半頁

「……探春笑道橫豎是給你放晦氣罷了『寶玉道也罷再把那個大螃
蟹拏來罷』丫頭們去了同了幾個人扛了一個美人並鑾子來……」

戚本以「罷了」重出，跳脫十五字，「丫」「了」形近，抄書的人因此訛
誤。

4. 戚本脫文，庚辰、晉、全抄、程甲、程乙五本共存例

（1）第五十一回第十四頁上半頁

「……只是這個大夫又不是告訴總管房請的這馬錢是要給他的寶玉
道給他多少婆子笑道『少了不好看也得一兩銀子纔是我們這門子的
禮寶玉道王太醫來了給他多少婆子笑道』王太醫和張太醫來了也沒
曾給銀錢……」

戚本以「婆子笑道」重出，跳脫三十六字。

（2）第五十二回第二頁上半頁

「……只怕小孩子家沒見過拏了起來也是有的再不料是你們這裏的
『幸而二奶奶沒有在屋裏你們這裏的』宋媽媽去了拏了這隻鐲
子……」

戚本以「你們這裏的」重出，跳脫十五字。

（3）第五十二回第五頁上半頁

「……麝月笑道病的蓬頭鬼一樣如今貼了這個到俏皮了二奶奶『貼
慣了到不大顯說畢又向寶玉道二奶奶』說了明日是老爺的生日太太
說叫你去呢……」

戚本以「二奶奶」重出，跳脫十七字。

（4）第五十六回第三頁下半頁

「……你纔辦了兩天的時事就利慾薰心把朱夫子都看虛浮『了你再
出去見了那些利弊大事越發把孔子也看虛』了探春笑道你這樣一個
通人……」

戚本以「了」字重出，跳脫二十一字。

（5）第五十七回第一頁下半頁

「……紫鵑道好些了寶玉笑道『阿彌陀佛寧可好了罷紫鵑笑道你也念起佛來真是新聞寶玉笑道』所謂病篤亂投醫了……」

戚本以「寶玉笑道」重出，跳脫二十七字。

（6）第七十一回第十八頁下半頁

「……稍不得意不是背地嚼舌就挑三窩四『的我怕老太太生氣一點兒也不肯說不然我告訴出來大家』不過安靜日子……」

戚本脫二十四字。

（7）第七十八回第十頁上半頁

「……我就說那樣人必有一番事業作的雖然『超出苦海從此不能相見也免不得傷感思念因又想雖然』臨終未見如今且去靈前一拜也算盡這五六年的情……」

戚本以「雖然」重出，跳脫二十三字。

5. 戚本脫文，庚辰、晉、程甲、程乙四本共存例（此下五例全抄本佚失）

（1）第四十一回第四頁上半頁

「……我們成日家和樹林子裡作街坊困了枕著他睡乏了靠著他坐餓了還吃他『眼睛裏天天見他耳朵裏天天聽他口裏天天講他』所以好歹真假我是認得的……」

戚本以「他」重出，跳脫二十字。

（2）第四十一回第十五頁下半頁

「……所喜不曾嘔吐忙悄悄的笑道不相干有我呢你『隨我出來劉姥姥跟了襲人出至小丫頭們房中命他坐了向他說道你』只說是你醉了在外頭山子石山打了個盹兒……」

戚本以「你」字重出，跳脫二十七字。

（3）第四十五回第十六頁下半頁

「……別的都罷了惟有這斗笠有趣竟是活的上頭這頂兒是活的冬天下雪『帶上帽子就把竹信子抽去下頂子來只剩了這圈子下雪』時男婦都帶得我送你一頂冬天帶……」

戚本以「下雪」重出，跳脫二十三字。

（4）第四十九回第五頁下半頁（參見戚本前書影三十）

「……邢夫人兄嫂家中原艱難這一上京原仗的是邢夫人『與他們治

房舍幫盤纏聽如此說豈不願意邢夫人』便將邢岫烟交與鳳姐……」

戚本以「邢夫人」重出，跳脫二十字。

（5）第五十回第十一頁下半頁

「……坐著小竹轎打著青紬傘『鴛鴦琥珀等五六個丫環每人都是打著傘』眾人擁轎而來李紈等忙往上迎……」

戚本以「傘」字重出，跳脫十七字。

6. 戚本脫文，庚辰、全抄、程甲、程乙四本共存例

（1）第五十四回第十三頁上半頁

「……賈母笑道我們娘兒們正說的高興又要吵起來且把那些孩子們『熬夜怪冷的也罷叫他們且歇歇偺們的女孩子們』叫了來就在這台上唱兩齣給他們瞧瞧……」

戚本以「孩子們」重出，跳脫二十字。

（2）第五十四回第十三頁下半頁

「……賈母笑道大『正月裡你師傅也不放妳們出來曠曠你等唱什麼才剛八』齣八義鬧得我頭疼偺們清淡些好……」

戚本以「大」「八」形似而誤脫二十三字。

（3）第五十六回第十七頁上半頁

「……就是弄性也是小孩子的常情『胡亂花費這也是公子哥兒的常情怕上學也是小孩子的常情』還都治的過來……」

戚本以「也是小孩子的常情」重出，跳脫二十五字。

（4）第五十七回第十六頁上半頁

「……看他二人恰是一對天生地設的夫妻因而謀之於鳳姐兒『鳳姐兒笑道姑媽是知道我們太太有些左性的這事等我慢慢的謀因賈母去瞧鳳姐兒』鳳姐兒便和賈母說薛姨媽有一件事求老祖宗自己不好啟齒的……」

戚本以「鳳姐兒鳳姐兒」重出，跳脫三十五字。

（5）第七十八回第八頁上半頁

「……寶玉忙問道一夜叫的是誰小丫頭子『道他一夜叫的是恨寶玉拭淚道還叫誰小丫頭子』道沒有聽見叫別人了寶玉道你糊塗想必沒有聽真……」

戚本以「小丫頭子道」重出，跳脫二十字。

（6）第七十八回第十一頁上半頁

「……寶玉又到蘅蕪院中只見寂靜無人房內搬的空空落落的不覺吃
了一大驚忽見幾個老婆子『走來寶玉忙問道是什麼緣故老婆子』道
寶姑娘出去了……」

戚本以「老婆子」重出，跳脫十五字。

（7）第七十九回第六頁上半頁

「……這些人家的女兒他並不知道犯了什麼罪叫人好好的議論香菱
道『如今定了可以不用混扯別家了寶玉忙問定了誰家的香菱道』因
你哥哥上次出門貿易時順路到個親戚家去……」

戚本以「香菱道」重出，跳脫二十五字。

（8）第八十回第九頁下半頁

「……寶釵笑道他跟著我也是一樣橫豎不叫他到前頭去從此斷絕了
他那裏也和賣了的一樣香菱早已跑到薛姨媽『跟前痛哭哀求只不願
出去情願跟著姑娘薛姨媽』也只得罷了……」

戚本以「薛姨媽」重出，跳脫二十字。

7. 戚本脫文，庚辰、程甲、程乙三本共存例（此下二例全抄本佚失）

（1）第四十一回第一頁下半頁

「……想畢便說取了來再商量鳳姐乃命豐兒『至前面裏間屋裡書架
子上有十個竹根套杯取來』豐兒聽了答應著纔要去……」

戚本跳脫二十字。

（2）第四十六回第十八頁上半頁

「……便向王夫人道你們原來都是哄我呢外頭孝敬暗地裏盤算我
『有好東西也來要有好人也要剩了這麼個毛丫頭見我待他好了你們
自然氣不過弄開了他好擺弄我』王夫人忙站起來不敢還一言……」

戚本以「籌我」「弄我」形近，跳脫四十一字。

8. 戚、全抄二本並脫，己卯、庚辰、程甲、程乙四本共存例

（1）第六十五回第三頁下半頁

「……姐姐今日請我自有一番大禮要說『但妹子不是那愚人也不用
絮絮叨叨提那從前醜事我已盡知了說』也無益既如今姐姐也得了好
處安身……」

戚本、全抄本以「說」字重出，跳脫二十七字。

（2）第六十八回第十三頁上半頁（參見戚本前書影三十一）

「……二奶奶最聖明的雖是我們奶奶的不是『奶奶也作踐的毀了當著奴才們奶奶們素日何等的好來如今還求奶奶』給留臉說著捧上茶來……」

戚本、全抄本脫二十九字。

（3）第六十九回第四頁上半頁

「……賈母聽了便說可見刁民難惹既這樣鳳丫頭去料理料理鳳姐『聽了無法只得應著回來只命人去找賈蓉賈蓉深知鳳姐』之意若要使張華領回成何體統……」

戚本、全抄本以「鳳姐」重出，跳脫二十三字。

（4）第六十九回第二頁下半頁（參見中篇全抄本書影四十四）

「……回來見鳳姐未免臉上有些得意之色『誰知鳳姐兒反不似往日容顏同尤二姐一同出來迎敘了寒溫賈璉將秋桐之事說了未免臉上有些得意之色』驕矜之容……」

戚本、全抄本以「未免臉上有些得意之色」重出，跳脫四十四字。

9. 戚、全抄二本並脫，庚辰、晉、程甲、程乙四本共存例。

（1）第二十九回第六頁上半頁

「……賈珍道你瞧瞧他我這裡還受著熱他倒乘涼去了喝命家人啐他那小廝『們都知道賈珍素日的性子違拗不得就有個小廝』上來向賈蓉臉上啐一口……」

戚本、全抄以「小廝」重出，跳脫二十字，全抄本後又作改文。

（2）第五十八回第十頁下半頁

「……晴雯因說都是芳官不省事不知狂的是什麼『也不過是會兩齣戲倒像殺了賊王擒過反判來的』襲人道一個巴掌拍不響老的也太不公道小的也太可惡些……」

戚本、全抄本脫二十字，全抄本後又作改文。

（三）全抄本脫文諸本共存例

1. 全抄本脫文，己卯、庚辰、蒙、戚、晉、程甲、程乙七本共存例

（1）第六十四回第二頁下半頁（據中華書局影印「乾隆鈔本百二十回紅樓夢稿」回頁，下同）

「……只因他雖說與黛玉一處長大情投意合願同生死只是心中領會

從來未曾當面說出況兼黛玉『心多每每說話間造次得罪了他今日原
爲的是來勸解黛玉』不想把話又說造次了接不下去……」

全抄本以「黛玉」重出，跳脫二十四字，後旁加。

2. **全抄本脫文，己卯、庚辰、戚、晉、程甲、程乙六本共存例**

（1）第四十回第一頁上半頁（參見中篇書影四一）

「……李紈道恐怕老太太高興越性把船上划子篙槳遮陽幔子都搬了
下來『預備著眾人答應又復開了門色色的搬了下來』命小廝們傳駕
娘們到船塢裏撐出兩隻船來……」

全抄本以「搬了下來」重出，跳脫十九字，後又旁加。

（2）第六十六回第三頁上半頁

「……湘蓮笑道雖如此說『弟願領責受罰然此事斷不敢從命賈璉還
要饒舌湘蓮便起身說』請兄外敘此處不便那尤三姐在房明明聽
見……」

全抄本以「說」重出，跳脫二十六字，後又旁加。

3. **全抄本脫文，己卯、庚辰、戚、程甲、程乙五本共存例**

（1）第九回第二頁上半頁

「……寶玉不從只叫他兄弟或叫他的表字鯨卿秦鍾也只得混『著亂
叫起來原來這學中雖都是本族人與些親戚的子弟俗語說得好一龍
九』種種各別未免人多了就有龍蛇混雜下流人物在內……」

全抄本跳脫三十一字。

（2）第三十七回第五頁上半頁

「……衣裳也是小事年年橫豎也得卻不像這個彩頭晴雯笑道『呸沒
見世面的小蹄子那是把好的給了人挑剩下的纔給你你還充有臉呢秋
紋道憑他給誰剩的到底是太太的恩典晴雯道』要是我我就不要若是
給別人剩的給我也罷了……」

全抄本以「晴雯道」重出，跳脫五十字。

4. **全抄本脫文，庚辰、戚、晉、程甲、程乙五本共存例**

（1）第二十九回第六頁上半頁（參見中篇書影四二）

「……可見我心裏一時一刻白有你你竟心裏『沒我我心裏這意思只
是口裏說不出來那林黛玉心裏想著你心裏』自然有我……」

全抄本以「心裏」重出，跳脫二十七字。

（2）第五十六回第四頁上半頁

「……我怎麼見姨娘那時後悔也遲了就連你們『那素昔的老臉也都丟了這些姑娘小姐們這麼一所大花園都是你們照管皆因看的你們』是三四代的老媽媽最是循規蹈矩的……」

全抄本以「你們」重出，跳脫二十六字，後又旁加。

（3）第五十六回第四頁下半頁

「……賈母笑道園子裏把偺們的寶玉『叫了來給這四個管家娘子瞧瞧比他們的寶玉』如何眾媳婦聽了忙去了半刻圍了寶玉進來……」

全抄本以「寶玉」重出，跳脫十九字，後又旁加。

（4）第五十七回第三頁上半頁

「……這並不是什麼大病老太太和姨太太只管萬『安吃一兩劑藥就好了正說著人回林之孝家的單大娘家的都來』瞧哥兒來了……」

全抄本跳行脫二十六字。

（5）第五十七同第三頁上半頁

「……凡姓林的我都打出去了一面吩咐眾人已後別叫林之孝家的人『進園來你們也別說林字好孩子們你們聽了我這句話罷眾人』忙答應了又不敢笑……」

全抄本以「人」重出。跳脫二十五字，後又旁加。

（6）第五十七回第五頁上半頁

「……薛姨媽喜之不盡回家來忙命寫了請帖補送過寧府尤氏深知邢夫人『情性本不欲管無奈賈母親自囑咐只得應了惟忖度邢夫人』之意行事薛姨媽是個無可無不可的人到還容易說……」

全抄本以「邢夫人」重出，跳脫二十四字。

5. 全抄本脫文，庚辰、戚、程甲、程乙四本共存例

（1）第十回第三頁上半頁

「……尤氏答道到沒說什麼一進來的時候臉上到像有些著了惱的氣色似的及至說了半天話又『提起媳婦這病他到漸漸的氣色平定了你又叫讓他吃飯他』聽見媳婦這麼病也不好意思只管坐著……」

全抄本跳行脫二十四字。

（2）第十九回第二頁下半頁

「……茗烟撅了嘴道二爺罵著打著叫我引了來『這會子推到我身上

我說別來罷不然我們還去罷花自芳忙勸罷了已是來了』也不用多說
了只是茅簷草舍又窄又髒爺怎麼坐呢……」

全抄本以「來了」重出，跳脫三十一字，後又旁加。

（3）第十九回第二頁下半頁

「……他們就不問你往那裏去的寶玉笑道『珍大哥請去看戲換的襲
人點頭又道坐一坐就回去罷這個地方不是你來的寶玉笑道』你就家
去才好呢我還替你留著好東西呢……」

全抄本以「寶玉笑道」重出，跳脫三十五字。後又旁加。

（4）第三十五回第一頁下半頁

「……遂抬頭向地下啐了一口說你不用做這些像生兒『我知道你的
心裏多嫌我們娘兒兩個你是變著法兒』教我們離了你你就心淨
了……」

全抄本以「兒」重出，跳脫二十一字，後又旁加。

（5）第六十八回第四頁下半頁

「……如今你們只別露面我只領了你妹妹去與老太太太太們磕頭只
說原係你妹妹我看上了狠好『正因我不大生長原說買兩個人放在屋
裏的今既見了你妹妹狠好』而又是親上做親的……」

全抄本以「狠好」重出，跳脫二十七字，後又旁加。

（6）第八十回第三頁上半頁

「……寶釵笑道他跟著我也是一樣『橫豎不叫他到前頭去從此斷絕
了他那裡也和賣了的一樣』香菱早已跑到薛姨媽跟前痛哭哀求只不
願出去情願跟著姑娘薛姨媽也只得罷了……」

全抄本以「一樣」重出，跳脫二十四字，後又旁加。

6. 全抄、戚二本並脫，己卯、庚辰、程甲、程乙四本共存例。此例有四條，
見前（二）「戚本脫文諸本共存例」之 8.──戚、全抄二本並脫，己卯、
庚辰、程甲、程乙四本共存例，此不贅引。

7. 全抄、戚二本並脫，庚辰、晉、程甲、程乙四本共存例。此例有二條，具
見前（二）「戚本脫文諸本共存例」之 9.──戚、全抄二本並脫，庚辰、
晉、程甲、程乙四本共存例。此二條全抄本脫文，後又旁改。

8. 全抄、程甲、程乙三本並脫，庚辰、戚二本共存例

（1）第二十二回第四頁下半頁

「……賈政朝罷見賈母高興況在節間晚上也來承歡取樂『設了酒菜備了玩物上房懸了綵燈請賈母賞燈取樂』上面賈母賈政寶玉一席下面王夫人寶釵黛玉湘雲又一席……」

全抄本、程甲本、程乙本以「取樂」重出，跳脫二十一字。

（2）第五十三回第二頁下半頁

「……一時只見烏進孝進來只在院內磕頭請安賈珍命人拉他起來笑說你還硬朗烏進孝笑『回托爺的福還走得動賈珍道你兒子也大了該叫他走走也罷了烏進孝笑』道不瞞爺說小的們走慣了不來也悶的慌…

全抄本、程甲本、程乙本以「烏進孝笑」重出，跳脫三十字。全抄本後又旁加。

（3）第七十七回第四頁上半頁

「……那時晴雯纔得十歲尚未留頭因常跟賴媽媽進來賈母見他生得十分伶俐標緻十分喜愛故此賴媽媽就孝敬了『賈母使喚後來所以到了寶玉房裡這晴雯進來時也不記得家鄉父母只知有姑舅哥哥專能庖宰也淪落在外故又求了賴家』的收買進來吃工食……」

全抄本、程甲本、程乙本皆脫五十字。程甲、程乙又改得與原脫去文字完全不同。

9. 全抄本脫文，程甲、程乙二本共存例

（1）第六十四回第六頁上半頁

「……後來多渾虫酒癆死了這多姑娘兒『見鮑二手裏從容了便嫁了鮑二況且這多姑娘兒』原也和賈璉好的此時都搬出外頭住著……」

全抄本改文以「這多姑娘兒」重出，跳脫二十字。

（四）程本（程甲、程乙）脫文諸本共存例

1. 程本脫文，己卯、庚辰、戚、全抄四本共存例

（1）第十回第二頁上半頁（據中華書局影印「乾隆鈔本百二十回紅樓夢稿」回頁，下同。）

「……他要想什麼吃只管到我屋裏來取倘或『我這裏沒有只管望你璉二嬸子那裏要去倘或』他有個好歹你再要娶這麼一個媳婦兒……」

程本以「倘或」重出，跳脫十九字。

2. 程本脫文，庚辰、戚、晉、全抄四本共存例

（1）第七十一回第三頁下半頁

「……周瑞家的道這還了得前兒二奶奶還吩咐了他們說這幾日『事多人雜一晚就關門吹燈不是園裏的人不許放進去今兒就沒了人這事過了這幾日』必要打幾個纜好……」

程本以「這幾日」重出，跳脫三十五字。

（2）第七十二回第三頁上半頁

「……可知沒家親引不出外鬼來我們『王家可那裏來的錢都是你們賈家賺的別叫我噁心了你們』看著你們石崇鄧通把王家地縫子掃一掃就彀你們過一輩子了……」"

程本以「們」重出，跳脫二十四字。

（3）第七十四回第四頁下半頁（參見下篇書影四六）

「……就是奴才看見我有什麼意思我最年輕『不尊重也糊塗不至此三則論主子內我是年輕』的媳婦筭起奴才來比我更年輕的人不止一個人了……」

程本以「年輕」重出，跳脫十九字。

3. 程本脫文，庚辰、戚、全抄三本共存例

（1）第五十一回第六頁上半頁

「……舊年我病了是傷寒內裏飲食停滯他瞧了還說我禁不起麻黃石膏枳實的狼虎藥我和你們『一比我就如那野墳園子裏長的幾十年的一顆老楊樹你們』就如秋天芸兒進我的那才開的白海棠……」

程本以「你們」重出，跳脫二十四字。

（2）第五十二回第六頁上半頁

「……亦如界線之法先界出地子後依本衣之紋來回織補補兩針又看看補兩針『又端詳詳詳無奈頭暈眼黑氣喘神虛補不上三五針』便伏在枕上歇一會……」

程本以「針」字重出，跳脫二十一字。

（3）第七十回第一頁下半頁（參見下篇書影四五）

「……正說著只見湘雲又打發了翠縷來說請二爺快去瞧好詩寶玉聽了『忙問那裏的好詩翠縷笑道姑娘們都在沁芳亭上你去了便知寶玉聽了』忙梳洗了出來果見黛玉寶釵湘雲寶琴探春都在那裏……」

程本以「寶玉聽了」重出，跳脫二十九字。

（4）第七十一回第四頁上半頁

「……一時周瑞家的得便出去便把方纏的事回了鳳姐『又說這兩個婆子就是管家的奶奶們時常我們和他說話都是狠虫虫一般奶奶若不戒飭大奶奶臉上過不去』鳳姐便命將兩個名字記上……」

程本以「鳳姐」重出，跳脫四十四字。

（5）第七十一回第四頁上半頁

「……林之孝家的也笑道二奶奶打發人傳我說奶奶有話吩咐尤氏道『這是那裏的話只當你沒去白問你這是誰又多事告訴了鳳丫頭』大約周姐姐說的你家去歇著罷沒有什麼大事……」

程本跳脫二十六字。

（6）第七十一回第六頁上半頁

「……正說著只見寶琴進了也就不說了賈母『因問你在那裏來寶琴道在園裏林姐姐屋內大家說話兒賈母』忽想起留下的喜姐兒四姐兒叫人吩咐園中婆子們要和家裏的姑娘一樣照應……」

程本以「賈母」重出，跳脫二十五字。

（7）第七十二回第一頁下半頁

「……我的病要好了把你立個長生牌位我天天燒香磕頭保佑你一輩子福壽雙全的我若死了時變驢變狗報答你倘或偺們『都是要離這裏的俗語又說浮萍尚有相逢日人豈全無見面時倘或日後偺們』遇見了那時我自有報答你的去處……」

程本以「偺們」重出，跳脫三十一字。

（8）第七十二回第四頁下半頁

「……所以還不曾說若果然不成人且管教他兩日再給他老婆不遲鳳姐『聽說便說你聽見誰說他不成人賈璉道不過是家裏的人還有誰鳳姐』笑道我們王家的人連我還不中你們的意何況奴才呢……」

程本以「鳳姐」重出，跳脫二十八字。

（9）第七十二回第五頁上半頁

「……只是年紀還小又怕他們誤了書所以再等一二年趙姨娘『道寶玉已有了二年了老爺難道還不知道賈政聽了忙問道是誰給的趙姨娘』方欲說只聽外面一聲響不知何物大家吃了一驚不小……」

程本以「趙姨娘」重出，跳脫三十一字，後改作其他文字。

（10）第七十三回第三頁上半頁

「……姑娘只該問老奶奶一聲『只是臉軟怕人惱如今沒有著落的明
兒要都帶時獨偺不帶是何意思』呢迎春道何用問……」

程本跳脫二十八字。

（11）第七十三回第四頁上半頁

「……誰和奴才要錢了難道姐姐和奴才要錢了不成『難道姐姐不是
和我們一樣有月錢的一樣的用度不成』司棋繡橘道姑娘說的是
了……」

程本以「不成」重出。跳脫二十二字。

（12）第七十四回第六頁下半頁

「……我一個姑娘家只有躲是非的我反去尋是非成個什麼人『了還
有一句話我不怕你惱好歹自有公論又何必去問人』古人說的好善惡
生死父子不能有所勗助……」

程本以「人」字重出，跳脫二十二字。

（13）第七十六回第二頁下半頁

「……所以只剩了湘雲一人寬慰他因說道你是個明白人『何必作此
景像自苦我也和你一樣我就不似你這樣心窄何況你又多病』還不自
己保養……」

程本跳脫二十九字。

（14）第七十七回第一頁上半頁

「……周瑞家的聽了吩咐會齊了幾個媳婦兒到迎春房裡回迎春『道
太太們說司棋大了連日他娘求了太太已賞還他娘配人今日叫他出去
另挑好的給姑娘說著便命司棋打點出去』迎春聽了含淚似有不捨之
意……」

程本以「迎春」重出，跳脫四十七字。

（15）第八十回第六頁下半頁（參見下篇書影四七）

「……嫌我不好誰叫你們瞎了眼三求四告的到我們家做什麼去了
『這會子人也來了金的銀的也賠了罥有個眼睛鼻子的也霸佔了去該
擠發我了』一面哭喊一面滾揉自己拍打……」

程本以「了」重出，跳脫三十二字。

（16）第八十回第三頁下半頁

「……王一貼聽了尋思一回笑道這到難猜只怕膏藥有些不靈了寶玉
『命李貴等你們且出去散散這屋裡人多越發擠臭了李貴等聽了都出
去自便只留茗烟一人這茗烟手內點著一支夢甜香寶玉』命他坐在身
傍卻依在他身上……」

程本以「寶玉」重出，跳脫五十一字。

三、無意識脫文試論

根據以上諸本間的脫文情況，我們可以從幾個方面來加以討論：

（一）底本行款及過錄次數的推論

誠如甲戌本中的行款研究一節。我們推算脂硯看到曹雪芹當年刪去天香
樓「遺簪」、「更衣」時的稿本，其行款恰好每半頁十二行，每行廿字。根據
這個原本款式，我們再來推算脫文中的格式，往往可以看出底本和現存過錄
本的行款變革及其過錄次數。

1. 庚辰本

庚辰本共脫去四十二條，其分佈情形是這樣的：

第一冊七條，五條文字在廿字左右，似能呈現其底本的格式，可是卻有
二條是因三十字的行款致誤。

第二冊僅在第十一回脫去一條廿字的行款。

第三冊則有三條脫文，並在三十字左右。

第四冊也有二條脫文，並在廿字左右。

第五冊共有五條脫文，有二條行款約在三十字左右。另外三條則在廿字
之間，顯示另外一個底本的款式，說明了至少經過二道款式的抄錄過程。

第六冊脫文共計六條，除一條可能自一個廿字行款的底本脫去外，餘五
條並脫去三十字左右，說明庚辰本曾自一個三十字的底本過錄時致誤。

第七冊脫去三條，並在三十字左右。

第八冊共脫去十五條，可見庚辰本這冊的抄手程度極差，和重文顯示的情
況完全對應。至於抄脫的文字，有兩條約在十字左右，其餘十三條則在廿六至
三十字之間。

以上脫文共計廿字的行款十四條，三十字的行款二十八條。這兩種行款
現象也和此本的重文格式恰相呼應。如果我們承認馮其庸先生考訂的結果，

庚辰本是從怡府的己卯本過錄，那麼，這種三十字左右的脫文，則是庚辰本自怡府己卯本過錄時候的失落，從現存的怡府己卯本裏應該可以找到這些失落的文字，並解釋其脫文的原因，如庚辰 1. 的四條脫文即屬此類；可是另外一類的脫文卻在廿字上下，只能說是怡府己卯本的脫去，如庚辰 6. 即屬此類。否則一有怡府己卯本不見而庚辰本存在的例外情形，馮氏之說就值得商榷了。但是不管馮氏的說法能否成立，這種廿字的脫文可以肯定是庚辰本從祖本——庚辰本過錄的底本——過錄時候的失落，也許不一定會有我們列舉的十四條，但是只要找到一條失落的源頭，這種說法便有成立的可能。

2. 戚　本

戚本沒有重文的現象，抄寫也非常的工整，但是脫去的文字竟達四六條。如果以十回一卷爲計：第一卷五條，第二卷二條，第三卷一條，第四卷一條，第五卷七條，第六卷十條，第七卷十四條，第八卷六條。若以四回分冊爲單位，則第一分冊一條，第二分冊四條，第三分冊二條，第八分冊一條，第九分冊一條，第十一分冊三條，第十二分冊二條，第十三分冊五條，第十四分冊四條，第十五分冊三條，第十六分冊三條，第十七分冊五條，第十八分冊七條，第廿分冊五條。

根據這種分布的情況來看，第四、五、六、七、十九等分冊，抄寫得相當的忠實，所用的底本可能也較早。又其脫文方式凡分三類：一類是廿字左右，共廿五條，如今本行款；一類則爲三十字者，共九條；還有一類則爲廿四字左右，共十二條。前二種或近原本、甲戌、己卯、庚辰諸本格式，而第三種也可以在己酉本、蒙府本部分的行款裏找到對應，證明戚本這類行款也非無所根據。因此戚本的行款似乎也經二至三次的變革。

3. 全抄本

現存的全抄本形式極爲特別，其行款約在四十至六十字之間，在目前所有抄本中完全找不到對應的行款，似乎已經改變底本的款式。而過錄者當時所以如此之目的爲何？我們在全抄本一章中自會詳細論及。從脫文中我們可以看出如下的狀況：

第一冊佔了五條，三條約爲廿字的行款，一條約三十字，一條則在廿四字左右。

第二冊也有五條，兩條約廿字，餘爲三十字的款式。

第三冊兩條，一條廿字，一條則爲卅字。

第四冊三條，兩條廿字左右，一條則在五十字，不知是否連跳兩行而近廿四至三十字之間的行款。

第六冊脫去七條，可見這冊抄手程度極差，自筆跡中也可稍窺端倪。約有五條自卅字的底本脫失，兩條則從廿字的底本脫去。

第七冊脫去八條，雖說筆跡是全抄本中最具有書法水準者卻一再漏抄，顯然抄者不太經心，而且和戚本共同的脫文也有多條，恐怕是所用的底本不太精良的緣故罷！

第八冊脫文二條，都在廿四字左右。

從這種分布看來，全抄本底本的行款有廿、廿四、卅字三種格式，有時同一回中兩種、三種並具，有時則僅出現一種格式而已，完全和重文例類似。

4. 程　本

程本雖是遲至乾隆五十六年辛亥才以活字排印，然而底本也是源自一個脂本。如以其他脂本校勘，我們可以發現前八十回也有廿八條的脫文。其中十條是在第九、十、十一、十五、十六、五二、七一、七三、七四（二條）諸回，並脫去廿字左右；另外廿八、五一回各一條，第七一到八十回有五條，共計七條，並脫廿四字或其倍數（連跳兩行的款式）。此外第六二回一條，七十到八十回裏脫去十條三十字行款的格式，顯示程本第七十到八十回抄寫或所用的底本極差。據此現象，足以說明程底本也經二至三次的過錄工序。尤其這種廿四字的行款可能是程本排版時候的脫失。

（二）失真程度的統計

我們知道庚辰本、戚本、全抄本、程本的前八十回，總共脫文一百四十四條，如果扣除前面與甲戌本十六回對應的脫文，則其他回裏的脫文僅剩一百二十三條。可是第六四、六七回庚辰本原缺，所以這兩回的八條無法在庚辰本上找到對應，實際上足堪比對的只有一百一十五條。在這些脫文中，庚辰本計有三十四條脫文，則其失真率應爲百分之廿九‧五六五二一。

戚本一百廿三條中，因其第六四、六七兩回，有部份的文字是未經後人改動前的早本原貌（詳見「蒙古王府本研究」第六十四、六十七回試論），所以必須扣除無法找到對應的脫文六條，則僅存一一七條。在此脫文中，戚本竟然佔了四一條，失真率高達百分之三五‧○四二七三。

全抄本在這一百廿三條的脫文裏，因缺四一至五十回一冊及部份分冊首尾的殘損，共有十三條無法對應，所以在這一百廿條脫文，佔了廿八條，失

眞率百分之廿五‧四五四五四。

程本在一百廿三條脫文裏佔了廿五條，失眞率百分之廿‧三二五二。

以上四本，就其失眞的程度而論，仍以程本的失眞率最低，與甲戌本中程本的論述所顯示的情況完全一致。至於全抄本的排名，雖然和前十六回的論述，略有更動，仍然可以證明其中部份回冊所用的底本遠較庚辰本、戚本爲早，過錄的次數或者也少些。

最大不同的是：庚辰本脫離白文本的範圍後，失眞率立即降至百分之廿九‧五六五二一，說明這兩個部份的正文來源在底本時代已有問題，但是仍然顯示其過錄的次數或所用的底本，較全抄本一系稍晚，過錄的工序也更繁複。而戚本在此數十回內，排名卻高居首位，失眞率達到百分之三五‧○四二七三，不但和前十六回的論述不同，也和抄寫筆跡的工整，背道而馳。這種現象說明戚本某些回目，似乎存有較晚的配本，而其過錄的手續也較諸本爲繁複。

（三）諸本關係析論

甲戌本和戚本在第七回內曾有共同的一條脫文，說明二本間的前數回部份，一定存有某些淵源，畢竟不同的時空以及不同的人物抄寫一部紅樓夢，會產生如此一致的結果，極爲難得，因此唯一合理的解釋是共源於同一祖本，才有這種現象發生。

庚辰本與諸本共同的脫文七條，在第三十四回和己卯本〔註14〕、戚本共同失落一條，可見三本之間這一回的關係極爲密切。另外，庚辰本、全抄本在第六回裏並脫一條，以前面數回全抄本和己卯本的關係而論，恐怕怡府過錄的己卯本也會脫去。又庚辰本、晉本在第七一回裏，有一條共同的脫文，二本間此回冊也具有共一祖本之可能。尤其令人詫異的是：庚辰本竟與程本共同擁有四條脫文，兩條在前面十一回的白文本、兩條分佈在這第八冊上，顯示程本所用的底本和庚辰本一系的文字，淵源極深。在我們知道的現存板本中，晉本和程本必有某種關聯，而第八冊上失落的兩條，如果能在晉本上找到對應，相信對於本篇的論述會有某種程度的助益，可惜己卯本、晉本只能藉著片段的引文，窺知一二，因此不敢妄加猜測。

〔註14〕此條脫文馮其庸先生曾表明過他的看法，認爲程本妄改之例，可是全抄本正文即已存在，證明是爲脂本原有，詳見「己卯本據程本旁添的硃筆字舉例」論述。

　　戚本和諸本間的共同脫文，高達九條，位居諸本之冠。這種現象說明其底本或有配抄的現象，而在所有的版本中，也顯示其中部份文字或有較晚的傾向。其與甲戌本、庚辰本的關係，已經分述於上。而在剩餘的七條脫文，蒙府本、戚本在第六四回和六八回，總共一回一頁餘的文字裏，就有一條共同脫去的文字，顯示二本的關係極爲密切。另外和全抄本的共同脫文，竟然佔了半數——六條之多，第廿九、五八、六五、六八回各一條，第六九回二條，顯示二本這幾回的關係十分緊密。尤其全抄本第六五、六六、六八、六九等四回的筆跡，同出一人的抄寫，足以說明四回來自一個廿四至三十字行款，且近於戚本的脂本。

　　全抄本和己卯本、庚辰本各有一條共同的脫文，並分布在第三、六兩回，顯示首冊與己卯、庚辰的白文本頗有淵源，所以，我們能夠看到前面數回和己卯本有些共同的跡象，也就不令人詫異了。但是既有六條和戚本的共同脫文，應是源自同一個祖本，其中第六五、六六、六八、六九等四回，竟是同出一個抄胥的筆跡，而第六七回則或不類，且與戚本截然不同。可見全抄本這一回捨戚系而不用，並加刪節而爲程本一系的祖宗，和我在本篇「蒙府本第六十四、六十七回試論」裏，認爲「戚系的文字最早，全抄則自戚系刪節改訂」的考證結果，互爲表裏，暗相合契。

　　程本之與庚辰本尚有四條共同的脫文，凡分二類：第七一、七六回二條代表三十字的行款，第九、十一回則是廿至廿四字的格式。前者可能是庚辰本一系的直接蛻變，後者卻也有相當的淵源。尤其程本除了庚辰本外，和甲戌本、戚本、全抄本並無共同的跡象，說明了兩件事實：第一件事實，如果全抄本和程本的刊刻過程有某種關係的話，最多僅如潘師石禪所說的一個「過渡稿本」，而非「直接稿本」，是一個旁系參考的改稿本子，絕非直接蛻變爲排版的底本。另外一件事實，則是程本雖經「廣集核勘，準情酌理，補遺訂訛」，「聚集各原本，詳加校閱，改訂無訛」的階段，但是緣於「友人借抄爭覩者甚夥」及「急欲公諸同好」的情況下，從「辛亥春」到「冬至後五日」的時間內，最多僅能做到重點式的勘正，無法一一「詳加校閱，改訂無訛」。因此「引言」部分的這種說法，虛實並存，必須嚴加選擇，免爲所誤。

　　以上我們藉著討論「庚辰本」的脫文，把其他的本子也挪移在此合併討論，並比較其統計的結果。其中所論，雖然偶或存有假象，但是無論如何的變改，以及假象的扣除，或者新版本、新資料的一再出現，只會增強我們的

統計與論定的結果，絕對不會發生任何太大的出入。所以，重要的一點是：我們就重文、脫文加以研究，探討諸本的行款、過錄次數，統計其失眞的程度，並試論諸本間的關係──這種方法是否可行。尤其所見資料，或偏一隅，諸多的版本，更無緣訪求查考，對於這裏的論述，也就形成很多的障礙，影響到它的精確度和廣泛性，這是唯一遺憾及致歉的地方，只好煩請紅學前輩及博雅君子來教正訂訛了！